AF288019

Doris R. Thomas wohnt im schönen Oberbayern und ist hauptberuflich im Controlling und Human Resources tätig. Wenn sie nicht gerade turbulent-romantische Liebesromane schreibt oder liest, reist sie gerne an die Schauplätze ihrer Romane. Mit ihren Büchern möchte sie die Herzen ihrer Leserinnen und Leser genauso berühren wie die Zuschauer, die sie jahrelang als Laienschauspielerin auf der Bühne begeistert hat.

DORIS R. THOMAS

Das Traumhotel am Meer

Erstausgabe März 2025

Copyright © 2025 dp Verlag, ein Imprint der
dp DIGITAL PUBLISHERS GmbH
Made in Stuttgart with ♥
Alle Rechte vorbehalten

Das Traumhotel am Meer

ISBN 978-3-98998-925-2
E-Book-ISBN 978-3-98998-785-2

Dieses Werk wurde vermittelt durch die Autoren- und
Projektagentur Gerd F. Rumler (München).

Covergestaltung: ArtC.ore-Design / Wildly & Slow Photography
Umschlaggestaltung: ARTC.ore Design
Unter Verwendung von Abbildungen von
shutterstock.com: © Pawel Kazmierczak, © Roman Sigaev, © Shut-
terProductions, © Oliver Hoffmann, © Nature Peaceful, © Florian-
Kunde, © Menzeres, © Allexxandar
stock.adobe.com: © MDNANNU
Lektorat: Sandra Effert
Satz: dp DIGITAL PUBLISHERS GmbH
Druck und Bindung: Books on Demand GmbH, Norderstedt

1

»Australien! Ich glaube es nicht.« Kathi wirbelt zu mir herum. Ihre Augen leuchten, der Atem geht schnell. Sie umklammert den Griff ihres Koffers, als könnte sie es kaum erwarten, mit ihm in ein neues Leben zu fliegen.

Ich starre auf die Anzeigetafel in der Eingangshalle am Hamburger Flughafen. Weder ein *gestrichen*, *verschoben*, noch ein *verspätet* gibt mir mehr Zeit, um meine beste Freundin zu verabschieden.

Ich zwinge mich zu einem Lächeln. »Du Glückliche!« Ein Stich fährt mir durch die Brust, als ich mich an unser Auslandssemester in Australien zurückerinnere – barfuß im warmen Sand, das Rauschen des Meeres in meinen Ohren. Alles in mir sehnt sich nach der Freiheit, die ich dort gespürt habe. »Warum kann ich nicht mit dir ins Flugzeug steigen und das Abenteuer *Australien* erneut mit dir starten?«, frage ich und seufze. Doch dank meines Auf-den-letzten-Drücker-Symptoms habe ich es im Gegensatz zu Kathi nicht auf die Reihe bekommen, mich rechtzeitig um einen Praktikumsplatz in Sydney zu bewerben.

»Aufgeschoben bedeutet doch nicht abgesagt.«

Ich verziehe die Lippen zu einem Strich. »Es ist wirklich erstaunlich, wie du es schaffst, eine beschissene Situation schönzureden. Ich bin jetzt fünfundzwanzig. Es tut verdammt weh, so viel Zeit zu verlieren«, jammere ich. »Warum nehmen die Eventagenturen, die Modeschauen und Fashion Weeks organisieren, nur einmal pro Jahr neue Praktikanten auf? Das ist doch Schikane.« Ich lasse die Schultern hängen. »Auf jeden Fall werde ich bald anfangen, Bewerbungen zu verschicken. Sonst vermassle ich es erneut.«

»Wirst du nicht.« Sie lächelt mitfühlend. »Und die Zeit, bis wir uns wiedersehen, wird schnell vergehen. Außerdem hast du ja immer ein Stück Australien bei dir.« Mit dem Kinn deutet sie auf meinen knallroten Mantel mit den schwarzen Knöpfen.

Ich lächle. Den Tag, als ein Designer mir ihn geschenkt hat, werde ich nie vergessen. Er war Teil einer Modeschau, die ich während meines Auslandssemesters für eine Eventagentur mitplanen durfte.

Ich schlinge die Arme um mich. »Trotzdem beneide ich dich.« Ich sehe an ihrer cremefarbenen Chinohose hinab, über der sie einen schwarzen Blazer trägt. »Allein mit diesem Outfit siehst du aus wie eine Siegerin. Hätte ich dich nicht so lieb, wäre ich tierisch eifersüchtig auf dich.«

»Quatschkopf.« Sie lacht. »Ich würde sofort diese Klamotten und mein gesamtes Haarspray-Repertoire hergeben, wenn ich dafür deine leuchtenden roten Locken haben könnte.« Sie atmet durch. »In knapp vierundzwanzig Stunden bin ich am anderen Ende der Welt. Ist das zu fassen? Oh, mein Gott, ich bin so aufgeregt, dass mir schlecht wird.« Ruckartig lässt sie ihren Koffer los und zieht mich in eine Umarmung.

Ich vergrabe mein Gesicht in ihrem Haar, das nach Vanille und etwas Blumigem riecht. Für einen Augenblick schließe ich die Augen und blinzle ein paar Tränen weg.

»Ich vermisse unsere Mädels-WG schon jetzt. Doch ich bin heilfroh, die Uni nicht mehr von innen sehen zu müssen.« Sie schiebt mich ein wenig von sich. »Versprich mir, dass du in einem Jahr nachkommst.«

»Versprochen«, entgegne ich mit rauer Stimme und will es nicht glauben, dass mein Körper hierbleiben muss, während mein Herz mit Kathi nach Australien fliegt. Ich gehöre in dieses Land wie der Sand ans Meer. Noch nie im Leben habe ich eine schönere Landschaft gesehen. Die unfassbare Weite, die Wüste und die Regenwälder sind einzigartig. »Wenn es im kommenden Jahr wieder nichts mit dem Praktikum wird, bewerbe ich mich für *Work and Travel*.«

»Das hättest du auch jetzt schon machen können.«

»Ja«, antworte ich gedehnt. »Doch wie du weißt, ist das nicht mein Plan. Ich will mein Leben in Australien mit einem Praktikum starten. Das ist für mich nicht nur ein Zwischenschritt, sondern essenzieller Teil meines Traums. Wenn ich später mal in der internationalen Eventbranche arbeiten will, kann ich nirgends mehr Erfahrungen sammeln und Kontakte knüpfen als in einer renommierten Eventagentur. Und in die kommt man nicht ohne Weiteres rein.«

Kathi starrt auf die Anzeigetafel. Sie deutet nach rechts. »Da drüben ist die Gepäckaufgabe.«

Wie mit angezogener Handbremse folge ich ihr. Je näher wir dem Schalter kommen, desto mehr verknotet sich mein Magen.

Kathi reiht sich in das Ende der Schlange ein. Als sie dran ist, legt sie ihren Reisepass vor. Die Bordkarte, die sie auf ihrem Smartphone vorweist, wird von der Servicemitarbeiterin durch eine aus Papier ausgetauscht.

Ihr Koffer rollt in ein schwarzes Loch.

»Geschafft!«, sagt sie mit einem Lächeln auf den Lippen. Sie reibt sich die Hände und marschiert zielstrebig in Richtung Sicherheitskontrolle. Menschenmassen laufen in die gleiche Richtung oder kommen uns entgegen. Viele davon strahlen über das ganze Gesicht. Ihnen ist die Freude auf eine nahende Urlaubsreise merklich anzusehen.

An der Schranke vor der Sicherheitskontrolle ist die Zeit gekommen, sich endgültig voneinander zu verabschieden.

Ich breite die Arme aus. »Grüß mir die Koalas und die Kängurus.«

»Mach ich.« Sie zieht mich fest an sich.

»Und denk an mich, wenn du *Meat Pies* isst.« Mein Magen knurrt, als ich mich an die herzhaften Fleischpasteten mit würziger Füllung erinnere, die wir während unseres Auslandssemesters beinahe täglich gegessen haben.

»Wird gemacht.« Sie wippt von einem Bein auf das andere. »Und wenn du nachkommst, werde ich am Flughafen auf dich warten.«

»Dann musst du mir unbedingt einen Erdbeer-Slushie zur Begrüßung mitbringen.«

»Versprochen!«

Ich umklammere sie so fest, dass sie nach Luft schnappt. Am liebsten will ich sie nicht loslassen. Die

Wärme unserer Umarmung steht im krassen Gegensatz zu der Kälte, die sich in meinem Inneren ausbreitet. »Pass auf dich auf, hörst du?«, hauche ich und schlucke die aufsteigenden Tränen hinunter.

Sie zieht sich ein Stück zurück, die Hände noch immer auf meinen Schultern. »Ich schick dir ganz viele Bilder, versprochen.« Ihre Augen glänzen, während sie sich von mir löst. Zu schnell. Zu endgültig.

Ich stehe regungslos da.

Kathi schwingt ihren Rucksack auf den Rücken und winkt mir ein letztes Mal zu. Sie scannt ihre Bordkarte und passiert die Schranke. Langsam kommt sie inmitten einer Traube von Menschen der Sicherheitskontrolle näher.

Die Welt um mich ist voller Stimmengewirr und hastigen Bewegungen. Doch in mir ist alles starr.

Kathi rückt immer weiter nach vorn und bald verliere ich sie aus den Augen.

Meine Kehle ist wie zugeschnürt. Ein dumpfer Schmerz breitet sich in meiner Brust aus, während ich an die Stelle starre, an der ich Kathi zum letzten Mal gesehen habe.

2

Hättest du mir vor einem halben Jahr prophezeit, dass ich statt in meinem geliebten Australien in diesem Kaff an der Ostsee landen würde, hätte ich dich für komplett übergeschnappt gehalten,

tippe ich eine WhatsApp-Nachricht an Kathi, während ich zwischen dem Impuls schwanke, laut aufzulachen und dem Bedürfnis, die Zähne zusammenzubeißen. Meine Gedanken stocken für einen Moment, als ob ein stiller Kommentar in meinem Kopf zurückgehalten wird, bevor meine Finger zögernd weiterschreiben.

Es erscheint mir surreal, dass ich freiwillig an den Arsch der Welt ziehe. Und noch verrückter, dass ich einen Job als Gärtnerin in einem Boutiquehotel angenommen habe,

schreibe ich weiter, was mir durch den Kopf schießt.

Es ist doch nur vorübergehend. Bald hält dich nichts mehr in Deutschland. Dann geht es endlich ab nach Australien,

antwortet sie.

Kathi will mich mit ihrer Antwort aufheitern. So kenne ich sie. Sie schickt noch ein paar Bilder von Sydney bei Nacht und ihrem Aufeinandertreffen mit einem Koala hinterher.

Ich seufze sehnsüchtig.

Nach ein paar weiteren WhatsApp-Nachrichten verstaue ich das Smartphone in meiner Umhängetasche und blicke aus dem Fenster.

Der Bus fährt gerade die restlichen Kilometer bis nach Heiligendamm – meinem Ziel und Lebensmittelpunkt der kommenden Monate.

Mein Herz macht einen Hüpfer, als ich am Horizont die Ostsee erspähe. *Immerhin gibt es schlechtere Orte, um zu arbeiten,* rede ich mir ein. Doch ganz hinten in meinem Kopf tönt ein Gedanke, der mich während der Fahrt von Hamburg hierher nicht loslassen will. *Hätte ich doch nur rechtzeitig ...*

Schluss jetzt! Hätte, könnte, wäre ... Jammern bringt nichts. Ich muss mich damit abfinden, meinen Traum um ein Jahr nach hinten zu schieben. Doch ich werde daran festhalten. An diesen Gedanken klammere ich mich, wie an einen Schwimmreifen, den es ins offene Meer hinaustreibt.

Nur ein Jahr – ich schaffe das. Zeit, in der ich Geld verdienen, mich in Ruhe bewerben und mir den Flug leisten kann. Vielleicht bleibt auch noch ein kleines Taschengeld übrig. Ich atme tief durch. Nur ein Jahr!

Der Bus biegt ab und kommt mit einem Ruckeln an der Haltestelle *Heiligendamm* zum Stehen, bevor er die letzten Stationen seiner Reise, die Ostseebäder Kühlungsborn und Rerik ansteuern wird.

Ich schlüpfe in meinen roten Mantel und schwinge stöhnend den schweren Rucksack auf den Rücken. Mit einem aufgeregten Kribbeln im Bauch verlasse ich den Bus.

Der Fahrer steigt vor mir aus, schiebt seine Hemdsärmel nach oben und reicht mir aus der seitlichen Kofferraumklappe meinen Koffer.

»Danke, das ist für sie.« Ich drücke ihm einen Fünfer in die Hand, straffe meinen Rücken und steuere mit dem Smartphone und Google Maps das Boutiquehotel Greifenberg an. Unsicherheit und Zweifel begleiten mich bei jedem Schritt. Ist es der *Ernst des Lebens*, so wie mein Vater es beim Abschied nannte, der mir Angst macht? Oder ist es die Sorge vor Beständigkeit und Verpflichtung? Als Studentin hatte ich alle Freiheiten. Klar, die letzten Monate vor dem Abschluss waren stressig. Doch in den Jahren davor habe ich das Studierendenleben oft in vollen Zügen genossen. Wenn ich keine Lust auf eine Vorlesung hatte, wurde sie eben geschwänzt. Es gab immer jemanden, der mich beim Lernen unterstützt hat. Doch in Zukunft werde ich mich den Herausforderungen des Berufsalltags ohne Freunde an meiner Seite stellen müssen. *Du meine Güte, werde ich dem gewachsen sein?*

Ich laufe die Straße entlang. Sie ist menschenleer. Keine Autos, kein Lärm. Es ist beinahe gespenstisch still.

Direkt vor mir erstreckt sich ein weißer Prachtbau, den ich schon aus dem Fernsehen kenne. Das luxuriöse Grand Hotel Heiligendamm! Vor vielen Jahren hat hier das G8-Gipfeltreffen stattgefunden. Das hat Papa mir erzählt.

Ich ziehe meinen Koffer weiter über den Weg und erhasche einen Blick auf die Ostsee, deren Wasser in der Sonne glitzert. Da vorn irgendwo muss es sein. Erneut prüfe ich die Wegbeschreibung auf Google Maps. Nachdem ich zwei weitere Hotelkomplexe passiert habe, bin ich endlich an meinem Ziel angekommen. Auch wenn das Boutiquehotel Greifenberg um ein Vielfaches kleiner ist, als das Grand Hotel, hat es für mich einen ganz besonderen Charme. Ich mag es, wie es sich elegant in Weiß präsentiert, mit imposanten Erkern in der Mitte des Gebäudes, die sich vom Eingangsportal bis in den dritten Stock erstrecken. Die Fassade liegt dank des Sonnenstandes am Nachmittag im Schatten und strahlt einen Hauch von Klassik aus. Die großen Fenster mit geschwungenen Bögen unterstreichen den eleganten Stil des Hauses. Zwei seitliche Türme erheben sich schlank und majestätisch aus der Fassade des Hotels.

Mit klopfendem Herzen trete ich näher und atme einmal tief durch.

Die verblühten Stauden in den Pflanztrögen am Eingang bringen ein wenig Melancholie in den ansonsten perfekten Anblick. Meine Gedanken schweifen zu meinen Eltern, die eine Gärtnerei am Stadtrand von Hamburg betreiben. Auch wenn ich vom Gärtnern nicht annähernd so viel Ahnung habe wie sie, habe ich dennoch seit frühester Kindheit einiges von ihnen gelernt. Es hat mir immer riesigen Spaß gemacht, in der Gärtnerei auszuhelfen. Ich werde hier einen guten Job machen. Und meine erste Aufgabe wurde mir ja soeben direkt vor die Füße gelegt.

Ich setze ein Lächeln auf und betrete das Hotel. Viel zu laute Rockmusik dröhnt aus einem Lautsprecher an der Decke, die mich zusammenzucken lässt. Zu dieser charmanten Eingangshalle würde eher leise Salonmusik passen, als das Dröhnen, das hier auf mich eindrischt.

Wo bin ich hier nur hingeraten? Ich gehe zur Rezeption, an der ich niemanden antreffe. Die Tür dahinter ist halb geöffnet. Ein Kerl, den ich Ende zwanzig schätze, lümmelt in einem Schreibtischstuhl. Die Füße hat er auf dem Tisch abgelegt. Gähnend gafft er in sein Smartphone.

Ich räuspere mich, aber er bemerkt mich nicht. Mit der Hand fährt er sich durch sein fast schwarzes Haar.

Nachdem er immer noch keine Notiz von mir nimmt, räuspere ich mich erneut und öffne den Mund, um was zu sagen.

Der Stuhl knarzt und er dreht den Kopf zu mir. Er verdreht die Augen, als hätte ich ihn bereits seit Stunden mit penetranten Fragen bombardiert. »Was willst du?«, raunt er. »Ein Zimmer?«

Sprachlos starre ich ihn an. Nicht, weil er mit seiner braun gebrannten Haut und den dunklen Augen unfassbar attraktiv aussieht. Nein, weil ich fassungslos darüber bin, wie unhöflich er einem vermeintlichen Gast begegnet. Ob er immer so drauf ist?

»Hat dir schon mal jemand Anstand beigebracht?«, platzt es aus mir heraus. In meinem Magen grummelt es.

Er hebt die Augenbrauen. »Was? Ich verstehe dich nicht. Hast du was gesagt?«, brüllt er über den Lärm der Musik hinweg. Jetzt schwingt er die Füße vom Tisch und steht auf. Mit den Händen in den Hosentaschen kommt er auf mich zu und mustert mich von oben bis unten.

»Was hast du gesagt?« Er bückt sich und mit einem Mal ist die Musik deutlich leiser.

Ich verschränke die Arme vor der Brust und hebe mein Kinn. »Ich habe gefragt, ob dir schon mal jemand Anstand beigebracht hat?« Ich halte seinem Blick stand. Was geht nur in ihm vor? Behandelt er alle Gäste so ruppig? Eigentlich ist nicht auf meinem Plan gestanden, bereits an meinem ersten Tag hier Ärger mit einem zukünftigen Kollegen zu bekommen.

»Fragt wer?« Mit erhobenen Augenbrauen sieht er mich an. Er wirkt genervt.

»Franzi ... Franziska Fuchs«, stammle ich und hasse mich gleichzeitig dafür, dass ich mich von ihm verunsichern lasse.

»Hi, Franzi Franziska Fuchs.« Er wirkt eine Spur interessierter. Ein Grinsen fährt über sein Gesicht.

Energisch schiebe ich die Verunsicherung beiseite. »Damit du Bescheid weißt: Wäre ich ein neu angekommener Hotelgast, würde ich mich jetzt postwendend bei deinem Chef über dich beschweren.«

»So? Würdest du das tun?« Sein belustigter Gesichtsausdruck macht mich rasend. Was bildet dieser Kerl sich eigentlich ein?

Ich hole tief Luft. »Andererseits ... was hindert mich daran, es zu tun?«

Er hebt abwehrend die Hände. »Mach, wozu du Lust hast.« Kurz hält er inne. »Du sagtest: Wenn du ein Gast wärest? Bist du nicht?«

»Ich bin Franziska Fuchs. Die neue Gärtnerin.«

Nun mustert er mich erneut und fixiert meine frisch lackierten Nägel. Ich warte schon auf das nächste unhöfliche Wort aus seinem Mund, aber er bleibt stumm.

Ein sanfter Klang ertönt, gefolgt von einem mechanischen Rattern. Ich blicke zur Seite. Die Aufzugtür öffnet sich und eine zierliche Frau um die dreißig spaziert heraus. Sie trägt ein dunkelblaues Kostüm und lächelt mich an.

»Du bist Franziska, richtig?«, fragt sie, als hätte ich meinen Namen auf der Stirn eintätowiert. Schnellen Schrittes kommt sie auf mich zu und streckt ihre Hand nach mir aus. Sie strahlt eine Wärme aus, die sofort die negativen Gefühle in den Hintergrund rückt.

Ich nicke und lächle zurück. »Ja, die bin ich. Nenn mich gerne Franzi.«

»Und ich bin Pauline.«

Jetzt erkenne ich sie: Das ist die Frau, mit der ich das Vorstellungsgespräch per Zoom-Meeting hatte.

»Hallo, Pauline. Schön, dich wiederzusehen.«

Sie macht eine ausladende Handbewegung. »Wie ich dir ja in unserem Gespräch erzählt habe, arbeite ich an der Rezeption, betreue das Personal und bin sozusagen das Mädchen für alles. Und das ist ...«

»Ben! Ich bin Ben.« Er klingt versöhnlich. Damit beeindruckt er mich jedoch keine Spur.

Pauline spaziert hinter die Rezeption und holt eine Zimmerkarte. »Wir werden uns jetzt erst mal um dein Zimmer kümmern. Die Mitarbeiter wohnen im Anbau, den du über den langen Gang dort erreichst. Ich komme gleich mal mit und zeige dir dein Reich.«

Kurz darauf stehen wir vor einer Zimmertür, die Pauline mit der Karte öffnet. Ich halte den Atem an. Meine größte Sorge ist die, ob ich ein eigenes Badezimmer habe. Hoffentlich gibt es für das Personal hier keine Gemeinschaftsduschen wie in einem Hostel.

Ich folge Pauline ins Zimmer und registriere die funktionale Ausstattung. Ein Einzelbett aus Kiefernholz, ein schmaler Kleiderschrank, ein geblümter Polstersessel an der einen Wand und ein Schreibtisch an der anderen. Es riecht leicht modrig. Wären vor dem Fenster Gitterstäbe angebracht, könnte man das Zimmer glatt mit einer Gefängniszelle verwechseln. Der Blick in den Innenhof ist nicht berauschend. Andererseits bin ich hier, um zu arbeiten und nicht, um das luxuriöse Hotelleben zu genießen. Ich werde mir mein neues Zuhause gemütlich einrichten. Vielleicht braucht es nur ein paar Pflanzen und Dekoartikel. In der Ecke hinter der Tür versteckt sich eine Kochnische. Ich atme auf. Wenigstens muss ich so nicht jeden Tag außerhalb essen. Im Hotel bieten sie leider nur Frühstück für die Mitarbeiter an. Lächelnd registriere ich, dass ich ein eigenes Badezimmer besitze.

Pauline zuckt mit den Schultern, als hätte sie meine Gedanken erraten. »Nicht so schick wie unsere Hotelzimmer, aber zumindest hast du hier alles, was du benötigst.«

»Es ist perfekt«, antworte ich, obwohl ich es mir schöner erträumt hatte. Doch ich werde mich hier ohnehin nicht viel aufhalten.

»Mein Zimmer ist gegenüber. Also, wenn du mal was brauchst, eine Frage hast oder einfach mal Gesellschaft willst, melde dich gerne bei mir.«

»Danke, das ist lieb.« Ich blicke aus dem Fenster – direkt auf den Glascontainer – der neben einer Reihe von grauen Stahlblechtonnen steht. Ich drehe mich zur Seite und rümpfe die Nase, bevor ich mich wieder ihr zuwende. »Sag mal, wie viele Leute arbeiten hier eigentlich?«

»Wir sind um die zwanzig«, sagt sie und senkt den Blick. »Vor einiger Zeit hatten wir deutlich mehr Personal, aber seit unsere Chefs bei einem Helikopterabsturz ums Leben gekommen sind ...«

»Was?« Ich reiße die Augen auf. »Sie sind gestorben?« Sofort macht sich Mitleid in mir breit. »Wie schrecklich«, hauche ich und suche nach den passenden Worten.

»Ja, das ist nun ein knappes Jahr her und seitdem ist nichts mehr, wie es war.« Mit glasigen Augen rückt sie einen Bilderrahmen zurecht, der oberhalb des Sessels thront, und ein älteres Bild des Hotels – vermutlich aus seiner Anfangszeit – zeigt.

»Das kann ich mir vorstellen.« Mit zusammengepressten Lippen sehe ich sie an. Ihr verzerrter Gesichtsausdruck verrät, dass sie ihre ehemaligen Chefs echt gern gehabt haben muss. »Und warum habt ihr nun nicht mehr so viele Mitarbeiter? Was hat das mit dem Tod der beiden zu tun?«

»Weil sie seinetwegen gekündigt haben. *Er* benimmt sich manchmal nicht gerade charmant, unter uns gesagt. Manche meiner Kollegen nennen ihn sogar heimlich: *das Ekel*.« Sie verdreht die Augen und sieht dabei mit ihrem blonden Kurzhaarschnitt urkomisch aus.

Ich lege den Kopf schief. »Von wem sprichst du?«

»Von unserem neuen Chef.« Reflexartig presst sie die Hand auf ihren Mund. »O weh, hoffentlich habe ich dich damit nicht gleich vergrault. Also, ich komme ganz gut mit ihm zurecht, aber das gelingt eben nicht jedem meiner Kollegen. Du wirst schon sehen.« Sie zwinkert.

Zumindest scheint Pauline sich mit ihm zu verstehen. Und warum sollte mir das nicht ebenso gelingen? Ich atme tief durch. Ganz sicher werden wir uns mögen. Und wenn nicht? Dann Augen zu und durch. Schließlich bleibe ich nicht ewig hier.

3

Nach einer unruhigen Nacht, in der ich mehr die kahle Zimmerdecke angestarrt als geschlafen habe, verschwinde ich am Morgen im Badezimmer und bereite mich auf meinen ersten Arbeitstag vor.

Von Pauline weiß ich, dass es in der Personalküche ab fünf Uhr morgens – nein, ich habe mich nicht verhört – Frühstück gibt.

Mein Arbeitstag beginnt täglich um sechs Uhr dreißig, und so schlage ich vorsichtshalber eine dreiviertel Stunde früher in der Küche auf.

»Guten Morgen«, begrüßt Pauline mich und beißt in ein Weizenbrötchen, das sie mit reichlich Erdbeermarmelade bestrichen hat. »Komm, setz dich zu mir.« Sie deutet auf den Platz neben sich auf der Eckbank.

»Moin«, grüße ich mit meinem Hamburger Slang in die Runde und stelle mich den Anwesenden vor.

Am Ende des Tisches sitzen die beiden Zimmermädchen. Eliza, die Jüngere von ihnen, plappert munter drauflos.

»Erzähl mal: Was hast du früher gemacht?« Sie wandert mit ihrem Blick durch den Raum. »Also, bevor du hier gelandet bist.«

»Ich war Studentin«, antworte ich und nehme mir eine Scheibe Käse von der Platte, die Pauline mir reicht.

»Musst du um diese Zeit nicht längst an der Rezeption sein?«, frage ich sie und sehe auf die Uhr über der Tür.

»Stimmt. Doch manchmal positioniere ich dort eine Glocke, die dann hier läutet.« Sie tippt auf das Smartphone, das neben dem Teller liegt. »Und wenn der Alarm anschlägt, bin ich in Sekunden dort.«

»Das ist übrigens Oliver, unser Techniker und Hausmeister.« Pauline stellt mir einen dunkelhaarigen Kollegen vor, der soeben die Personalküche betreten hat. Seine breiten Unterarme und der kräftige Händedruck lassen erahnen, dass er zupacken kann.

»Willkommen im Team.« Nachdem er mich begrüßt hat, greift er in den Brotkorb und schnappt sich ein Croissant, das er mit einer dicken Schicht Nutella bestreicht.

Ben ist glücklicherweise noch nicht aufgetaucht, was mir bestimmt die Laune verdorben hätte. Wenn ich an seine gestrige Arroganz denke, brodelt es in meinem Bauch.

Eliza wischt sich mit dem Handrücken den Milchschaum vom Mund. »Du hast also studiert? Und was, wenn ich fragen darf? Landschaftsbau oder Landschaftsarchitektur?«

»Nichts von beiden.« Verlegen kratze ich mich am Kopf. »Meine Eltern besitzen eine Gärtnerei und deshalb hatte ich die Idee, mich in diesem Bereich zu bewerben, bevor ich entscheide, wie es weitergeht«, erzähle ich nur die halbe Wahrheit. Nicht dass sie denken, ich würde meine Arbeit hier nur halbherzig tun.

»Will noch jemand Kaffee?« Eine groß gewachsene Frau, deren dunkle Locken bei jedem Schritt wie Spiralen auf und ab hüpfen, spaziert in die Küche. Fasziniert blicke ich auf den Glanz auf ihrer Haut. Ihre Uniform betont ihre schlanke Statur. »Ah, ein neues Gesicht.« Sie reicht mir die Hand. »Hallo, ich bin Nala.«

»Und ich bin Franzi.«

Sie schenkt mir Kaffee nach. »Hat jemand von euch Anne gesehen?«, fragt sie und bückt sich, so als würde sie unter dem Tisch nachsehen, ob selbige sich dort versteckt.

Ich verkneife mir ein Grinsen.

»Sie ist vorhin nach oben und wollte die Gemüselieferung annehmen«, antwortet Pauline.

»Außerdem frühstückt Madame doch nie mit uns«, entgegnet Oliver und rümpft die Nase.

»Also, wo waren wir stehen geblieben?«, fragt Eliza und lächelt.

Ich blicke zur Seite, auf der Suche nach einem Ausweg. *Bitte keine Befragung so früh am Morgen*, denke ich und seufze innerlich. Warum kann ich nicht der morgendlichen Plauderei der anderen lauschen?

Als könnte sie Gedanken lesen, mischt Pauline sich ein. »Nun lass Franzi doch erst einmal ankommen. Wenn du so weitermachst, vergraulst du sie noch vollends.« Sie zwinkert mir zu.

Dankbar lächle ich sie an.

»Ja eben«, pflichtet Oliver ihr bei. »Jeder, der hier freiwillig arbeitet ...«

Pauline verpasst ihm einen Stoß. »Wirst du wohl still sein?«

Ich runzle die Stirn. Mein Blick wandert zwischen den beiden hin und her.

Pauline springt auf. »So, ich muss nun an die Rezeption. Oliver, bist du so lieb und zeigst Franzi ihren Arbeitsplatz?« Sie dreht sich noch einmal zu mir. »Die Rosen müssen dringend geschnitten werden. Doch das erkennt dein geschultes Auge sicher sofort, wenn du den Garten betrittst.«

Hoffentlich, will ich sagen, halte jedoch die Klappe.

Kurz darauf ist es so weit. Mein erster Arbeitstag beginnt.

Oliver hält mir die Tür auf und ich husche an ihm vorbei, nur um dann gleich wieder auf ihn zu warten.

»Da entlang.« Er zeigt mir den Frühstücksraum für die Gäste, in dem es nach frisch gemahlenem Kaffee duftet. Wie ich diesen Geruch liebe! Jazzmusik dringt aus den Lautsprechern an der Decke. Definitiv besser als die laute Rockmusik bei meiner gestrigen Ankunft.

In der dahinterliegenden Küche lerne ich Anne kennen, eine Frau in den Fünfzigern, die gerade dabei ist, Obst klein zu schnippeln. Mit ihren geschminkten Lippen und dem selbstbewussten Blick macht sie den Anschein, als führe sie hier das Reglement. Die weiße Schürze und der schwarze Rock bilden einen herrlichen Kontrast zu Annes glatten, blonden Haaren. Sie präsentiert für mich genau den Typ Frau, der üblicherweise in der Werbung für teure Kosmetikprodukte wirbt.

»Ich habe leider überhaupt keine Zeit«, sagt sie nach einem knappen Gruß und widmet ihre Aufmerksamkeit einem Apfel. Mit einem energischen Schnitt teilt sie ihn in zwei Hälften, als würde sie damit das Schicksal zweier Länder besiegeln.

Olivers verzerrter Gesichtsausdruck lässt erahnen, dass er nicht gut auf sie zu sprechen ist. Ob er uns nur der Höflichkeit wegen einander vorgestellt hat?

»Da draußen ist übrigens dein Reich.«

Ich folge ihm wieder hinaus in den Frühstücksraum. Mein Blick fällt durch die bodentiefen Sprossenfenster, die mit ihren weißen Rahmen edel wirken. Es ist, als befände man sich in einem Wintergarten. Bestimmt lieben die Gäste es, in diesem gemütlichen Ambiente zu frühstücken. Zumal die Tische mit ihren cremefarbenen Tischdecken und den goldenen Kerzenleuchtern darauf zum Verweilen einladen. Die Decke ist mit Stuck verziert. Dieses Hotel hat sicher schon einiges erlebt. Die abgenutzten Polstermöbel in der Nische wirken etwas altmodisch, aber sie tragen auch zum Charme des Raumes bei.

Mit einer gewissen Vorfreude und Nervosität betrete ich hinter Oliver den Garten. Dort verschlucke ich mich fast an meiner eigenen Spucke. Eine Mischung aus Faszination und Entsetzen macht sich in mir breit. Die parkähnliche Grünanlage ist weitläufig. Kieselsteine säumen die Wege. Ich sehe über die Wiese bis zur Ostsee. Der Wind weht mir mit einer sanften Brise um die Nase und ich nehme einen kräftigen Atemzug. Mit zusammengepressten Lippen scanne ich das wuchernde Unkraut auf den Terrassenplatten ab. Ich betrachte die ungepflegten Büsche. Vermutlich wurden die schon lange nicht mehr geschnitten. Die gusseisernen Gartenmöbel, die lieblos in einem Schuppen übereinander getürmt sind, strotzen nur so vor Spinnweben und anderen toten Insekten. Ich unterdrücke ein Würgen.

Oliver schiebt die Hände in seine Hosentaschen. »Wie du siehst, gibt es hier einiges zu tun.«

Ich nicke stumm. Es wird Wochen, wenn nicht sogar Monate dauern, bis ich mich hier durchgekämpft habe – so viel ist klar.

»Hier findest du die Kettensäge, den Aufsitzmäher und dort drüben im Regal jede Menge Gartenwerkzeuge.«

Ich nicke.

Oliver hebt die Hand zum Gruß. »Ich wünsche dir viel Erfolg.«

War das eben sarkastisch gemeint oder bilde ich mir das ein?

Ich trete wieder in den Garten hinaus und sehe mich um – in dieser grünen Hölle. Obwohl ich viel eher sagen müsste: braune Hölle. Denn die Wiese scheint sich in den Wintermonaten nicht erholt zu haben, und offenbar hat sich seit Monaten niemand mehr um den Rasen gekümmert.

Ich stöhne leise. *Na, dann auf in den Kampf, du schaffst das.* Ohne an die vor mir liegende Arbeit zu denken, hole ich mir eine Gartenschere aus dem Schuppen und lege los. Während ich holzige Triebe komplett entferne und sie in den Gartenabfallsack werfe, fällt mein Blick ständig auf die vornehme Fassade des Hotels. Wenn hier wieder alles blühen würde, gäben die Pflanzen einen wunderbaren Kontrast zum strahlenden Weiß des Hauses. Dazu die schicken Gartenmöbel. Vorausgesetzt, ich schaffe es, den eingetrockneten Schmutz darauf zu entfernen.

Entschlossen knöpfe ich mir Rose um Rose vor, auch wenn das Meer dieser Pflanzen kein Ende zu nehmen scheint. Ich kürze die Seitentriebe. Das ist genau die Art von Arbeit, die ich nach dem Trubel der Studienzeit brauche. Sie hat etwas Meditatives. Schmunzelnd denke ich an Kathi, die mich viel zu gut kennt, als dass sie mir diese Gedanken abnehmen würde.

Immer wieder wandert mein Blick zur Fassade. Die beiden Türme an den Seiten lassen das Hotel wie eine kleine Burg wirken. Bestimmt sind die Turmzimmer besonders kostspielig.

Ein wehender Vorhang im obersten Stockwerk erregt meine Aufmerksamkeit. Ist da jemand am Fenster? Ich lege die Hand an die Stirn, schütze meinen Blick vor der einfallenden Sonne. Ein Mann steht dort und fixiert mich. Ich gehe einen Schritt zurück. Ein Kribbeln rast über meinen Rücken. Warum sieht er mich so an? Ich wende mich ab und nehme mir eine weitere Rose vor. Mit jeder Bewegung sticht mir seine Anwesenheit in den Rücken. Soll ich weiterarbeiten und so tun, als würde ich den Unbekannten nicht bemerken? Ich kürze weiter die Seitentriebe, doch es ist schwer, sich nicht ablenken zu lassen. Erneut wandern meine Augen nach oben. Er steht immer noch da. Langsam reicht es mir. Ich lege die Schere auf den Kiesweg und blicke gezielt zu ihm hoch. Wollen wir doch mal sehen, wer den längeren Atem hat? Moment mal ... ist das nicht ... Ben? Ja, er muss es sein. Ich kneife die Augen zusammen. Jetzt erkenne ich ihn deutlich.

Provokant stemme ich die Hände in die Hüften. »Solltest du nicht auch arbeiten, anstatt hier so untätig rumzustehen?«, rufe ich hoch. Hoffentlich wecke ich keinen der Hotelgäste oder verärgere sie gar mit meiner Lautstärke.

Ben regt sich nicht.

Ich verdrehe die Augen und mache mich wieder an die Arbeit. Im nächsten Moment rutsche ich ab und reiße mir an einer der Dornen den Zeigefinger auf. Ich beiße mir auf die Unterlippe und blicke erst auf meinen blutenden Finger und dann erneut zu Ben nach oben.

4

»Endlich passiert in diesem stinklangweiligen Hotel mal was«, murmelt Ben, als er mit einem Verbandskasten im Garten auftaucht. Er sprüht mir Desinfektionsspray auf den Finger und klebt ein Pflaster auf die Wunde.

»Du findest es also spannend, dass ich mich verletzt habe?« Sein Leben muss wirklich tierisch langweilig sein, wenn *das* schon aufregend für ihn ist.

»Nein, ich meine es genau so, wie ich es gesagt habe. Ich meine, dass hier ansonsten nicht viel passiert. Da ist selbst dein abblätternder Nagellack ein herausragendes Ereignis.«

Diesem Kerl entgeht aber auch gar nichts. Schnell verstecke ich meine Hände hinter dem Rücken und ärgere mich darüber, dass ich ihn überhaupt aufgetragen hatte, bevor ich Hamburg verlassen habe. »Niemand zwingt dich, hier zu arbeiten.« Herausfordernd blitze ich ihn an und scanne kurz seine Unterarme. Die Tätowierungen auf seiner gebräunten Haut fesseln mich genauso wie seine Muskeln. Wahrscheinlich besitzt er jede Menge Hanteln, mit denen er täglich seinen Körper stählt und seinem Spiegelbild selbstverliebt zuflüstert, wie geil er sich findet. »Offensichtlich bist du robuster als manch anderer, der hier zuletzt gearbeitet hat.«

»Was weißt du denn schon von unseren ehemaligen Mitarbeitern? Bist du nebenberuflich Spionin?« Ein amüsiertes Zucken fährt über seine Lippen.

»Ich habe mir sagen lassen, dass sie reihenweise gekündigt haben, weil *er* ein ziemliches Ekel ist.« Ich verschränke die Arme vor der Brust. »Also, wie wäre es, wenn du ebenfalls kündigen würdest, nachdem du offensichtlich auch unzufrieden bist?« ... *und mich nicht weiter mit deiner Arroganz nerven würdest*, füge ich im Geist hinzu.

Seine Kiefermuskeln zucken. »Wer ist ein Ekel?«

Kann es sein, dass ich an nur einem Tag in diesem Hotel mehr Insider-Wissen habe als er? Vermutlich versteht er sich mit seinen Kollegen nicht sonderlich und bekommt deshalb kaum etwas mit. Was auch erklären würde, warum er nicht beim Frühstück anwesend war.

»Ich spreche von eurem Chef. Er soll ein absolutes Ekel sein. Falls dir das noch nicht aufgefallen ist.«

Er bekommt einen Hustenanfall.

Ich klopfe ihm auf den Rücken. Vermutlich kann der Chef kein Größeres als er sein.

»Also, Franzi Franziska«, raunt er. Er verschränkt seine Finger ineinander und wirkt angespannt.

»Ich heiße Franzi ... oder Franziska«, stelle ich klar.

Er reagiert nicht auf meine Ansage und schiebt die Hände in seine Hosentaschen. »Ich schlage vor, wir beide reden mal Tacheles.« Sein Tonfall klingt energisch, obwohl ihm die Anspannung weiterhin deutlich anzumerken ist. Durch den Stoff seiner Jeans sehe ich, wie er die Hände in den Taschen zu Fäusten geballt hat. »Und zwar nur, damit wir verhindern, dass du noch in weitere Fettnäpfchen trittst und irgendwann darin versumpfst.«

Ich stemme die Hände in die Hüften und hebe das Kinn. »Da bin ich ja mal gespannt.«

Seine tiefbraunen Augen nehmen mich gefangen, als würde ich ins Unergründliche blicken.

»Um es kurzzufassen, Franzi Franziska ...«

Er sagt es schon wieder. Es grummelt in meinem Magen.

»Ich bin dein Chef.«

Ich japse nach Luft. Meine Gesichtszüge entgleisen. »Wie bitte?«, stammle ich und starre ihn an. »Du bist das Ekel?« Reflexartig schlage ich mir die Hand auf den Mund. Ich bin so ein Vollhorst. Warum habe ich mich nicht einfach zurückgehalten? Stattdessen tratsche ich brühwarm weiter, was ich von den anderen erfahren habe. Natürlich musste ich unbedingt als die Neueste im Team die Klappe ganz weit aufreißen. Ich halte die Luft an und warte auf seine Reaktion. Wirft er mich jetzt raus, bevor ich überhaupt richtig hier angefangen habe? »Aber, du bist so ... so jung«, stammle ich. *Meine Güte, wo ist das Loch im Erdboden, in das ich versinken kann?*

»Ich weiß zwar nicht, wer das behauptet, aber Ekel hin oder her, ich bin der Chef hier.« Er lacht sarkastisch. »Ich bin achtundzwanzig und meine Eltern sind tot, falls du das noch nicht mitbekommen hast. Als neue Hotelspionin solltest du das doch längst herausgefunden haben.« Ein Hauch von Trauer blitzt in seinen Augen.

Ich stocke. Aus Angst, ich würde meinen Chef erneut beleidigen, halte ich nun besser die Klappe.

Während wir uns wortlos anstarren, fällt mir sein verwuscheltes Haar auf. Er würde eher in ein Magazin für Male-Models passen, als Hotelier zu sein. Soll ich ihn fragen, ob das früher sein Job war?

Wir starren uns eine gefühlte Ewigkeit an. Unsicher tapse ich von einem Fuß auf den anderen. »Ich glaube, ich muss mich entschuldigen«, wispere ich schließlich.

»Musst du nicht. Ich mag Frauen, die sagen, was sie denken.«

»Ehrlich?«

Er nickt. Seine Gesichtszüge verhärten sich wieder und er mimt erneut das Arschloch, für das ich ihn halte.

»Also, wie gesagt, es tut mir leid und es wird nicht mehr vorkommen«, sage ich und strecke den Rücken gerade. »Ich muss jetzt weiterarbeiten.« Rasch wende ich mich ab und entferne den Trieb einer weiteren Rose.

***

Am Ende meines ersten Arbeitstages falle ich auf das weiche Bett in meinem Zimmer und nehme das Smartphone zur Hand. Kathi hat mir vor einer halben Stunde eine Nachricht geschickt. Ein Blick auf die Uhr sagt mir, dass es in Australien bereits mitten in der Nacht ist.

Bist du noch wach?

Sekunden später klingelt mein Smartphone.

»Hey, du Nachteule. Was machst du um diese Uhrzeit noch auf den Beinen?«

»Hi, Franzi«, begrüßt sie mich gähnend. »Was für ein Tag. Ich habe bis vorhin geackert. Meine Agentur trifft gerade die Vorbereitung für die Hochzeit eines bekannten Sportlers und ...« Mitten im Satz bricht sie ab. »Entschuldige bitte, dass ich sofort von mir erzähle. Dabei war doch heute dein erster Arbeitstag. Schieß los, wie war es?«

In der Leitung rauscht es. Ich gehe zum Fenster und starre auf die Müllcontainer. »War okay«, sage ich gedehnt. »Ich habe heute Rosen geschnitten. Eine beachtliche Anzahl von Rosen.«

»Klingt spannend«, erwidert sie in einem Tonfall, der alles andere als das klingt.

Ich muss lachen, weil ich mir sichtlich vorstelle, wie sie sich bemüht, begeistert zu klingen. »Du brauchst kein Mitleid mit mir zu haben. Es ist echt schön hier.« Ich reiße meinen Blick von dem des Innenhofes weg.

»Wie sind die Kollegen?«

»Nett!«

»Meine Güte, Franzi! Lass dir doch nicht jedes Wort aus der Nase ziehen.«

Ob ich ihr von Ben erzählen soll? Sofort hinterfrage ich meinen Gedanken. Warum sollte ich es nicht tun? »Mein Chef ist ein arroganter Schnösel.«

Sie kichert. »Du Arme. Hoffentlich hast du nicht allzu viel mit ihm zu tun. Und seine Frau? Wie ist die?«

»Hat er nicht. Glaube ich zumindest. Er ist noch keine dreißig.«

»Oh!«

»Hat es dir jetzt die Sprache verschlagen?«

»Nein. Ich habe mich nur gerade an einen Roman erinnert, den ich vor einer Weile gelesen hatte.«

»Über einen arroganten Schnösel?« Ich kneife die Augenbrauen zusammen.

»Nein. Es war eher so eine Boss Romance-Geschichte.«

Ich verdrehe die Augen. »Glaub mir, an Romantik denke ich bei diesem Kerl in keiner Sekunde.« Krampfhaft suche ich nach einem anderen Thema. »Musst du nicht langsam ins Bett?«

»Ja, du hast recht«, antwortet sie und gähnt.

Nachdem wir uns verabschiedet haben, sehe ich auf die Uhr. Es ist erst früher Abend. Eine gute Zeit, um noch ein wenig die Gegend zu erkunden.

An der Rezeption treffe ich auf Pauline, die mich vertieft in ein Dokument gar nicht wahrnimmt.

»Na? Noch gar nicht Feierabend?«, frage ich sie und lächle, als sie aufblickt.

»Hey, Franzi. Nein, ich muss noch ein paar Kleinigkeiten erledigen. Wie war dein erster Arbeitstag?«

Ob ich will oder nicht, denke ich an die unangenehme Begegnung mit Ben. Ich ziehe in Erwägung, Pauline davon zu erzählen. Doch so gut kenne ich sie noch nicht, als dass ich ihr vertrauen würde. Wer weiß, wie sie reagieren würde, wenn sie erfährt, dass ich mit dem Chef des Hauses nicht gerade zimperlich umgegangen bin.

»Super«, entgegne ich deshalb und lächle schief. »Und du? Wie lange musst du noch arbeiten?«

Sie schiebt einige Unterlagen zusammen. »Ungefähr dreißig Minuten. Ich habe tagsüber geteilten Dienst. Vormittags checke ich die Gäste aus, dann habe ich ein paar Stunden frei, bevor ich wieder die Nachmittagsschicht übernehme und die Gäste einchecke.« Ihr Blick fällt zur Tür. »Was in letzter Zeit nicht mehr jeden Tag der Fall ist«, sagt sie hinter vorgehaltener Hand.

Wissend nicke ich. Dabei weiß ich überhaupt nichts.

Sie registriert meinen Mantel. »Ich möchte dich nicht aufhalten. Genieße deinen Feierabend.«

Ich verabschiede mich von ihr und trete hinaus in die kühle Abendluft. Schnell schließe ich die Knöpfe meines Mantels. Mein erster Blick fällt auf die verblühten Stauden in den Pflanztrögen rechts und links des Eingangs, die wirklich jämmerlich aussehen.

Obwohl ich es nicht eilig habe, laufe ich mit schnellen Schritten los. »So, Heiligendamm! Nun zeig mir mal, was du draufhast«, murmle ich und werfe meine Umhängetasche über die Schulter. Ich spaziere an Villen vorbei, deren Balkone mit schneeweißem Kalkputz auf mich herabblicken, als wüssten sie, dass ich zu den *Neuen* gehöre. *Entspann dich,* flüstere ich mir im Geiste zu. *Das hier ist nur ein Ort mit sehr teuren Häusern und sehr reichen Menschen. Nicht mehr und nicht weniger. Kein Grund, um sich minderwertig zu fühlen.* Und wenn doch?

Vor mir erstreckt sich eine Villa, bei der der Erbauer eindeutig das Ziel hatte, sich mit einem Erker hier, einem Balkon da und unzähligen Verzierungen, Treppen und Türmchen in jedem Winkel selbst zu übertreffen. Mir ist es zu überladen. Wer hier leben will, muss wahrscheinlich zuerst seine Seele verkaufen.

Ich laufe weiter und komme an dem altmodischen Café *Kuchenparadies* vorbei, das geschlossen hat. Durch das Fenster erspähe ich eine alte Dame, die mit ihren flachen Händen auf einen Teigklumpen eindrischt, als hätte sie eine unbändige Wut in sich.

Am Bahnhof von Heiligendamm fährt soeben die dampfbetriebene Bäderbahn Molli ein, von der ich schon gelesen habe, als ich mich über diesen Dreihundert-Einwohner-Ort erkundigt habe. Mit ihrer antiken Lokomotive sieht sie aus, als wäre sie direkt aus einem Märchen entsprungen. Offensichtlich ist sie ein großer Touristenmagnet. Auch wenn der Ort beinahe menschenleer ist, herrscht hier ein reges Treiben. Am Bahnsteig stehen zappelnde Kinder, die an den Händen ihrer Eltern begeistert auf die Bahn zeigen. Sie können es sichtlich kaum erwarten, endlich die älteste Schmalspurbahn der Ostsee zu besteigen.

Nachdem der Ort auf den ersten Blick nichts weiter Spannendes bietet, laufe ich hinunter zum Strand und sehe von der langen Seebrücke ins Meer hinaus. Wie wunderschön muss ein Sonnenuntergang hier sein. Der Sand knirscht unter meinen Turnschuhen, während ich weiter schlendere. Die Ostseebrise weht mir um die Nase und ich strecke mein Gesicht der Abendsonne entgegen, die jetzt im Frühjahr noch nicht die gewünschte Wärme bringt.

Nach ein paar Metern entdecke ich eine Beachbar, die in einem alten Holzschuppen beherbergt ist. Außen leuchten bunte Lampions. Gläserklirren und Menschenlachen dringen an mein Ohr. Möglicherweise gibt es an diesem verlassenen Ort doch Leben.

Ohne weiter nachzudenken, ziehe ich die knarzende Holztür auf und blicke auf einen Tresen, von dem ein Kellner ein Tablett nimmt, auf dem duftende Pommes und ein Burger mit Speck und Käse drapiert sind.

»Die sind für Tisch sieben.« Eine zierliche junge Frau deutet auf eine Gruppe lachender Teenager.

Ich lecke mir über die Lippen, als der Kellner mit dem Tablett an mir vorbeiläuft. Wie auf Bestellung knurrt mein Magen.

Ich setze mich auf einen bunt lackierten Holzstuhl an einem der freien Tische und werfe einen Blick in die Karte.

»Was darf es sein?«, fragt der Kellner, der eben noch am Tresen stand.

»Ein Mineralwasser«, antworte ich in der Hoffnung, dass dieses zumindest spritziger ist als mein erster Arbeitstag. »Und diesen Burger, bitte.« Ich deute in der Karte auf den Halloumi-Burger mit Honig-Senf-Sauce.

»Kommt sofort«, sagt er und legt Messer, Gabel und eine Serviette vor mir auf den Tisch.

Ich sehe ihm zu, wie er zwischen den Tischen hin und her läuft, an denen ein bunter Mix an schwatzenden Leuten sitzt. Wenig später kommt er mit meinem Wasser wieder.

Ich lehne mich zurück und nehme einen großen Schluck. Die Anspannung des Tages fällt in diesem Moment von mir ab. Gerade als das spritzige Getränk meine Kehle hinunterrinnt, vernehme ich hinter mir lautes Lachen, das mir bekannt vorkommt. Ich drehe mich um und erkenne Oliver, den Techniker, der mir am Morgen alles erklärt hat, und Nala vom Frühstücksservice. Sie sitzen mit einem weiteren Kerl zusammen, der mir den Rücken zugewandt hat, und plaudern.

Wie aus dem Nichts wendet Oliver den Kopf in meine Richtung und entdeckt mich. Hat er meinen Blick gespürt? »Hey, Franzi, das ist ja eine Überraschung.« Er hebt die Hand zum Gruß, bevor er auf den freien Platz neben sich deutet. »Komm, setz dich doch zu uns.«

Ich winke zurück und stehe auf. Als ich mich umdrehe, stoße ich so heftig gegen den Tisch, dass das Messer auf den Boden klirrt. *So ein Mist*, denke ich und bücke mich, als ...

»Na, wenn das kein Omen ist?«

Ich richte mich auf und sehe in die Augen des Kellners. Mit breitem Grinsen rückt er seine schief sitzende Baseballkappe zurecht.

»Ähm, was bitte?«, frage ich stirnrunzelnd.

»Besteck am Boden.« Er bückt sich und hält es in die Luft. »Soll Glück bringen, oder so ähnlich.« Das Messer blitzt im Licht der warmen Deckenbeleuchtung, wie seine weißen Zähne.

»Das habe ich ja noch nie gehört«, entgegne ich trocken. »Eher so etwas wie: Messer im Rücken bringt Unglück.«

Er lacht lauthals auf und wischt das Messer an der Schürze ab, die er um die Hüften gebunden hat. So schnell wie er aufgetaucht ist, verschwindet er auch wieder.

Ich starre dem Kerl nach, der pfeifend durch die Schwingtüren in die Küche spaziert.

5

»Was ist nun? Kommst du zu uns?«, wiederholt Oliver seine Einladung und winkt mich zu sich und seinen Begleitern an den Nebentisch.

»Klar, gerne«, antworte ich und setze mich zu meinen Kollegen. Obwohl mich alle anlächeln, erstarre ich als Neue in der Gruppe. Eine Angewohnheit, die mich schon mein ganzes Leben begleitet. Und so ist es auch dieses Mal.

»Das hier ist übrigens Jakob«, stellt Nala den weiteren Kerl vor. »Er arbeitet im Service.«

Jakob steht kurz auf und verbeugt sich. »Wir haben uns noch nicht kennengelernt. Ich bin für den Zimmerservice und die Bar verantwortlich.« Sicher macht er in seiner schicken Uniform alles, um seinen Gästen, den Aufenthalt so angenehm wie möglich zu gestalten. Ich sehe förmlich vor mir, wie er an der Zimmertür einer älteren Dame klopft, mit den Worten: *Mylady, hier kommt ihr bestellter Martini auf Eis.* Mit seinen rötlichen, verwuschelten Haaren und den Sommersprossen auf der Nase macht er einen frechen Eindruck und ist mir schon deshalb sympathisch.

»Du könntest glatt meine Schwester sein«, sagt er und deutet auf meine roten Haare.

Ich grinse ihn an. Mein Burger wird gebracht und ich lausche der Unterhaltung meiner neuen Kollegen.

»Wenn Ben nicht endlich ein bis zwei weitere Leute einstellt, bin ich die längste Zeit hier gewesen. Ich schwöre es euch«, mault Jakob und fasst sich mit beiden Händen an den Kopf, sodass seine Haare noch verwuschelter aussehen.

»Nein, bitte nicht auch noch du«, jammert Nala und legt ihre Hand auf seinen Unterarm.

»Wie lange soll ich das Theater denn noch mitmachen?« Betrübt zieht er den Arm weg. »Außerdem habe ich allmählich keine Lust mehr dazu, dass er mich laufend als seine Zielscheibe benutzt.«

»So schlimm?«, hakt Nala mitfühlend nach.

»Manchmal habe ich den Eindruck, ich kann ihm überhaupt nichts recht machen. Es ist, als würde er direkt darauf warten, mich zurechtzuweisen.« Er wirft einen mahnenden Blick in die Runde. »Ehrlich, Leute! Ich denke ernsthaft darüber nach, zu kündigen.«

»Das würdest du Pauline nie und nimmer antun.« Oliver zwinkert.

»Was hat Pauline damit zu tun?«, fragt Jakob und verschränkt die Arme vor der Brust.

Oliver hebt die Augenbrauen. »Wir wissen alle, dass du sie gut findest.«

Ich schiebe mir eine Pommes frites nach der anderen in den Mund und wandere mit meinem Blick wie ein Pingpongball von Jakob zu Oliver, dann zu Nala und wieder zurück.

»Ach was.« Er macht eine abwehrende Handbewegung. »Pauline ist nett ...«

»Nett ist der kleine Bruder von ...«, setzt Nala an.

Oliver prustet los.

»Sag ihr doch einfach mal, dass du sie magst.« Oliver boxt Jakob in die Seite.

»Lass mich in Ruhe, Alter«, mault dieser.

Nala stützt ihre Ellenbogen auf dem Tisch ab. »Wo waren wir vorhin stehen geblieben? Ach ja! Ich gebe dir recht, Jakob. Wir brauchen mehr Personal. Aber ich finde auch, wenn Ben sich nicht endlich benimmt wie ein echter Chef und seinen Job ernst nimmt, können wir den Laden bald zusperren.« Sie seufzt und legt den Kopf in ihre Hände. »Vergangenes Frühjahr hatten wir deutlich mehr Gäste. Ich erinnere mich noch genau, wie die Zimmermädchen und natürlich die Jungs kaum mit dem Bettenmachen hinterherkamen.«

»Es muss ja nicht alles an Ben liegen.« Oliver stellt sich hinter den Chef des Hauses. »Möglicherweise hatten seine Eltern eine beachtliche Stammkundschaft, die auch gerade wegen der beiden jedes Jahr wiederkamen. Und jetzt, wo sie nicht mehr ...«

»Ja, nicht zu vergessen sind die Gäste, die ausbleiben, weil sie längst das Zeitliche gesegnet haben.« Nala grinst und legt den Kopf schief.

»Alles schön und gut, Leute. Trotzdem hat Ben keine Führungsqualitäten und null Ahnung, wie man ein Hotel leitet«, motzt Jakob.

Auch wenn ich erschrocken darüber bin, wie meine Kollegen über Ben sprechen, muss ich ihnen insgeheim recht geben. Das, was sie hier so schonungslos aussprechen, deckt sich mit meinem ersten Eindruck von ihm. *Du meine Güte, wo bin ich nur gelandet?*

Ich schiebe die letzten Bissen meines Halloumi-Burgers in den Mund. Unglaublich, wie offen die anderen in meiner Gegenwart sprechen. »Was hat Ben denn vorher gemacht? Also früher, bevor er hier angefangen hat?« Ich wische mir mit der Papierserviette den Mund ab.

Nala zuckt mit den Schultern. »Keine Ahnung. Wir reden nicht viel mit ihm, weil er durch und durch ein Ekel ist.«

»Aber vielleicht wartet er darauf, dass ihr auf ihn zugeht.« Ich beiße mir auf die Unterlippe. Wieso verteidige ich ihn, nachdem er mir gegenüber weder gestern noch heute besonders charmant gewesen war?

»Glaube ich nicht«, sagt Jakob und schiebt seine Brille über den Nasenflügel nach oben. »Ich habe ihn schon öfter abends an der Bar gefragt, ob er Lust auf einen Drink hat, was er immer abgelehnt hat. Ich denke, er meidet das Fußvolk.«

Nala kichert. »Man könnte meinen, er hätte einen Nobelpreis in Arroganz gewonnen.«

»Als ich heute mit ihm gesprochen habe, wirkte er ein wenig angespannt«, erzähle ich von unserer Begegnung im Garten.

»Angepisst trifft es wohl eher«, murmelt Jakob und nimmt einen Schluck von seinem Bier. »Ich kann mich nicht erinnern, jemals einen einzigen freundlichen Satz aus Bens Mund gehört zu haben.«

Oliver nickt und verschränkt die Arme vor der Brust. »Dabei könnte er froh sein, dass wir alle noch da sind.«

»Letztens hat er Anne eine minutenlange Standpauke gehalten. Nur, weil sie vergessen hatte, die Kaffeemaschine auszuschalten«, berichtet Nala. »Dabei verschwendet er selbst doch am meisten Strom. Eines der anderen Zimmermädchen hat mal erzählt, dass sie beim Saubermachen in seinem Loft oben ständig das Licht ausmachen muss, weil bei ihm generell Festbeleuchtung brennt. Ich meine ... welcher vernünftige Mensch macht das?«

»Ben wohnt in einem Loft?« Ich ziehe die Augenbrauen in Richtung Stirn.

»Ja, die obere Etage beherbergt unsere beiden Turmsuiten und zudem Bens Loft. Früher haben seine Eltern da gewohnt.« Nala lehnt sich zurück. »Ich sags dir: Der Ausblick von dort oben ist grandios. Am besten ist er abends, wenn die Sonne mit ihren orange-roten Strahlen die Ostsee zum Glitzern bringt.«

»Man könnte meinen, du wärst ständig da oben.« Jakob legt den Arm um Nala. »Sollten wir etwas wissen?«

Sie befreit sich aus seiner Umarmung. »Quatsch! Ich war nur einmal am Abend oben. Er hatte mir zuvor den Auftrag gegeben, die Spuren einer Party vom Vortag zu beseitigen.«

»Vermutlich einer Party mit sich selbst«, sagt Jakob und lacht.

Nala zuckt mit den Schultern. »Wie auch immer. Auf jeden Fall kam ich da in den Genuss dieses exklusiven Sonnenuntergangs.«

***

Eine halbe Stunde später verlasse ich gemeinsam mit Jakob das Lokal.

»Ich muss mich sputen, damit ich rechtzeitig zu meiner Barschicht komme«, sagt er.

»Geh du ruhig schon los. Ich mache noch einen kurzen Strandspaziergang.« Wir verabschieden uns und Jakob geht im Laufschritt in Richtung des Greifenbergs.

Ich atme die kalte Meeresbrise ein. Es ist bereits dunkel und am Himmel funkeln die Sterne. Schützend schlinge ich die Arme um mich und lasse meinen ersten Tag in Heiligendamm Revue passieren. Auf jeden Fall war die vergangene Stunde das Highlight des Tages. Wie schön, dass die anderen mich so herzlich in ihrer Runde aufgenommen haben.

Ich schlendere noch eine Weile an der Strandpromenade entlang. Ruhig ist es hier, abgesehen vom Rauschen der Ostsee. Kein Vergleich zum geschäftigen Hamburg, wo hupende Autos, Menschenmassen und Baustellenlärm an der Tagesordnung sind.

Als es mir langsam kalt wird, mache ich mich auf den Weg zurück zum Hotel.

In der Lobby ist das Licht gedämmt. Hinter der Rezeption ist es dunkel. Aus dem Salon dringt leise Musik, und ich werfe einen Blick hinein. An der Bar erspähe ich zwei Gäste, die angeregt mit Jakob plaudern. Er hat ihnen Margaritas zubereitet. Zumindest sehen sie von Weitem danach aus. In einer Ecke des Salons entdecke ich einen schwarzen, glänzenden Flügel. Es ist lange her, dass ich Klavier gespielt habe. Ob es hier gelegentlich Livekonzerte für die Gäste gibt? Die angenehme Atmosphäre des Raumes zieht mich in ihren Bann. Am liebsten würde ich mich ebenfalls für einen Drink an die Bar setzen und mich mit Jakob unterhalten. Allerdings ist das dem Personal untersagt. Besser, ich verschwinde jetzt in mein Zimmer.

Ein Pärchen schlendert Arm in Arm an mir vorbei und nimmt mich überhaupt nicht wahr. Sie werfen sich schmachtende Blicke zu und haben nur Augen füreinander. Während sie auf das Öffnen der Aufzugtür warten, knutschen sie so hemmungslos herum, als würden sie nicht inmitten einer Hotellobby stehen. Er schlingt die Arme um ihre Hüften und lässt seine Hände nach unten wandern. Nun knetet er ihren Po, der gerade so von einem kurzen Rock verdeckt ist. Solche langen Beine hätte ich auch gerne. Die Aufzugtür öffnet sich und ich haste weiter. Nicht, dass es morgen eine Beschwerde gibt, dass ich die Gäste beobachten würde. Als ich gerade um die Ecke biegen will, sehe ich aus dem Augenwinkel, wie der Mann das Gesicht der Frau in beide Hände nimmt und sie küsst. Erneut riskiere ich einen Blick. *Wollte ich nicht. Echt nicht.* Doch ich kann auch nicht wegsehen. Wann wurde ich das letzte Mal so voller Hingabe geküsst? Ich suche in meinen Erinnerungen nach einem Moment der Leidenschaft, einem Kuss, der mich die Welt vergessen ließ, finde aber nur Leere. Warum habe ich keinen Mann, der mich so küsst? Einen, der jede Pore meines Körpers berührt, bis ich explodiere. Ich seufze, während die Einsamkeit an mir zerrt.

Nun wandert seine Hand unter ihren Rock und sein Gesicht vergräbt sich in ihrem langen blonden Haar.

Jetzt habe ich endgültig genug. Können die beiden nicht warten, bis sie in ihrem Zimmer sind? Stattdessen führen sie mir bildlich vor Augen, dass sie vermutlich die beste Nacht ihres Lebens vor sich haben, während ich allein in meinem Kasernenzimmer liegen werde.

Der Mann hebt seinen Kopf.

Ich halte die Luft an.

Er fixiert mich mit seinem Blick.

Ich verliere mich in Bens tiefbraunen Augen. Wie eine Fliege an einer Leimrolle bleibe ich an ihnen kleben. Ich erstarre im Moment, bis sich die Aufzugtür schließt und unsere Blicke trennt.

6

Ich schlage die verklebten Wimpern auf und sehe um mich. Okay! Allmählich realisiere ich, dass ich bereits die zweite Nacht in meiner Personalunterkunft im Boutiquehotel Greifenberg genächtigt habe. Ich bin dermaßen erschlagen, als hätte ich mir gestern eine ordentliche Dröhnung Schlaftabletten eingeworfen, die mich dennoch nicht haben schlafen lassen.

Gähnend hieve ich die Beine aus dem Bett und für den Bruchteil einer Sekunde sehne ich mein lockeres Studierendenleben zurück. Selten musste ich vor zehn Uhr an der Uni sein. Früher hätten Kathi und ich es auch nicht geschafft, wenn man bedenkt, dass unsere abendlichen Netflix-Sessions bis nach Mitternacht andauerten oder wir mit anderen Kommilitonen unterwegs waren. Doch möchte ich das alles tatsächlich zurück? Die Antwort ist sofort klar. Nein! Definitiv nicht. Denn schließlich will ich den nächsten Schritt in meinem Leben angehen – Sydney ist zum Greifen nah.

Deutlich entschlossener als ich noch vor wenigen Sekunden war, gehe ich ins Badezimmer. Als ich nach der Zahnbürste fasse, stöhne ich auf. Was ist mit meinen Armen los? Sie schmerzen dermaßen, als hätte ich den gestrigen Tag im Fitnessstudio verbracht und mit Gewichten gearbeitet. Dabei hatte ich doch nur die Gartenschere in der Hand und ein paar Rosen geschnitten. Okay, eine beachtliche Anzahl an Rosen. Doch ein derart heftiger Muskelkater? Das ist nicht fair. Ich seufze.

***

In der Personalküche sitzen die anderen bereits gut gelaunt am Tisch. Nur Jakob schlürft wortlos an seinem Kaffee.

»Gestern sind am Spätnachmittag zwei Urlauber gekommen und haben nach einem Zimmer gefragt«, berichtet Pauline.

Olivers Stirn legt sich in Falten. »Ja und? Ist das was Besonderes?«

Pauline verdreht die Augen. »An sich nicht. Aber ihr glaubt nicht, was passiert ist.«

Nala bindet die Schleife ihrer Schürze. »Nun spucks schon aus. Du machst mich ja ganz kirre, mit deinem verschwörerischen Blick.«

»Ja eben«, sagt Oliver.

Eliza nickt.

Pauline kichert, rutscht auf ihrem Stuhl hin und her, als hätte sie Ameisen in der Hose.

»Los, red schon«, raunt Jakob.

Sie faltet ihre Hände auf dem Schoß. »Also ...« Sie macht eine Kunstpause und sieht jeden von uns einzeln an, als wolle sie sichergehen, dass sie die volle Aufmerksamkeit genießt. »Gerade als ich den beiden die Zimmerkarte in die Hand drücken wollte, hat Ben die Lautsprecher aufgedreht und die Lobby in eine Rockmusikhölle verwandelt.«

»Hat er nicht gemacht«, platzt es aus Eliza heraus und sie schlägt ihre Hand vor den Mund. »Hat er denn gar keinen Anstand? Ich finde es ohnehin unmöglich, dass er diese Musik überhaupt in der Lobby hört. Soll er doch sein Loft beschallen, wenn er meint.«

»Auf jeden Fall war das Pärchen sichtlich schockiert, dass es sich nur wortlos angestarrt hat und aus dem Hotel gestürmt ist.«

Eliza atmet scharf ein. »Ich sags euch. Dieser Kerl vergrault uns noch den allerletzten Gast.«

»Vor zwei Tagen bekamen wir eine Beschwerde, weil wir vergessen hatten, ein Zimmer zu reinigen«, sagt eines der Zimmermädchen und seufzt.

»Was hat das mit Ben zu tun?«, fragt Eliza, obwohl sie selbst eines der Zimmermädchen ist.

»Das fragst gerade du mich?« Sie sieht Eliza entrüstet an. »Vielleicht erinnerst du dich noch, dass wir vor ein paar Monaten deutlich mehr Leute im Zimmerservice waren.« Sie zählt an ihrer linken Hand ab: »Simon, Patricia, Naomi ...«

»Ja, ja, du brauchst mir nicht alle aufzuzählen. Ich weiß selbst, wer bei uns gearbeitet hat.«

»Wir schaffen das nicht mehr mit so wenigen Leuten«, sagt sie vorwurfsvoll. »Auch wenn die Anzahl der Gäste deutlich abgenommen hat.«

»Es gibt nur zwei Möglichkeiten.« Pauline schlägt mit der flachen Hand auf den Tisch. »Entweder reißt Ben sich langsam zusammen und hört auf, die Gäste sowie das Personal zu vergraulen, oder wir können hier bald dichtmachen.«

»Immer die gleiche Leier«, mault Anne vom Frühstücksservice. Auch heute hebt sie sich mit ihrem schicken Outfit und ihrer makellosen Haut deutlich von den Kollegen ab. Ihr Blick trübt sich. »Habt ihr vergessen, was der arme Junge durchgemacht hat?« Sie steht auf. Als sie zurückkommt, hält sie eine Kanne Kaffee in der Hand. Sie bleibt vor dem Tisch stehen und sieht auf uns herab. »Auf einen Schlag hat er beide Elternteile verloren und musste dann auch noch deren Lebenswerk übernehmen. Dass er damit völlig überfordert ist, liegt doch auf der Hand.« Sie mustert Pauline. »Und es gibt noch mehr Leute hier, die besser auf einem anderen Platz aufgehoben wären.«

Pauline springt auf. Die Wut steht ihr ins Gesicht geschrieben. »Willst du damit andeuten, liebste Anne, dass du gerne auf meinem Posten wärst, so wie es früher mal der Fall war?« Energisch stemmt sie die Hände in die Hüften. Ich hätte nicht gedacht, dass Pauline so aufgebracht sein kann.

Doch habe ich eben richtig gehört? Anne war mal die Empfangsdame? Warum ist sie dann jetzt im Frühstücksservice?

In Bezug auf Ben muss ich Anne jedoch recht geben. Keiner von uns weiß, wie es in ihm aussieht.

»Hoffentlich ist ihm seine Freundin eine hilfreiche Stütze«, sage ich nun, obwohl ich dem Gespräch bisher nur stumm gelauscht habe.

»Freundin?«, schießt es wie im Chor aus den Mündern von Oliver, Jakob und Pauline.

Habe ich etwas Falsches gesagt? Ich schiebe die Handflächen unter meine Schenkel. »Nun ja, ich habe ihn gestern gesehen.« Ich halte kurz inne. »Mit einer blonden Frau. Und sie schien seine Freundin zu sein.« Dass die beiden es kaum abwarten konnten, in Bens Loft zu gelangen, behalte ich für mich.

Pauline prustet los. Auch die anderen lachen auf, so als hätte ich einen richtig guten Witz gemacht.

»Glaub mir, wenn Ben etwas nicht hat, dann ist es eine Freundin«, klärt Nala mich auf.

Wieso ist sie sich da so sicher? Niemand kennt ihn näher.

»Blond war sie, sagtest du?«

»Ja.«

»Allein das ist schon der Beweis, dass er keine Freundin hat.« Sie verschränkt die Arme vor der Brust. »Die von vergangener Woche war nämlich braunhaarig und hatte einen Kurzhaarschnitt.«

Jakob hebt die Augenbrauen und nickt. »Und ich habe vor Kurzem eine in seinen Armen gesehen, die war rothaarig.« Er grinst.

»Gut, gut! Ihr habt mich überzeugt. Dann hat er eben keine Freundin.« Ich winke mit der Hand ab. Ist ja auch nicht so wichtig.

»Ben ist ein Fuckboy«, sagt Nala schulterzuckend.

Gut zu wissen.

Nach zwei Tagen des gemeinsamen Frühstücks mit meinen Kollegen ist mir eines klar geworden. Ich darf ebendieses niemals verpassen. An keinem Ort in diesem Hotel erfährt man vermutlich so viel Klatsch und Tratsch wie hier.

7

Nachdem ich bereits vierzehn Tage im Boutiquehotel Greifenberg gearbeitet habe, habe ich zwei grundlegende Dinge erkannt. Erstens: Man muss Ben so nehmen, wie er ist. Undurchschaubar, ruppig und ja ... verwegen. Auch ein klitzekleines bisschen anziehend. Und zweitens: Ich bin gerne hier, zumindest für den Moment. Nach kurzer Zeit bin ich tatsächlich ein anerkannter Teil des Teams geworden, was mich echt stolz macht.

Es ist sogar Routine in meinen Arbeitsalltag eingekehrt. Neben der Pflanzenpflege kümmere ich mich auch um andere Dinge, die mit dem Haus und Garten zu tun haben.

In tagelanger, schweißtreibender Arbeit befreie ich die Gartenwege und Pflastersteine auf der Terrasse von Algen und Moos. Endlich erstrahlen sie in neuem Glanz und bilden einen tollen Kontrast zur Fassade. Bald wird es warm genug sein. Dann werde ich die gusseisernen Gartenmöbel schrubben und sie auf der Terrasse platzieren. *Ach, wie ich es liebe, die ehemals grüne Hölle in ein blühendes Idyll zu verwandeln.*

»Franzi!«, tönt eine laute, durchdringende Stimme.

Ich zucke zusammen. Der Besen, mit dem ich gerade noch die Terrasse gekehrt habe, scheppert auf den Boden. Die Stimme brüllt so laut, als würde der Dachstuhl brennen. Vorsichtshalber blicke ich an der Fassade empor, aber es brennt nicht.

Ich drehe mich um und sehe Ben. Seine Wut, die er sonst auf die anderen ablädt, lodert in seinen Augen. *Gott, was habe ich getan?* Ich gehe einen Schritt zurück, bevor ich stammle: »Meinst du mich?«

»Komm her«, blafft er. Sein Ton duldet keine Widerrede. Er stoppt auf dem gepflasterten Weg zwischen Rosenbüschen und dem alten Steinbrunnen.

Ich hebe den Besen auf und stütze mich auf dem Stiel ab. »Was gibts?« Obwohl sich mir bei seinem durchdringenden Blick der Magen zusammenzieht, kommen mir die Worte klar und bestimmt über die Lippen.

In verschwitzten Joggingklamotten stemmt er die Hände in die Hüften und wartet offensichtlich darauf, dass ich näher trete.

»Sieh dir das an«, brüllt er und deutet auf den Steinbrunnen, in dem das Wasser von den oberen Kaskaden in die unteren plätschert.

»Ein wirklich schöner Brunnen«, sage ich monoton. Ich kapiere immer noch nicht, warum er so aufgebracht ist. »Erst gestern stand ich eine gefühlte Ewigkeit bewundernd davor, bevor ich ihn geschrubbt und von Algen und Moos befreit habe.« Jetzt erstrahlt er in neuem Glanz.«

»Hast du das angerichtet?« Er fixiert mich mit seinem Blick.

»Was denn? Ihn gereinigt?« Offensichtlich ist er schwerhörig. »Ja, das habe ich doch bereits gesagt.«

»Ich meine das hier.« Er fuchtelt mit dem Finger herum und deutet auf den Brunnen.

Auch wenn ich bisher geglaubt habe, dass ich eine ordentliche Portion Selbstbewusstsein besitze, schafft Ben es mit einem einzigen Satz, mir dieses binnen einer Nanosekunde zu nehmen. »W–was ist mit dem Brunnen?«

»Bist du blind?«, zischt er mich an. Demonstrativ fährt er mit seiner Hand über den Stein.

Gerade will ich zurück blaffen, da entdecke ich unzählige Risse im Stein. *Du meine Güte!* Habe ich das angerichtet? Erschrocken schlage ich mir die Hand vor den Mund. Die waren gestern definitiv noch nicht da.

»Was hast du mit ihm gemacht?«

»I-ich habe ihn nur gereinigt.« Habe ich ihn zu fest geschrubbt und den Schaden tatsächlich verursacht?

Seine Augen verengen sich.

Mir kommt eine Idee. »Vielleicht haben sich die Risse unter dem Moos und den Algen versteckt.«

»Was für ein lächerlicher Blödsinn. Mit deinem Übereifer hast du offensichtlich nicht nur die Algen und Moos, sondern auch den Stein erfolgreich weggeätzt.« Seine Lider zucken kaum merklich, und für den Bruchteil einer Sekunde scheint sich eine unsichtbare Last auf seine Schultern zu legen. Es herrscht eine unangenehme Stille. »Dieser Brunnen hat meinen Eltern sehr viel bedeutet.« Er atmet langsam aus, als hätte ihn das Eingeständnis Kraft gekostet. Für einen Moment sagt er nichts, seine Finger streichen über den rauen Stein, als könnte er damit die Verbindung zu seinen Eltern spüren. Doch dann strafft er die Schultern. Er räuspert kaum merklich, schüttelt den Kopf und reißt die Hände in die Höhe. »Und du? Du ätzt das Teil einfach kaputt.«

Mein Blick haftet an den Rissen in den Steinen, als könnte ich das Geschehene mit bloßem Anstarren ungeschehen machen. Ein Kloß sitzt in meiner Kehle, meine Finger ballen sich, doch was bringt das jetzt noch? Warum habe ich die Beschreibung auf dem Steinreiniger nicht gründlich durchgelesen? Das hätte nicht passieren dürfen. »Es tut mir sehr leid«, sage ich.

»Und was kann ich mir davon kaufen? Einen neuen Brunnen?«

»Ich werde sehen, was ich tun kann.« Im selben Moment wird mir klar, dass ich nichts tun kann. Der Brunnen ist kaputt. Unwiderruflich. Für immer.

Ben lacht sarkastisch auf. »Willst du ihn mit Sekundenkleber wieder zusammenkleben, oder was?« Nun schlägt er mit der Hand auf den Stein. Er wirft mir einen kalten Blick zu, schüttelt den Kopf und verschwindet im Hotel.

Wortlos sehe ich ihm nach und lege schützend die Arme um mich. Was soll ich nun tun?

***

Am Abend besuche ich die Beachbar. Ich fühle mich fast schon wie zu Hause hier.

Der Kellner begrüßt mich mit einem Lächeln und wirft sich ein Geschirrtuch über die Schulter.

Ich winke ihm zu und setze mich zu Jakob, Oliver und Nala an den Tisch.

»Hattest du heute Ärger mit Ben?«, fragt Oliver direkt und rückt ein Stück mit seinem Stuhl zur Seite. »Ich habe gehört, wie er herumgebrüllt hat, und euch beide dann im Garten entdeckt.«

Ich nicke und seufze. »Ich habe den Steinbrunnen zerstört.« Am liebsten hätte ich diesen Teil des Tages verdrängt, aber nun werde ich wieder daran erinnert. Ich presse die Lippen zusammen und unterdrücke die aufsteigenden Tränen.

»So schlimm?«, fragt Nala. In ihrem Blick steckt echtes Mitgefühl.

Ich nicke und erzähle, was geschehen ist.

»So etwas passiert«, sagt Nala und zuckt mit den Schultern.

Der Kellner tritt an unseren Tisch und wedelt mit seinem Block, bereit, die Bestellungen aufzunehmen. »Was darf es denn sein?«

Nala tippt auf die Karte. »Ich nehme den Salat mit Avocado.«

»Gerne! Und du?« Er sieht auf mich herab.

»Ich weiß noch nicht.«

»Für mich bitte den Burger.« Jakob reibt sich den Bauch. »Ich habe riesigen Hunger.«

Der Kellner schiebt den Notizblock in seine Schürze und verteilt das Besteck, während ich immer noch überlege, was ich nehme.

»Aber nicht wieder runterwerfen«, sagt er und zwinkert.

Ich schmunzle und sehe zu ihm auf. »Hast du nicht neulich gesagt, das soll Glück bringen?«

Er lacht als Antwort.

»Egal, ob am Boden oder im Rücken – Glück könnte ich brauchen.« Mit zuckenden Schultern sehe ich in die

Runde und im Anschluss deute ich auf die Karte. »Ich nehme heute den Fisch des Tages.«

Der Kellner macht eine Notiz auf seinem Block. »Kommt sofort.«

»Wo waren wir stehen geblieben?«, fragt Jakob und wippt mit dem Stuhl nach hinten.

»Ben! Wir waren bei unserem großartigen Chef«, sagt Nala sarkastisch.

»Glaubt ihr, dass er mir kündigt?«, frage ich.

Oliver hebt die Augenbrauen. »Dem Kerl ist es zuzutrauen.«

»Hat er denn schon mal jemanden rausgeworfen?«

»Nein, bisher sind alle freiwillig gegangen«, sagt Nala und verdreht die Augen.

Ob ich die Erste bin, die er hinauswirft? Hätte ich ein Problem damit? Möglicherweise gibt es bessere Orte, um Geld zu verdienen.

»Psst!«, sagt Nala und legt ihren Zeigefinger auf den Mund. Mit dem Kinn deutet sie zur Tür, durch die in diesem Augenblick Ben mit einem Mädchen mit Modelmaßen spaziert. Ihr ebenmäßiges Gesicht und das unschuldige Lächeln erwecken den Anschein, als wäre sie gerade erst volljährig geworden.

Nala wendet sich ab und verdreht die Augen. »Seine Begleitungen werden auch immer jünger.«

Jakob nimmt dem Kellner das Bier ab und trinkt einen kräftigen Schluck, bevor er sich den Schaum von den Lippen leckt. »Wie bekommt er das immer hin?«

»Was?«, fragt Oliver, während sein Blick Ben und seiner Begleitung folgt, die in einer ruhigen Ecke Platz nehmen.

»Er schleppt eine nach der anderen ab. Stinke ich, oder warum interessieren Frauen sich für mich so wenig, wie für einen Regenschirm in der Wüste?«

»Vielleicht solltest du öfter duschen«, scherzt Oliver.

»Lass ihn in Ruhe«, raunt Nala und funkelt Oliver an.

Jakobs Blick klebt an Ben und seiner Begleitung. Seine Fingerknöchel werden weiß, so fest umklammert er das Bierglas.

Ben scheint uns nicht zu bemerken. Er flüstert dem Mädchen etwas ins Ohr, woraufhin sie kichert und auf ihre Knie blickt.

»Ob sie ahnt, dass sie nicht die Erste in dieser Woche ist?«, knurrt Jakob.

Nala bläst Luft aus dem geöffneten Mund. »Vielleicht ist es ihr egal. Die Frauen, mit denen er sich abgibt, wirken nicht so, als wären sie großartig in ihn verliebt. Außerdem ist es doch auch in Ordnung, wenn beide Seiten sich auf ein wenig Spaß einigen.«

»Ich hätte dir gar nicht zugetraut, dass du die Sache so locker siehst«, sage ich. Bisher hat sie auf mich eher einen konservativen Eindruck gemacht.

»Möglicherweise hat er einfach nur Glück, dass die Frauen bei ihm Schlange stehen.« Oliver sieht kurz zu Ben hinüber. »Auch wenn ich ein Mann bin und nicht auf dasselbe Geschlecht scharf bin, erkenne ich durchaus, dass Ben etwas an sich hat, von dem ich auch gerne eine Scheibe abhätte.«

»Wovon sprichst du?«, murrt Jakob.

»Selbstbewusstsein und Ausstrahlung.«

»Du meinst wohl eher: pure Arroganz.« Jakob beißt sich auf die Unterlippe. »Er behandelt Frauen, als wären sie Trophäen.«

»Lass ihn doch«, antwortet Oliver.

»Ich finde auch, dass uns das egal sein kann«, werfe ich ein. »Wenn ich Glück habe, ist er nach der Nacht mit ihr morgen etwas entspannter und überdenkt meine Kündigung noch mal.«

Nala schüttelt den Kopf. »Ich glaube nicht, dass er das tun wird.«

Ich seufze und nippe an meinem Bitter Lemon, das genau zu meiner Laune passt. »Warten wir es ab.«

Jakob bläst Luft durch die Zähne. »Ich habe auf jeden Fall keine Lust mehr, hier zu sitzen und zuzusehen, wie der Typ alles bekommt, was er will, und sich dabei nicht mal anstrengen muss.« Er rückt seinen Stuhl nach hinten und steht auf. »Uns behandelt er, als wären wir nichts wert.« Er schnappt seine Jacke von der Stuhllehne und sieht in die Runde. »Ich sags euch: Irgendwann zeige ich es ihm.«

8

Ich gieße die Frühjahrsblüher, als Pauline neben mir
steht. »Du sollst zu Ben ins Büro kommen«, sagt sie leise
und ihre Worte sind von einer Mischung aus Mitgefühl
und Besorgnis geprägt.

Ohne Vorwarnung pocht mein Herz ein paar Takte
schneller. Ich ahne, was mir bevorsteht. Meine Kündigung. Was sollte er sonst von mir wollen? Wie hatte ich
auch nur den Anflug einer Hoffnung, dass er das Mal-
heur mit dem Brunnen mit einem Schulterzucken ab-
tut? Schließlich habe ich das Andenken seiner Eltern
zerstört. Das zumal ziemlich wertvoll aussieht. Oder
aussah. Wie man es nimmt.

Hektisch wische ich meine feuchten Hände an der
Hose ab und gehe ins Haus. Vor der Bürotür hinter der
Rezeption atme ich einmal tief durch und klopfe im An-
schluss an die halb offene Tür.

»Komm rein«, sagt Ben monoton. In seinem Blick erkenne ich nicht, ob er immer noch sauer ist. »Mach die
Tür zu«, raunt er.

Ich schließe sie. Die Luft ist stickig und meine Kehle
ist trocken. Jede Faser meines Körpers ist angespannt,
während ich mich auf den Stuhl setze. Ich starre meine
Hände an. Ein Stich drückt in meine Brust, als würde
sein Blick in mich hineinbohren. Hitze füllt meine

Wangen; Nervosität lässt meine Knie zappeln. Ben sagt nichts und macht mich damit nur noch hibbeliger. Wartet er etwa, dass ich den Anfang mache?

»Ich habe es vermasselt«, platzt es schließlich aus mir heraus. »Ich hätte auf dem Reiniger genauer nachlesen müssen. Und ich weiß nicht, wie das passieren konnte. Entschuldige bitte noch mal.« Weitere Worte zu meiner Verteidigung fallen mir nicht ein. »Ich werde den Schaden ersetzen, ich verspreche es.«

Entschlossen sehe ich ihn an.

Er zieht die Augenbrauen in Richtung Stirn. »Wie willst du das denn anstellen?«

»Ich mache Überstunden, wasche Geschirr, helfe bei den Zimmermädchen aus ... Alles, was du möchtest.«

»Alles?« Amüsiert zwinkert er.

Du meine Güte! Er hat mein Angebot doch hoffentlich nicht missverstanden? Denkt er allen Ernstes, dass *alles* bedeutet, dass ich mit ihm ... Mir schießen die anderen Frauen in den Kopf. Wie soll ich das Gesagte um Himmels willen jetzt einfach rückgängig machen? Ich ringe nach Worten, um die Sache klarzustellen. Doch was wäre, wenn Ben mich gar nicht wegen des Brunnens zu sich bestellt hat. »Also ...« Ich hole tief Luft. »Warum wolltest du mich eigentlich sprechen?«

Er verschränkt die Arme vor der Brust. Seine Stirn legt sich in Falten, als würde er die Worte in seinem Kopf abwägen. »Ich wollte ...« Er presst die Lippen aufeinander. »Weißt du was?« Er steht auf. »Wir vergessen das Ganze.« Seine Stimmlage ist unergründlich, genauso wie der komplette Mann für mich unergründlich ist.

Nicht sein Ernst? Er bestellt mich zu sich, nur um das Gespräch dann abzublasen, bevor es stattgefunden hat?

»Gut«, entgegne ich. Nicht, dass er es sich anders überlegt. »Also, wie gesagt, es tut mir leid.« Mit diesen Worten springe ich auf und verlasse sein Büro.

In der Lobby staubt Pauline gerade mit dem Staubwedel die altmodischen Skulpturen ab. Ohne mich zu bemerken, hastet sie zur Rezeption.

Ich springe zur Seite, nachdem sie beinahe mit mir zusammenrumpelt.

»Huch!«, ruft sie aus und zuckt zusammen. »Ich habe dich gar nicht bemerkt.«

Ich runzle die Stirn. »Ist alles klar bei dir?«

Mit einer Hand fährt sie sich durch die Haare, während ihre Augen hektisch durch die Lobby fliegen, als könne sie sich nicht entscheiden, was sie zuerst tun oder denken soll. »Ja, ja. Es ist alles in Ordnung, aber ...« Sie hält kurz inne. »Wir bekommen gleich einen neuen Gast.«

»Und deshalb bist du so nervös?« Gut, in den vergangenen Wochen waren neue Gäste Mangelware, aber trotzdem wundert es mich, dass sie so aufgewühlt wirkt.

Pauline verschwindet gehetzt hinter der Rezeption, stapelt einige Unterlagen und beugt ihren Oberkörper über den Tresen. Sie hält die Hand vor den Mund, so als würde sie mir gleich ein Geheimnis anvertrauen. »Charlotte Beringdorf checkt heute bei uns ein. Und sie hat sich eben erst angekündigt. Völlig überraschend.«

Bei mir klingelt es und ich mache große Augen. »Sprichst du von *der* Charlotte Beringdorf?« Nun schlägt auch mein Herz ein paar Takte schneller.

Sie strahlt. »Ja, ist das nicht der Wahnsinn? Ich hab vorhin noch mal nachgesehen. Auf Instagram hat sie über eine Million Follower.«

»Und ich bin einer davon«, sage ich nicht ohne Stolz. Ein aufgeregtes Kribbeln wandert von meinen Zehenspitzen bis ins Haar. Ich erinnere mich an den faszinierenden Beitrag auf Charlottes Blog, in dem sie über Sydney als eine der aufregendsten Städte der Welt berichtet und mir Australien ein weiteres Mal schmackhaft gemacht hat. Vielleicht ergibt sich ja mal ein Gespräch mit ihr und sie kann mir Tipps für Sehenswürdigkeiten geben. Das wäre fantastisch. »Ich liebe ihre Art, wie sie Produkte bewirbt. Absolut authentisch. Es macht den Anschein, als würde sie mit ihrem guten Namen für alles bürgen, wofür sie wirbt. Ich hab mir sogar mal eine Olivenhandcreme gekauft, für die sie geworben hat. Die war total ergiebig und der Kauf hat sich wirklich gelohnt.«

»Zugegeben, bin ich selbst seit Langem einer ihrer größten Fans.«

»Wird sie über das Greifenberg berichten?«

»Keine Ahnung, sie hält so etwas ja immer gerne geheim. Falls sie das Hotel im Visier hat, könnte das unser endgültiger Untergang sein. Aber eines sage ich dir …« Sie hebt drohend den Zeigefinger. »Ich werde es herausfinden.«

»Das wirst du.« Wenn ich eines bereits über Pauline gelernt habe, dann die Tatsache, dass sie zielstrebig ist und sich nicht unterkriegen lässt. Sie zwinkert und ihre Augen funkeln wie zwei Sterne.

Ich schlage mir die Hand vor den Mund. »Du meine Güte, ich hab die Pflanzen draußen vor dem Eingang noch nicht ausgetauscht. Das hatte ich längst vor. Irgendwie hatte immer etwas anderes Vorrang.«

Pauline winkt mit der Hand ab. »Mach dir keinen Kopf. Wir haben in den vergangenen Monaten so einiges vernachlässigt. Ich weiß nicht, wann der Boden hier zum letzten Mal richtig ordentlich gewischt wurde.«

»In meinen Augen sieht es hier sehr sauber aus. Doch was ist, wenn das Hotel wegen der verblühten Stauden gleich einen Minuspunkt von ihr erhält, ohne dass sie es betreten hat?« Das kommt sofort für morgen auf meine To-do-Liste, wenn es da nicht schon zu spät ist.

Ein Räuspern reißt uns aus unserer Unterhaltung. Ich drehe mich um. »Hast du gerade gesagt, dass Charlotte Beringdorf ein Zimmer bei uns gebucht hat?«, fragt Ben eher vorwurfsvoll als erfreut. Damit bestätigt er mir einmal mehr, dass ich ihn im Grunde nicht leiden kann.

»Ja, so ist es.« Pauline beißt sich auf die Unterlippe und starrt Ben an.

»Was?«

Sie verschränkt die Arme vor der Brust. »Nichts«, entgegnet sie.

»Komm, spucks aus. Ich sehe dir doch an, dass du mir was sagen willst.«

Sie atmet scharf ein. »Nun«, beginnt sie, »wäre es möglich, dass du … na ja … dass du in der Zeit, in der sie hier wohnt, die Rockmusik etwas dezenter aufdrehst?«

»Okay! Wird gemacht.«

Perplex starre ich Pauline an. Wie hat sie es geschafft, dass Ben sofort ohne jeglichen Widerspruch auf sie hört?

Sie grinst zufrieden, während Ben im Büro verschwindet. Durch die offene Tür sehe ich, wie er die Füße auf dem Tisch ablegt und in seinem Smartphone scrollt.

»Gib ihr eine der Turmsuiten«, ruft er, mit dem Blick weiter auf das Display gerichtet.

»Wird gemacht, Chef«, entgegnet sie und kichert.

Ich lege meine Hand auf ihren Arm. »Was hältst du davon, wenn ich mich gleich noch um die Pflanzen vor dem Eingang kümmere? Sie sehen ziemlich traurig aus.«

»Das klingt gut. Ich fürchte, wir müssen heute alle Überstunden machen. Jakob wird die Minibar mit weiteren Getränken bestücken und Oliver die komplette Technik überprüfen. Wahrscheinlich ist alles in Ordnung. Aber sicher ist sicher.« Sie kritzelt etwas auf den Block vor ihr. »Die Zimmermädchen haben schon Feierabend. Also werde ich selbst noch einmal die Turmsuite abchecken.«

»Und ich werde mich um die Stauden am Eingang kümmern. Ist es richtig, dass der nächste Markt, der Pflanzen verkauft, in Rostock ist? Um dorthin zu kommen, benötige ich ein Auto. Gibt es eines, das ich leihen könnte?«

»Hm, lass mich überlegen.« Sie wirft einen Blick auf die große Vintage-Uhr hinter der Rezeption. »Ich könnte Oliver fragen, ob er dich fährt.« Sie legt ihr Kinn zwischen Daumen und Zeigefinger. »Wobei der total unter Zeitdruck ist. Wenn er sich gleich um die Technik kümmert und ihr hinterher erst aufbrecht, könnte es echt knapp werden. Charlotte Beringdorf wird in etwa zwei Stunden hier eintreffen. Bis nach Rostock und zurück könnte es zu lange dauern, wenn du auf Oliver warten musst. Zumal du die Pflanzen ja dann auch noch einsetzen musst.« Sie verzieht die Lippen zu einem Strich. »Ich glaube, wir schaffen das alles nicht mehr.«

»Ich fahre sie.« Ben lehnt im Türrahmen. »Und bis nach Rostock brauchen wir nicht. Der Baumarkt in Bad Doberan tut es doch auch.«

Ich sehe Ben an, der trotz seines ausgewaschenen Shirts und der zerschlissenen Jeans eine Männlichkeit ausstrahlt, die mich in seinen Bann zieht. Das ist mir vorhin gar nicht aufgefallen. Da habe ich nur den Steinbrunnen und die Konsequenzen im Kopf gehabt.

»In zehn Minuten an meinem Auto in der Tiefgarage.« Sein schroffer Tonfall duldet keine Widerrede.

»Aber ich ...«

Er hebt den Zeigefinger. »Du hattest vorhin versprochen, *alles* zu tun.«

»Wovon redet er?« Pauline blinzelt irritiert.

»Ich habe ihm versprochen, alle Arbeiten zu übernehmen. Quasi als Ausgleich für den Schaden des Brunnens.« Dass ich jedoch wenige Minuten später mit ihm zum Einkaufen fahren würde, stand nicht auf meinem Plan. Erstens mag ich Ben nicht und zweitens bekomme ich in seiner Nähe Schnappatmung, was mir überhaupt nicht passt. Ben ist ein Fuckboy, hat Nala gesagt. Und auf eine derartige Spezies stehe ich absolut nicht.

»Er fährt übrigens einen gelben Pick-up.«

»Gelb?« Nicht ihr Ernst. Angewidert verziehe ich das Gesicht. *Was für eine scheußliche Farbe.*

***

In der Tiefgarage sticht mir Bens Pick-up sofort ins Auge. Die Farbe ist gar nicht so grässlich, wie sie in meiner Vorstellung war. Im Gegenteil! Der gelbe Metallic-Ton, der eher ins Orangefarbene geht, sieht richtig schick aus. Mit einem Lächeln auf den Lippen spaziere ich um das Auto herum und streichle über die Motorhaube.

»Er gefällt dir, was?«, sagt Ben selbstgefällig.

Ich fahre herum. »Ach … Ben! Ich habe dich gar nicht kommen hören.«

Mit der Fernbedienung entriegelt er die Türen.

Ich steige neben ihm ein. In meine Nase steigt Bens angenehmer Geruch aus einer prickelnden Zitrusnote, die auf schwarzen Pfeffer und wilden Rosmarin trifft. *Eine interessante Mischung*, denke ich und sauge den Duft noch tiefer ein. Ehrlicherweise kann ich gar nicht genug davon kriegen.

»Ich bin gespannt, ob wir passende Pflanzen finden«, versuche ich eine belanglose Konversation in Gang zu bekommen.

»Hm«, antwortet er, nimmt eine Hand vom Lenkrad und fährt sich durch die Haare. Offensichtlich ist er immer noch angefressen.

Ich werde mich von seiner ablehnenden Haltung nicht unterkriegen lassen. Außerdem gibt es nach unserem Gespräch vorhin keinen Grund, weiterhin vor ihm zu kriechen. Er hat schließlich gesagt, dass wir das Ganze vergessen. Also werde ich das auch. Irgendwie müssen wir ja miteinander klarkommen, obwohl ich mich immer noch für die Sache mit dem Brunnen schäme. »Bist du eigentlich im Hotel aufgewachsen?«, stelle ich eine harmlose Frage. Ich finde es albern, schweigend nebeneinander dazusitzen.

»Nein«, antwortet er einsilbig.

Es nervt mich. »Willst du dich nicht unterhalten?«, entgegne ich eine Spur zu patzig. Die Frage ist mir einfach so herausgerutscht. Vielleicht sollte ich mich nach unserer Unterredung vorhin doch etwas mehr zurückhalten.

Sein Blick schnellt zu mir herüber und er schmunzelt. »Wo bist du denn aufgewachsen, Franzi Franziska?«, spielt er mir den Ball zurück.

»In Hamburg«, antworte ich. »Was kein Geheimnis ist ...« *Und ich mich nicht wie du ziere, Privates preiszugeben*, denke ich.

»Und bist du gespannt, ob wir passende Pflanzen finden?«, stellt er gelangweilt die Frage, die ich zuvor an ihn gerichtet habe.

»Klar«, antworte ich. Ich mag die Art nicht, wie er mit mir spricht.

»Was ist?«

»Das fragst du noch?« Ich blitze ihn an. »Ich versuche, freundlich zu sein, rede mit dir, aber du bist einfach nur ein unhöflicher ...« *Arsch*, füge ich in Gedanken hinzu. Meine Finger krallen sich unbewusst in den Ärmel meines Mantels und ich wende den Blick ab. Ich sehe aus dem Fenster und entdecke den Baumarkt.

»Bin ich gar nicht.« Er deutet mit dem Kinn auf meinen Mantel. »Schickes Teil.«

»Danke«, gebe ich zurück und nehme ihm sein Kompliment nicht ab. »Den habe ich aus Australien.«

Ben schiebt die Unterlippe nach vorn. »Wow! Du fährst zum Shoppen nach Australien? Echt abgefahren!«

Ich verdrehe die Augen, sage jedoch nichts.

Er rangiert den Pick-up und parkt ein. »Sorry, wegen eben, okay? War nicht so gemeint. Und nein, ich bin nicht im Hotel aufgewachsen, weil ich im Internat war. Meine Eltern fanden es besser, dass meine Erziehung von anderen Leuten übernommen wird. Außerdem durfte ich nur in den Ferien nach Hause und selbst da wurde ich eher vom Personal betreut als von meinen eigenen Eltern.«

Seine unverhoffte Offenheit macht mich sprachlos. Vor allem, weil ich den Schmerz aus seinen Worten heraushöre.

Nachdem er mir die Tür zu seinem Innersten geöffnet hat, springt er aus dem Auto. Ohne ein weiteres Wort zu verlieren, läuft er in Richtung Baumarkt davon.

Am liebsten würde ich ihm weitere Fragen zu seiner Kindheit stellen, aber die Verbindung zwischen uns reißt so schnell, wie sie entstanden ist. Mit eiligen Schritten hechte ich ihm hinterher. Er schnappt sich einen Einkaufswagen und wir betreten damit den Baumarkt. In den Gängen riecht es nach Holzspänen. Die Klimaanlage verströmt unangenehm kühle Luft. Mein Blick wandert über die Meter hohen Regale, die mit Sanitärartikeln und Heimwerkerbedarf vollgepackt sind.

Ben schiebt den Einkaufswagen in eine mit Glas überdachte Halle, die einem Gewächshaus ähnelt. Dort finden wir Magnolien in Töpfen, die bereits rosafarbene Blüten tragen, sowie Rhododendron und ein paar Zitronenbäumchen.

Er macht eine ausladende Handbewegung. »Tob dich aus«, sagt er und lehnt sich lässig gegen einen Blumenwagen mit mehreren Etagen, so als würde ihm der ganze Laden gehören. In dem Moment gerät der Wagen ins Rollen. Mit geweiteten Augen strauchelt Ben und knallt auf den Boden. Der Wagen rollt durch den Gang und wird durch einen weiteren Blumenwagen gestoppt. Die darauf aufgetürmten Blumenpyramiden geraten ins Wanken, fallen jedoch nicht um.

»Verdammt!«, raunt er und reibt sich die Hüfte.

Ich verkneife mir mit Mühe ein Lachen. »Hast du dir wehgetan?«, frag ich, während Schadenfreude mich erfüllt. Dennoch reiche ich ihm die Hand und helfe ihm, sich nach oben zu ziehen.

Er befreit seinen knackigen Hintern von den Pflanzenresten. »Also, was hast du dir ausgesucht?«

Prüfend scanne ich die Pflanzen ab. »Was hältst du von diesem Oleander hier?« Die saftig grünen Blätter ragen nach oben, als würden sie die Wärme und das Licht des Frühlings begrüßen. »Es wird nicht lange dauern, bis er duftend rosa bis weiß blühende Blüten entwickelt. Aber auch jetzt schon bringen wir damit einen Hauch von mediterranem Flair vor den Hoteleingang.«

»Wer mediterranen Flair liebt, soll nach Italien reisen. Wir sind hier an der Ostsee«, mault er.

Ich schnaube und drehe mich weg. Seine schroffe Art gibt mir einen Stich. Ich bin es nicht gewohnt, dass jemand so abweisend mit mir spricht. Wie soll ich darauf reagieren?

»Gräser! Was hältst du von Gräsern?«, frage ich nun und schlucke die aufsteigende Wut hinunter. Ich laufe zwischen Lavendel und Olivenbäumen hindurch, packe unterwegs gleich noch einige Kartons Rasendünger ein, bis wir schließlich im Außenbereich angelangt sind.

Ben ist mir dicht auf den Fersen.

»Wie wäre es mit Federgras?«

»Ich kenne nur Federn in der Form, wie sie zum Beispiel an Hühnern haften, bevor sie sich in Brathähnchen verwandeln. Oder eben Gras in Form von Wiese.«

Ich werfe ihm einen vernichtenden Blick zu, während ich auf einen großen Topf deute. »Das hier habe ich gemeint.« Ich fasse eines der Gräser an, das aussieht wie Gras mit Federn daran. »Das ist dekorativ und pflegeleicht. Also genau das, wonach wir gesucht haben.«

»Von mir aus. Sieht nicht übel aus.« Er fährt ebenfalls mit seinen Fingern über die Gräser. Dabei berühren sich unsere Fingerspitzen. Eine elektrische Ladung zuckt durch meine Finger. Ruckartig ziehen wir beide unsere Hände zurück. Für den Bruchteil einer Sekunde verfangen sich unsere Blicke ineinander.

9

Nach dem Einpflanzen des Federgrases verstaue ich das Gartenwerkzeug im Schuppen und komme auf dem Weg zu meinem Zimmer an der Lobby vorbei.

Pauline rast zwischen dem Computerbildschirm und dem dahinterliegenden Schreibtisch hin und her.

»Was ist denn mit dir los?«, frage ich sie. »Du wirkst ja völlig aufgelöst.«

Sie starrt mich an. »Wir hatten für die kommenden Tage ein paar Buchungen, wovon knapp die Hälfte wieder storniert worden sind.«

Sind Bens Qualitäten als Hotelmanager daran schuld? Sollten sich die schon so weit herumgesprochen haben, dass Gäste ihren geplanten Aufenthalt bei uns stornieren, ist das definitiv der Anfang vom Ende dieses Hotels. »Wie konnte das denn passieren?«, frage ich.

Sie zuckt mit den Schultern. »Das würde ich auch gerne wissen. Aber das ist nicht das einzige Problem.« Sie macht eine Pause. »Charlotte Beringdorf ist angekommen.«

Ich kräusle die Stirn. »Ja und? Wir haben doch gewusst, dass sie kommt.«

»Ich weiß nicht, ob es ein Test ist oder ob sie wirklich ihr Gepäck verloren hat«, sagt sie mit einer Spur von Hysterie in der Stimme.

»Sie hat ihr Gepäck verloren? Auf dem Weg hierher?«

»Nein, natürlich nicht. Sie ist mit dem Flugzeug in Hamburg gelandet und dort hat es sich nicht auf dem Band befunden.« Pauline spricht so schnell, dass ich sie kaum verstehe.

»Langsam, langsam«, sage ich, während Pauline Luft holt. Ich schenke ihr ein Glas Wasser aus der Flasche ein, die ich auf dem Schreibtisch finde. »Wenn es so ist, wie du sagst, dann ist das doch nicht unsere Schuld.«

Sie nimmt das Glas entgegen und trinkt einen Schluck.

»Verstehst du? Es ist Sache der Fluggesellschaft.«

Entgeistert starrt sie mich an, als würde ich Suaheli sprechen, obwohl ich außer Englisch und Spanisch keine weitere Fremdsprache kann.

»Du kapierst es nicht«, ruft sie und wirft die Hände in die Luft. Das Wasser hat offensichtlich nicht die gewünschte Wirkung erzielt, sie zu beruhigen. »Ich habe Charlotte – die übrigens richtig nett ist –, gefragt, ob sie sich übergangsmäßig etwas von meinen Klamotten leihen will. Und zwar so lange, bis sie ihren Koffer bekommt.« Sie tippt sich an die Stirn. »Ich muss komplett verrückt sein.«

»Wieso? Das ist doch eine super Idee. Damit sammelt das Hotel sicher einige Pluspunkte.«

»Ich habe dieses Angebot einfach hinausposaunt, ohne darüber nachzudenken«, jammert sie. »Überleg doch mal. Charlotte ist Reisebloggerin und Influencerin. Ich hätte ihr anbieten sollen, sie in eine exklusive

Boutique zu chauffieren, damit sie sich etwas Neues kaufen kann. Und was mache ich stattdessen? Ich biete ihr meine eigenen abgetragenen Kleider an.«

Ohne, dass ich es verhindern kann, lache ich laut auf. Pauline hat recht: Es war ziemlich mutig von ihr. Immerhin ist Charlotte in ganz Deutschland bekannt, wenn nicht sogar darüber hinaus. »Und was hat sie darauf gesagt?«

Sie fasst sich an den Kopf. »Dass sie die Idee super findet.« Ihre Worte stolpern übereinander. »Und jetzt kann ich keinen Rückzieher mehr machen. Sie ... ist so schick und ich habe überhaupt nichts Passendes, was ich ihr leihen könnte. In meinen Hosen und Blusen wird sie aussehen, wie eine Landstreicherin.« Sie senkt den Kopf. »Oder wie ein Zirkusclown.«

Ich stelle es mir bildlich vor und pruste los. Prüfend sehe ich an Pauline hinab. »Also ich finde nicht, dass dein Dress wie das einer Landstreicherin aussieht. Und wie das eines Zirkusclowns erst recht nicht.«

»Das ist Arbeitskleidung, Franzi«, raunt sie. »Du kennst meine Freizeitkleidung nicht.« Je mehr Worte aus ihr heraussprudeln, desto panischer klingt sie. »Ich mache mir privat nicht allzu viel aus Klamotten und könnte mich dafür ohrfeigen, dass ich ihr dieses Angebot gemacht habe.« Ihre Stimme bricht. »Ich wäre nie so mutig wie du und würde einen knallroten Mantel tragen. Mir wäre das viel zu auffällig, obwohl es mir insgeheim gefallen würde.« Zerknirscht sieht sie mich an. »Du siehst in dem Mantel mega aus.« Sie zieht die Luft durch ihre Nase. »Doch ich ... ich habe einfach keinen Geschmack.«

Ich wünschte, ich könnte ihr helfen. Unter ihren Achseln bilden sich deutlich sichtbare Schweißflecken.

Kurzerhand mache ich ihr einen Vorschlag. »Wir beide müssten in etwa die gleiche Kleidergröße haben. Demnach müsste auch Charlotte Beringdorf meine Statur haben, richtig?«

Sie nickt und presst die Lippen aufeinander. »Worauf willst du hinaus?«

»Wollen wir mal meinen Kleiderschrank durchforsten?«

Ihr Blick erhellt sich. »Du würdest ihr was von deinen Sachen leihen? O Franzi, das wäre fantastisch.«

»Kein Problem. Wir müssen ihr auch nicht verraten, dass sie von mir stammen.«

***

Als ich am späten Abend nach einem Strandspaziergang wieder im Hotel bin, winke ich Jakob an der Bar zu. Unter den Gästen ist eine Frau, die passend zur hellblauen Jeans eine bunte Tunika trägt. Charlotte Beringdorf! *Du meine Güte, sie sieht in meinen Klamotten um Welten besser aus als ich.* Irgendwie edler und aufsehenerregender. Ob es daran liegt, dass sie ein paar Jahre älter ist als ich? Oder ist es die Kombi? Auf diesen Mix wäre ich niemals gekommen und auf den orangefarbenen Lippenstift gleich dreimal nicht. Neidlos muss ich anerkennen, dass sie nahezu perfekt aussieht. Bevor sie bemerkt, dass ich sie beobachte, verschwinde ich besser von hier.

Jakob reicht Charlotte einen durchsichtigen Drink und zwinkert mir im Anschluss zu. Ich zwinkere zurück und remple just in diesem Moment mit jemandem zusammen.

»Entschuldigung!«, rufe ich aus und schlage mit der Hand automatisch an die Brust meines Gegenübers. *Ben!*

»Was gibt es denn so Spannendes da drinnen zu sehen?« Er reckt den Hals. »Ah, Charlotte Beringdorf.«

»Du hast sie schon kennengelernt?«, stammle ich und ziehe die Hand von seiner Brust.

»Ja, ich habe höchstpersönlich den höflichen und sympathischen Hotelchef gespielt.«

Gespielt ist genau der richtige Ausdruck, denke ich mir, hüte mich jedoch, es laut auszusprechen.

»Und, was hast du heute noch Schönes vor?«, fragt er mich mit einem intensiven Blick, der es mir unmöglich macht, mich von ihm loszureißen. In diesem Moment fallen mir die hellen Sprenkel in seinen dunklen Augen auf, die ihn geheimnisvoll wirken lassen.

»Ich? Ich komme gerade von einem Spaziergang und gehe jetzt auf mein Zimmer.«

»Lust auf einen Absacker auf der Dachterrasse?« Dieses Angebot kommt völlig überraschend. Ben will Zeit mit mir verbringen? Er und ich allein auf der Dachterrasse? Ich schlucke und schwanke zwischen dem Gedanken abzulehnen und dem, dass ja wohl nichts dabei ist, mit einem Kollegen – der nebenbei zufälligerweise noch der Chef ist – einen Drink zu sich zu nehmen. Wobei der Abend allein in meinem Zimmer sicher ziemlich öde sein würde. Die neue Netflix-Serie könnte warten, genauso wie das Internet. Und der Gedanke an die

Dachterrasse, die ich noch nicht kenne, klingt verlockend.

»Was ist?«, fragt er mit seiner angenehmen Stimme und hebt eine Augenbraue. »Warum siehst du mich so an, als hätte ich dir gerade ein unanständiges Angebot gemacht?«

»Hast du ja nicht«, antworte ich ein paar Oktaven höher und überspiele meine Unsicherheit. Auf meinen Armen bildet sich eine angenehme Gänsehaut. Hoffentlich bemerkt er sie nicht.

»Also? Kommst du mit?«

»Klar, warum nicht?«, sage ich möglichst belanglos. Denn etwas anderes ist es schließlich auch nicht: belanglos! Sicher kommt es mir zugute, wenn ich mich mit Ben gut stelle. Außerdem ist er meiner Meinung nach, nicht durch und durch das Ekelpaket, für das ihn alle hier halten. Das hat er mir spätestens heute bewiesen, als er mich kurz in sein Innerstes blicken ließ und von seiner Kindheit erzählte.

»Na dann!« Er deutet auf den Aufzug. »Nach dir.«

Ich straffe die Schultern und gehe voran, mit der Gewissheit, dass er mich ganz genau beobachtet. Es muss so sein. *Ob ich von hinten eine gute Figur abgebe?* Verdammt! Warum ist mir das wichtig?

Wenige Sekunden, nachdem wir den Aufzug betreten haben, schließt sich die Tür, und er setzt sich mit einem summenden Geräusch in Bewegung. Ben lehnt an der Wand gegenüber. Die Luft hier drinnen ist stickig und ich schwitze. Ben sieht mich einfach nur an und schweigt.

»Ziemlich warm hier«, sage ich in die unangenehme Stille hinein.

Er zieht die Augenbrauen in Richtung Stirn. »Heiß trifft es besser.« Sein Blick wandert zu meinen Haaren, die ich offen trage. Du meine Güte, er hat meine Worte doch hoffentlich nicht als Anmache verstanden? *Nein, sicher nicht,* beruhige ich mich im Geiste. Genauso wie ich, spricht er bestimmt vom Aufzug. Ich schnappe nach Luft. Obwohl ich noch nie Platzangst hatte, wünschte ich, die Aufzugtüren würden sich endlich öffnen. Die Spannung zwischen uns muss dringend durchbrochen werden. Ob Ben sie auch fühlt? Er zieht sein T-Shirt aus dem Hosenbund und verschafft sich mit einer wedelnden Bewegung Abkühlung. Ich beiße mir auf die Unterlippe und beobachte ihn.

Es ruckelt und das Summen des Aufzugs verstummt. Das Licht flackert auf, bevor es erlischt.

»Ah!«, schreit Ben auf.

»Pass auf!«, rufe ich aus, als er mich mit lautem Krachen zu Boden reißt.

In einer gleichermaßen peinlichen, wie romantischen Umarmung liegt er auf mir. »Hast du dir wehgetan?« Sein Atem streift mein Gesicht; der bekannte Duft aus prickelnder Zitrone, die auf schwarzen Pfeffer und wilden Rosmarin trifft, vernebelt meinen Verstand.

»Nein!«, hauche ich.

Ohne die Position zu verändern, räuspert er sich. »Machst du das absichtlich, Franzi Franziska?« Sein Gesicht ist nur wenige Millimeter von meinem entfernt.

»Was?«, wispere ich und schließe die Augen. Mit einem tiefen Atemzug zwinge ich mich, gelassen zu bleiben.

»Mich zu Fall zu bringen. Immerhin machst du das heute zum zweiten Mal.« Auch wenn ich sein Gesicht nicht sehen kann, spüre ich, dass er lächelt.

»Du bist nicht der erste Mann, den ich umhaue«, entgegne ich und schiebe ihn sanft von mir.

Er rückt von mir ab.

»Wo ist der Notfallknopf?«

»Keine Ahnung.« Ich höre, wie er sich auf den harten Boden setzt. »Die holen uns sicher gleich hier raus. Bei der Aufzugfirma sollte normalerweise in diesem Moment automatisch der Alarm läuten, der auf die Störung hinweist.«

»Und wenn nicht?«

»Dann bleiben wir die ganze Nacht hier«, sagt er beinahe gleichgültig.

»Okay! Dann kein Drink auf der Dachterrasse?«, hauche ich.

»Du bekommst deinen Drink ganz bestimmt noch«, sagt er sanft.

Ich schlucke.

Eine Weile hocken wir da. Die Stille umgibt uns wie ein Kokon. Jedes Geräusch lässt mich zusammenzucken.

»Hast du Angst im Dunkeln?«, fragt Ben.

»Nein, im Gegenteil. Ich finde es total aufregend.«

»Wirklich?« Hat er den Sarkasmus in meiner Stimme überhört? »Vielleicht hast du ja Glück und die Störung dauert noch etwas an.«

Ich verdrehe die Augen. »Hoffentlich nicht.«

»Was wäre, wenn wir hier ewig festsitzen würden ... Gäbe es denn jemanden, der dich vermissen würde?«

»Bei dir etwa?«, stelle ich die Gegenfrage.

»Nein«, entgegnet er unverblümt. »Jetzt du.«

»Was?«

»Beantworte meine Frage. Würde dich jemand vermissen?«

Kurz überlege ich, ob ich ihn anflunkern soll. Schließlich entscheide ich mich für die Wahrheit. »Nein«, sage ich und es klingt fast wie ein Geständnis.

»Hättest du denn gerne jemanden, der dich vermisst?«

»Was soll diese Fragerei, Ben?«

Er lacht. »Nichts. Ich versuche nur, uns die Zeit zu vertreiben.«

»Frage abgelehnt«, sage ich bestimmt und stehe auf.

»Was machst du?«

»Ich suche den Notfallknopf.« Mit der Handfläche taste ich die Wand ab.

»Komm, setz dich wieder. Ich sagte doch, dass die Aufzugfirma uns retten wird. Lass uns noch ein wenig dieses Fragespiel weitermachen.«

»Na gut«, entgegne ich und seufze. Ich sinke wieder zu Boden. »Aber nur so lange wir hier festsitzen. Und die nächste Frage stelle ich.« Angestrengt überlege ich. »Was war dein peinlichstes Erlebnis bei einem Date?«

Ben lacht kehlig. »Das möchtest du nicht wissen.«

»Doch, das möchte ich. Du wolltest dieses Spiel, also hast du dich an die Regeln zu halten.«

»Okay, okay! Ich gebe mich geschlagen. Das peinlichste Erlebnis war ein Tinder-Date, das ich in einem Restaurant getroffen habe.« Er hält kurz inne. »Sie hat mir geschrieben, dass sie ein rotes Kleid tragen würde.«

Gespannt lausche ich seinen Worten.

»Als ich dann ins Restaurant gekommen bin, habe ich sie sofort an der Bar sitzen sehen. Ich bin zu ihr gegangen und hab gesagt: *Hallo, Sophie.* Daraufhin hat sich eine ältere Dame umgedreht und mich angelächelt. Ich sags dir, mein Mund war augenblicklich staubtrocken.«

Ich kichere und kann mir gut vorstellen, wie perplex er damals war. »Und dann?«

»Dann bat sie mich, mich zu setzen. Ich war so verdutzt, weil Sophie auf dem Foto ganz anders ausgesehen hatte. Aber diese Frau ... Sie war so bestimmend, dass ich mich nicht getraut habe, einfach wieder zu verschwinden. Also habe ich mich zu ihr gesetzt.«

Bildlich stelle ich mir vor, wie Ben verzweifelt versucht haben muss, diesem Date zu entkommen, und aus Höflichkeit erst mal geblieben ist.

»Sie hat mir langweiliges Zeug über ihr Leben und die Schiffsbaubranche erzählt, und dann ... hat sie gefragt, wie viele Kinder ich noch mal aus erster Ehe hätte. Spätestens da wäre ich am liebsten davongelaufen.«

»Weil du keine Kinder aus erster Ehe hast?«

»Genau. Weder Kinder noch Ehe. Auf jeden Fall hat sie dann schallend gelacht, bevor sie die Situation aufgeklärt hat.«

»Jetzt bin ich gespannt.«

»Sie hat gesagt: *Junger Mann, es war mir eine Freude, mich mit Ihnen zu unterhalten, aber ich denke, Ihr echtes Date wartet am Nebentisch.* Sie deutete mit dem Kinn zu einem Mädchen, das deutlich mehr in mein Beuteschema passte. Du glaubst nicht, wie erleichtert ich war.«

»Die ältere Dame hat dich veräppelt?« Ich lasse die Kinnlade hängen. »Witzige Geschichte«, sage ich und kichere.

»Und jetzt will ich deine hören.«

In diesem Moment ruckelt es, das Licht geht an und der Aufzug setzt sich in Bewegung.

Mit einem Satz springe ich auf. Ben tut es mir gleich. Die eben noch herrschende Vertrautheit ist mit dem angegangenen Licht erloschen.

»Auf der Dachterrasse will ich dein peinlichstes Date-Erlebnis hören.«

»Wir haben ausgemacht, das Fragespiel nur so lange zu spielen, wie wir hier festsitzen. Ich würde sagen: Pech gehabt.« Grinsend zucke ich mit den Schultern und folge ihm den Gang entlang.

Ben bleibt vor einer der wenigen Türen stehen. Er öffnet sie mit der Zimmerkarte.

Ich trete hinter ihm in einen Raum mit dunklen Eichenmöbeln, einer Chaiselongue vor dem bodentiefen Fenster, das einen atemberaubenden Blick auf eine beleuchtete Dachterrasse freigibt. Ich schnappe nach Luft, als mir bewusst wird, wo ich mich befinde – in Bens Loft.

In meinem Magen grummelt es. Ich schnaube und mache sofort auf dem Absatz kehrt.

»Wo willst du hin?«, ruft er mir hinterher.

»Das fragst du noch?« Die Wut kocht in mir hoch. Ich drehe mich um und blitze ihn an. »Machst du das mit jeder Frau so?«

»Wovon redest du?« Er kneift die Augen zusammen, als wenn er keine Ahnung hätte, was ich meine.

»Sie hinter fadenscheinigen Ausreden in dein Loft locken?«

Er gestikuliert mit den Händen. »Ich habe dich doch gefragt, ob du mit mir auf die Dachterrasse willst.«

»Ja, das hast du«, raune ich. »Dabei hast du das klitzekleine Detail vergessen, mir zu sagen, dass es sich um deine handelt.«

»Es gibt keine andere in diesem Hotel.«

»Und woher soll ich das wissen?« Ich laufe einige Schritte weiter in Richtung Aufzug und werfe erneut einen Blick über die Schulter.

Ben steht an der Tür und folgt mir nicht. »Du siehst übrigens hübsch aus, wenn du wütend bist, Franzi Franziska.«

Ich winke mit der Hand ab. »Vergiss die Vorstellung, dass du mich als weiteren Pokal in deinen Frauen-Eroberungsschrank stellen kannst.« Mit diesen Worten steige ich in den Aufzug. Als die Tür sich hinter mir schließt, lehne ich mich gegen die kühle Wand. Wie konnte ich nur so bescheuert sein und denken, ich würde mit einem Kollegen ... okay, mit meinem Chef einen harmlosen Absacker trinken? Harmlos ist an Ben lediglich sein Name.

10

In den vergangenen beiden Wochen habe ich es erfolgreich geschafft, eine professionelle Distanz zwischen Ben und mir zu wahren. Nicht, dass wir zuvor nicht professionell miteinander umgegangen wären, aber ich war zugegeben kurzzeitig nicht abgeneigt, hinter seine arrogante Fassade zu blicken. Doch seit seinem hinterlistigen Versuch, mich auf seine Dachterrasse zu locken, habe ich das Interesse daran verloren. Mittlerweile habe ich ihn auch wieder mehrfach mit anderen Frauen gesehen. Vermutlich haben die kein Problem damit, sich zu den weiteren Trophäen in seinem Frauen-Eroberungsschrank einzureihen. Mir solls recht sein. Ich erledige meine Arbeit, für die ich bezahlt werde – und die findet im Garten statt.

Apropos Garten: Der gefällt mir gar nicht. Seit ich den Dünger auf der Wiese verteilt habe, wird der Rasen von Tag zu Tag brauner als grüner. In meiner Verzweiflung rufe ich in der Mittagspause zu Hause an.

»Hallo mein Schatz, schön von dir zu hören«, begrüßt Mama mich mit ihrem gewohnt liebevollen Tonfall. »Wie geht es dir? Was macht das Hotel? Und wie schmeckt die Arbeit?«

»Alles prima! Der Muskelkater ist weg und dank der Kinderarbeit, zu der ihr mich mein halbes Leben in der

Gärtnerei verdonnert habt, weiß ich meist, wie ich mit den Pflanzen umzugehen habe.«

»Du kannst es nicht lassen«, sagt Mama und lacht.

»Was?«

»Uns Kinderarbeit zu unterstellen.«

Ach, wie gerne wäre ich jetzt bei ihr und würde sie umarmen. Ich würde ihr sagen, dass Mithelfen, sicher keinem Kind schadet. Doch ich weiß, dass Mama mir meine Worte nicht übelnimmt.

Wir plaudern über die Neuigkeiten aus der Hamburger Nachbarschaft, über Kathis Eltern, mit denen meine vor Kurzem zu einem Musicalbesuch verabredet waren, und über meinen Job im Hotel. Als ich ihr mehrfach versichert habe, dass es mir gut geht, komme ich auf den eigentlichen Grund meines Anrufes.

»... und seitdem verwandelt sich der Rasen allmählich in einen Braun-Gelbton, der mir gar nicht gefällt«, schließe ich meine Erläuterung.

»Hast du ihn denn genug gewässert?«, fragt Mama.

»Ja, sofort nach dem Düngen. Das habe ich von euch so gelernt«, antworte ich nicht ohne Stolz.

»Hm, lass mich nachdenken.« Sie macht eine kurze Pause und setzt erneut an. »Wahrscheinlich hast du zu viel Dünger verwendet. Kann das sein?«

Ich zögere. »Na ja ... das war schon ... viel.« Ich erinnere mich an den Tag, an dem ich mich an die Arbeit gemacht habe. Nachdem ich im Kopf gehabt hatte, dass ich ihn danach gut gießen muss, habe ich ehrlicherweise über die Menge des Düngers keine allzu großen Gedanken verschwendet. »Und was mache ich jetzt?«

»Weiter wässern. Viel, viel wässern«, erklärt Mama mir. »Und kauf am besten eine Turbo-Nachsaat, damit bekommst du die braunen Stellen weg.«

Mamas Worte erscheinen wie ein Rettungsring, den sie mir auf einem sinkenden Schlauchboot zuwirft.

***

Als ich nach der Mittagspause in den Garten gehe und den Schaden noch mal betrachte, kommt Ben über den Hintereingang angelaufen. Er keucht und sein Gesicht ist vom Joggen erhitzt. Sein Shirt ist schweißnass. Er stützt seine Hände auf den Oberschenkeln ab und atmet schwer. »Hier bist du also.«

»Wo sonst?«, antworte ich ruhig und ignoriere seinen rauen Tonfall.

»Kannst du mir sagen, was das hier soll?« Mit dem Kinn deutet er auf die braunen Stellen auf dem Rasen. »Ich dachte, du verstehst was vom Gärtnern.«

Ich schwanke zwischen dem mittlerweile stärker werdenden Drang, ihm ebenso patzig zu antworten, und meinem Verstand, der mir sagt, dass ich höflich bleiben sollte. »Du hast recht, mir ist da ein Missgeschick passiert. Aber ich bringe es wieder in Ordnung. Ganz sicher.«

»Manchmal frage ich mich, ob du nicht besser in der Küche aufgehoben wärst«, blafft er.

In mir brodelt es. Was fällt diesem arroganten Kerl überhaupt ein? Wenn ich jetzt nicht aufpasse, sprudeln unkontrolliert Worte aus mir heraus, die ich später bereuen werde. Ich wende mich ab, gehe ein paar Schritte und atme durch. Doch seine Aussage wurmt mich. Wie kann er so etwas sagen? Was für eine bodenlose Frechheit.

»Wo willst du hin?«, ruft er mir hinterher.

Blitzschnell drehe ich mich um und funkle ihn an. »Willst du behaupten, eine Frau gehört in die Küche?« Ich stemme die Hände in die Hüften und mache einige Schritte auf ihn zu. »Willst du das wirklich sagen?« Nun stehe ich so nah vor ihm, dass ich die Wärme seines erhitzten Körpers deutlich spüre.

Abwehrend hebt er beide Hände. »Nein, nein, so war das nicht gemeint. Du hast mich falsch verstanden.«

»Was kann ich an dieser Aussage bitte schön falsch verstehen?«

»Ich habe mich möglicherweise etwas unglücklich ausgedrückt.«

»Dann überlege das nächste Mal, bevor du derartigen Stuss vom Stapel lässt.« Damit drehe ich mich um und lasse ihn stehen. Sofort meldet sich das schlechte Gewissen. Bin ich mal wieder zu weit gegangen? Ob er mir jetzt endgültig kündigt?

»Übrigens!«, ruft er mir hinterher. »Jakob hat gekündigt.«

Wie bitte? Habe ich mich verhört? Abrupt bleibe ich stehen und meine Kinnlade klappt nach unten. »Was?« Hat er eben von Jakob gesprochen oder hat er mir tatsächlich gerade gekündigt? »Habe ich dich richtig verstanden? Du hast Jakob gekündigt?«

»Nein, habe ich nicht. Er hat es selbst getan. Wahrscheinlich ist er bereits weg. Er hat angedroht, sofort seine Koffer zu packen«, sagt er mit einem Blick auf seine Sportuhr.

»Das glaube ich nicht.« Ich rede mir ein, dass Ben lügt. Doch warum sollte er?

Ohne auf eine weitere Erklärung zu warten, laufe ich ins Haus. Pauline steht nicht an der Rezeption und so gehe ich im Laufschritt durch den Gang zu den Personalzimmern. Vor Jakobs Tür bleibe ich stehen. Sie ist nur angelehnt. Aus dem Zimmer dringt lautes Stimmengewirr. Ich stoße die Tür auf.

Pauline hält Jakob am Ärmel fest und versucht, ihn daran zu hindern, seine Kleidungsstücke vom Schrank in den Koffer zu schmeißen, der auf seinem Bett liegt.

»Bro, überleg es dir doch noch mal«, redet Oliver auf ihn ein, der auf dem Holzstuhl am Fenster sitzt und seine Unterarme auf den Oberschenkeln abgelegt hat.

Nala ist ebenfalls hier und hat die Arme vor der Brust verschränkt. »Ich finde, Jakob handelt richtig. Ich würde mir das auch nicht länger gefallen lassen.«

»Was ist passiert?«, durchbreche ich die Diskussion.

Alle sehen mich an.

Jakob hält kurz inne und zerknüllt ein kariertes Hemd in seinen Händen. Seine Wangen sind gerötet. »Ben hat mich mal wieder angemault, weil ich gestern Abend nach meiner Schicht das ungewaschene Geschirr hinter der Bar stehen gelassen hab.«

»Ja und?« Ich verstehe das Problem nicht.

»Er fordert, dass immer alles picobello ist.« Er reißt beide Hände in die Höhe und das Hemd gleitet zu Boden. »Aber habt ihr seinen Schreibtisch gesehen? Darauf herrscht das pure Chaos.«

»Darum geht es doch nicht«, sagt Pauline beschwichtigend. »Er ist der Boss und es hat uns nicht zu kümmern, wie sein Schreibtisch aussieht. Wir hingegen haben seinen Anweisungen zu folgen. Und in deinem Fall bedeutet das eine ordentliche Bar nach Dienstschluss.«

»Es sind doch ohnehin kaum Gäste hier.« Er bückt sich nach dem Hemd und knallt es in den Koffer. »Allmählich beginnt die Saison und wir haben so viele Gäste wie im tiefsten Winter, wo keiner an die Ostsee will, weil der eisige Wind dein Gesicht einfrieren lässt.« Fragend sieht er in die Runde. »Verschließt ihr alle die Augen, Leute? Wer von den alten Stammgästen kommt denn noch, seit Ben hier die Herrschaft übernommen hat?«

»Du hast recht«, pflichtet Nala ihm bei und nickt. »Und wenn Ben so weiter macht, bin ich die Nächste.«

Pauline schüttelt den Kopf und dreht sich zu ihr. »Nun hör aber bitte auf.« An Jakob gerichtet, sagt sie: »Ben ist sicher nervös, weil Charlotte Beringdorf zum zweiten Mal innerhalb von wenigen Wochen hier ist. Möglicherweise hat er Schiss, dass sie doch über das Hotel berichtet und er dabei nicht glimpflich davonkommt.«

»Mir egal.« Jakob hastet zum Fenster und reißt es auf. »Ich brauche Luft.« Im Anschluss wendet er sich wieder dem Inhalt seines Schrankes zu. »Glücklicherweise habe ich so viel Überstunden und Resturlaub, dass ich ganze zwei Monate die Füße hochlegen und überlegen kann, wie es für mich weitergeht.«

»Für uns geht es hier ohne dich deutlich schlechter weiter«, jammert Pauline.

»Willst du damit etwa sagen, du wirst mich vermissen?« Er mustert sie mit betrübtem Blick.

»Natürlich werde ich das.«

»Warum hast du dann all meine Versuche, dich zu einem Date zu bewegen, abgewehrt?« Er wischt sich mit der Hand über das Gesicht, als wolle er seine Enttäuschung abwischen.

Pauline senkt den Blick und reibt ihre Handflächen aneinander. Es scheint, als würde sie nach einer passenden Antwort ringen. Vermutlich eine, die ihn nicht vor den Kopf stößt.

Oliver beendet die unangenehme Stille. »Wir können dich nicht zum Bleiben überreden.«

»Nein«, sagt Jakob. Die Endgültigkeit in seiner Stimme jagt mir einen Schauer über den Rücken. »Leute, bitte versteht mich. Es ist nicht das erste Mal, dass Ben mit mir umgesprungen ist, als wäre ich sein Eigentum. Beim letzten Mal habe ich mir geschworen, dass ich das nicht mehr länger mitmache.«

»Ich wünschte, du hättest mit uns gesprochen«, sage ich und presse die Lippen aufeinander.

»Das hätte auch nichts verändert. Außerdem habe ich es ja mehrfach angedeutet, wie sehr mich sein Verhalten genervt hat.«

Je länger ich hier arbeite, desto klarer wird mir, dass meine Kollegen recht haben. Ben ist auf dem besten Weg, nicht nur die Gäste zu vergraulen, sondern auch sämtliche Mitarbeiter.

Deshalb fasse ich einen Entschluss: Ich werde mit ihm sprechen, weil es offensichtlich sonst niemand tut.

11

Schon als ich über den Gang gehe, weiß ich, dass Ben hier irgendwo sein muss. Er hat die Lobby mal wieder in eine Rockhölle verwandelt und das, obwohl er Pauline versprochen hat, dies während der Anwesenheit von Charlotte Beringdorf bleibenzulassen. Bei ihrem vergangenen Besuch hat er sich darangehalten, aber offensichtlich juckt ihn sein Versprechen nicht mehr.

»Ich gehe jetzt«, schreit ein aufgebrachter Gast Ben mit knallrotem Gesicht an.

Ben stampft hinter der Rezeption hervor. »Nein, ich werfe Sie raus«, blafft er den älteren Herrn an. Seine Haare sind noch feucht und verwuschelt, so als hätte er sie nach dem Waschen nicht gekämmt.

Sprachlos betrachte ich das Schauspiel.

Als der Mann fluchend das Hotel verlassen hat, macht Ben eine abwehrende Handbewegung und verschwindet im Büro hinter der Rezeption. Mich hat er nicht bemerkt.

Ich schalte die Musik aus. Die darauffolgende Ruhe tut meinen Ohren gut.

»Was soll das?«, mault Ben und reckt den Hals.

Ohne anzuklopfen, betrete ich das Büro.

»Das frage ich dich«, raune ich. »Kapierst du eigentlich, was du hier veranstaltest?«

Seine Augen werden größer und er nimmt die Beine vom Tisch. »Du gefällst mir, wenn du wütend bist, Franzi Franziska.«

»Nenn mich nicht immer so«, blaffe ich.

Sein unschuldiger Blick macht mich rasend. »Du vergraulst Mitarbeiter und Gäste. Willst du das wirklich?« Ich setze mich auf den Drehstuhl gegenüber seinem Schreibtisch, weil ich Abstand zu ihm brauche.

Ben presst die Lippen aufeinander und atmet tief durch. »Wenn du es genau wissen willst, ist es mir egal.« Er zuckt mit einer Schulter und sieht mich mit bester Unschuldsmiene an.

»Warum bist du so?«, frage ich. »Ich verstehe dich einfach nicht. Niemand versteht dich. Du kannst doch nicht wollen, dass das Erbe deiner Eltern den Bach runtergeht.«

»Wie ich schon sagte, es ist mir egal. Und wenn du es genau wissen willst, dann verrate ich dir eines: Ich hasse diesen Job.«

Mit großen Augen starre ich ihn an. Hat er das eben tatsächlich gesagt? Beinahe bekomme ich Mitleid mit ihm, aber wirklich nur beinahe. »Aber ... warum verkaufst du dann nicht?« Immerhin handelt es sich beim Greifenberg um ein Haus, das sicher einen guten Marktwert hat. Natürlich nur, wenn Ben es nicht völlig herunterwirtschaftet.

Er seufzt und verschränkt die Arme vor der Brust. »Weil meine Eltern doch tatsächlich in ihrem Testament verfügt haben, dass das Hotel in Familienbesitz bleiben muss.« Er beugt den Oberkörper nach vorn. »Verstehst du? Ich darf niemals verkaufen.« In seiner Stimme liegt eine Spur von Verzweiflung. »Ich bin auf

Lebzeiten an dieses Haus gebunden. Außer ...« Er sieht mir mit einem ehrlichen Blick in die Augen. »Außer, es rottet allmählich vor sich hin und geht bankrott. Dann kann ich hier zusperren und bin frei.«

»Wow!« Ich bringe kein weiteres Wort über die Lippen. In meinem Kopf purzeln die Gedanken durcheinander. Hat Ben mir gerade verklickert, dass er das Hotel in den Ruin treiben will?

Ein Knoten bildet sich in meinem Magen, als ich sein Büro verlasse. Draußen stoße ich beinahe mit Pauline zusammen.

»Was ist los?«

Wortlos schüttle ich den Kopf und will gerade an ihr vorbei stürmen, als sie mich am Ärmel packt.

»Franzi, sag mir, was passiert ist?« Ihr Blick wandert zur Bürotür. »Nein!«, kreischt sie. »Nicht auch noch du.« Ihre Hand fliegt zum Mund und sie tritt einen Schritt zurück, als würde die Decke über uns einstürzen.

»Nein, nein!«, beruhige ich sie. »Ich habe nicht gekündigt. Und er mir auch nicht.«

Erleichtert lässt sie die Luft aus ihrem Mund strömen. »Meine Güte, du hast mir echt einen Schrecken eingejagt. Noch eine Hiobsbotschaft heute hätte ich nicht verkraftet.«

In diesem Augenblick betritt Charlotte Beringdorf die Lobby.

Sofort setzt Pauline wieder ihre professionelle Miene auf und lächelt sie an. »Na? Hattest du einen schönen Tag?« Mittlerweile ist Charlotte mit jedem von uns per Du.

»Ja! Ich habe geniale Fotos an der Steilküste geschossen und ein paar Videos für Instagram gedreht.« Sie blickt an sich hinab. »Und es ist großartig, dass ich bei diesem Besuch in meinen eigenen Klamotten herumlaufen kann. Nicht, dass mir deine nicht gefallen hätten, aber in meinen fühle ich mich wohler.« Als sie mit gekräuselter Stirn mein Shirt betrachtet, halte ich die Luft an. Es ist eines von denen, das ich ihr bei ihrem letzten Aufenthalt geliehen hatte. Spricht sie mich nun gleich darauf an, ob ich nun auch noch in Paulines Kleidern herumlaufe?

Sie bleibt stumm. »Nachher will ich im *Küstentraum* essen«, verkündet sie stattdessen.

»Oh, das ist ein ganz wunderbares Lokal. Das Ambiente ist gemütlich und stilvoll, und das Essen wird dich begeistern«, schwärmt Pauline.

Charlottes Augen leuchten. »Magst du mich dorthin begleiten?«

Paulines Wangen werden rot und sie fährt sich mit der Hand durch die Haare.

»So als kleine Wiedergutmachung für deine großzügige Leihgabe?«

»Das wäre schön, a–a–aber ...«, stottert Pauline und beißt sich auf die Unterlippe.

»Leider dürfen wir Angestellten nicht mit den Gästen ausgehen«, vollende ich ihren Satz.

Dankbar lächelt sie mich an. »So ist es. Bedauerlicherweise ist das verboten.«

»Schade«, sagt Charlotte und zwinkert.

Pauline steht wie angewurzelt da und starrt auf Charlottes ausgestreckte Hand.

»Meine Zimmerkarte.«

Pauline dreht sich um. »Ach so, ja. Natürlich.«

Als Charlotte im Aufzug nach oben fährt, sehe ich Pauline fragend an. Sie tippt hektisch auf der Computertastatur herum.

»Warum bist du so verunsichert?«

»Hm?« Sie beachtet mich kaum, sondern hämmert weiter in die Tasten.

»Warum Charlotte dich so aus der Fassung bringt?«

»Weil ... Weil sie so ein großer Star ist und ich Angst habe, etwas falsch zu machen.« Die Sorge steht ihr ins Gesicht geschrieben.

»Ach, mach dir keinen Kopf. Du bist total professionell und sie scheint dich zu mögen. Lass dich von ihrer Prominenz nicht aus der Bahn werfen.«

»Sie merkt bestimmt, dass ich immer absolut aufgeregt bin, wenn sie mit mir spricht«, jammert sie.

»Nein, du wirkst total stark«, sage ich mit einem Lächeln. »Das habe ich schon mehrmals beobachtet.«

»Ach was«, sagt sie und winkt mit der Hand ab. »Ich bin gar nicht stark.« Sie nimmt einen Stapel Papiere und steckt sie in einen Ordner.

Gerade als ich mich von ihr verabschieden will, sagt sie: »Hast du Lust, dass wir nachher was trinken gehen?«

»In der Beachbar? Gute Idee. Ich hatte mich ohnehin schon gewundert, dass du bei den Treffen mit den anderen nie dabei bist.«

»Nein, nicht in die Beachbar. Auf das Kollegengeschwafel würde ich gerne verzichten. Mir steckt Jakobs Kündigung noch im Nacken und ich habe keinen Nerv, das Thema erneut haarklein durchzukauen. Aber ich kenne ein Café in Bad Doberan. Dorthin könnten wir mit den Fahrrädern fahren. Wir haben welche für

Gäste da. Wenn du magst, können wir zuvor noch eine kurze Radtour auf dem Ostseeküstenradweg unternehmen.«

»Das klingt verlockend.« Eine Fahrradtour in der Abenddämmerung erscheint perfekt, um mein Hirn nach den Ereignissen des Tages durchpusten zu lassen.

***

Nach einer Tour auf dem Ostseeküstenradweg, während Meeresrauschen und Seeluft unsere ständigen Begleiter waren, kommen wir im Ortskern von Bad Doberan an. Das Café sieht mit seinen blau gestrichenen Fensterrahmen und der mediterranen Dekoration einladend aus. Ein paar Gäste sitzen in Decken eingemummelt vor dem Haus und schlürfen ihre Getränke. Wir gehen nach drinnen und wählen einen mit bunten Kissen dekorierten Sitzplatz in einer Ecke des Cafés. Muscheln in unterschiedlichen Farben und Größen hängen an Schiffstauen, die von der Decke baumeln.

»Hier gibt es übrigens die beste Sanddorntorte der Welt«, schwärmt Pauline, als wir die Bestellung aufgeben. Kurz darauf ertönt das Rattern des Kaffeevollautomaten.

Ich lehne mich zurück und atme den Duft nach frisch gemahlenem Kaffee ein.

»Wie war dein Tag?«, fragt Pauline. »Mal abgesehen von dem Drama mit Jakob, das uns alle betroffen hat.«

»Wenn ich außer Acht lasse, dass ich den Rasen ruiniert habe, war er ganz okay«, platzt es aus mir heraus. »Ben hat mich daraufhin behandelt wie eine Schwerverbrecherin.«

Nachdenklich pustet Pauline in ihren Kaffee, der soeben zusammen mit dem Kuchen gebracht wurde. Sie nimmt einen Schluck des Getränks und sieht mich direkt an. »Das kann jedem passieren, Franzi. Niemand ist perfekt.«

»Wenn es nur das Einzige wäre«, jammere ich. »Offensichtlich bekomme ich nichts richtig auf die Reihe. Erst der Brunnen, jetzt der Rasen.«

»Weißt du, was ich mache, wenn mir mal wieder alles über den Kopf zu wachsen scheint?«

»Was denn?«, frage ich, während ich mir eine Gabel der weltbesten Sanddorntorte in den Mund schiebe. »Hmm, göttlich.« Ich verdrehe die Augen.

»Ich nehme mir einen Augenblick, um durchzuatmen. Und wenn ich einen Fehler mache, dann passiert er halt. Ich will mich davon nicht verunsichern lassen, sondern daraus lernen.« Man merkt Pauline an, dass sie schon länger im Berufsleben steht als ich.

»Momentan fühlt es sich so an, als würde alles schiefgehen, was ich anpacke.«

Sie lacht. »Das stimmt doch gar nicht. In Bezug auf Ben scheinst du Wunder zu vollbringen.«

In dem Moment, in dem sie seinen Namen ausspricht, schlägt mein Herz ein paar Takte schneller – obwohl ich das gar nicht will. »Wie meinst du das?«

»Ich habe euch ein paarmal beobachtet«, sagt sie mit einem Zwinkern. »Er sieht dich anders an als die übrigen Mitarbeiter. Und du scheinst ihn zu faszinieren.«

»Glaubst du?« Meine Wangen glühen bei ihren Worten. Ich zwirble den Kaffeelöffel zwischen den Fingern.

»Mein Eindruck ist, dass er deine erfrischende Art mag. Du bist anders und scheust dich nicht, ihm auch mal die Meinung zu sagen. Das macht dich sympathisch – und möglicherweise attraktiv für ihn.«

Soll ich ihr davon erzählen, dass Ben nichts am Greifenberg liegt? Besser nicht. Mehr und mehr beschleicht mich das Gefühl, dass er sich mir in der kurzen Zeit bereits mehr anvertraut hat als meinen Kollegen.

»Ich mag zwar äußerlich taff wirken, aber ehrlicherweise fühle ich mich manchmal mickrig und klein.«

Pauline schiebt den leeren Kuchenteller zur Seite und leckt sich über die Lippen. »Mir geht es da oft nicht anders. Beruf und Privat sind zwei völlig unterschiedliche Ebenen. Und wenn ich da an Charlotte Beringdorf denke ...«, sagt sie und lächelt, »dann fällt es mir leichter, die Empfangsdame zu mimen, die ihr jeden Wunsch von den Augen abliest, als die private Pauline, die nicht mal etwas Anständiges zum Anziehen hat. Manchmal bin ich ganz froh, mich hinter der Uniform verstecken zu können.«

Ich lächle sanft. »Wenn du magst, gehen wir bei Gelegenheit mal zusammen shoppen und suchen dir was Hübsches aus.«

»Das würdest du für mich tun?«

»Natürlich. Weißt du, ich liebe einkaufen.« Ich denke an Kathi und unsere Shoppingtouren in Hamburg, die nun leider der Vergangenheit angehören. Wie es ihr wohl geht?

Gegen zwanzig Uhr verlassen wir das Café und radeln zurück zum Hotel. Vor dem Eingang sehen wir Ben mit einer Zigarette in der Hand sitzen. Er scheint uns gar nicht zu bemerken und pustet mit starrem Blick Ringe in die Luft.

Pauline hält kurz inne. »Ich geh schon rein«, flüstert sie und schiebt ihr Fahrrad in Richtung des Schuppens.

12

Obwohl ich Ben nicht leiden kann, schlägt mein Herz bei unseren Begegnungen ein paar Takte schneller – und wie jedes Mal würde ich dieses Gefühl am liebsten abstellen.

Ich rufe mir in Erinnerung, was Pauline mir im Café gesagt hat: Ben würde mich anders ansehen als die anderen. Ob er das tut, weil er mich gerne als Trophäe in seinem Frauen-Eroberungsschrank hätte? Hat er wohl jemals was mit einer seiner Angestellten gehabt?

»Hallo, Ben«, sage ich und lächle.

Er zuckt zusammen und hebt den Kopf. »Hi!« Schon sieht er wieder dem Rauch seiner Zigarette nach.

»Ist alles in Ordnung?«, frage ich und lehne mein Rad an die Säule neben dem Eingang.

Er sieht mich einen Augenblick lang an, als wolle er damit abschätzen, ob er mir vertrauen kann. »Das frage ich mich selbst«, entgegnet er schließlich. Ein Schatten huscht über sein Gesicht.

»Darf ich mich zu dir setzen?« Ohne seine Antwort abzuwarten, nehme ich neben ihm Platz. »Was ist los?«, frage ich sanft.

Seine Augen wirken noch dunkler als sonst und glänzen in die Nacht hinein. Hat er etwa geweint? Mein

Herz zieht sich zusammen, so als würde sein Schmerz auf mich überschwappen.

»Du kannst mir auch nicht helfen«, sagt er und senkt den Kopf.

»Manchmal genügt es schon, jemanden zu haben, der einem zuhört.«

Er wirft die Zigarette auf den Boden und tritt auf die Glut. »Wenn du es genau wissen willst, bin ich im Begriff, alles zu vermasseln.« Mit einem Seufzen lehnt er sich zurück und schließt die Augen.

»Was meinst du damit? Was vermasselst du?« *Wenn er mir gleich erzählt, dass seine miese Stimmung davon kommt, eine x-beliebige Frau nicht erobern zu können, stehe ich auf und gehe.*

»Das Hotel. Es geht den Bach runter.«

Ich stutze. »Aber ... ist es nicht das, worauf du abzielst?«

»Ja«, antwortet er gedehnt. »Irgendwie schon. Doch dass es nun so weit kommt, macht mir dennoch Bauchschmerzen. Ich bin nicht fähig, ein Hotel zu leiten.« Er öffnet die Augen wieder, lehnt sich nach vorn und stützt seine Unterarme auf den Oberschenkeln ab. »Und ehrlich gesagt, wäre ich es gerne. Doch dummerweise habe ich keine Lust dazu ...«

»Was unübersehbar ist«, entgegne ich und schmunzle. Ich beiße mir auf die Unterlippe. »Wozu hättest du denn Lust?«

Mit einem Ruck richtet er sich auf und sieht mir intensiv in die Augen. Ein freches Blitzen erscheint darin und er grinst. »Willst du das wirklich wissen, Franzi Franziska?«

Ach, du scheiße ... Meine Wangen werden heiß und ich drehe den Kopf zur Seite, sehe dem Auto nach, das gerade am Hotel vorbeifährt.

»Nun?«, fragt er heiser.

Es ist, als würde etwas in der Luft liegen, das mich betrunken macht.

»I-ich glaube, du hast mich falsch verstanden«, stottere ich und blicke immer noch zur Seite.

»Soso«, sagt er und steht auf.

Nachdem er nun direkt vor mir steht, bin ich gezwungen, ihn anzusehen.

»Zweiter Versuch, Dachterrasse?«, macht er mir ein unverblümtes Angebot.

Ich sehe ihn fragend an.

»Nun, immerhin weißt du jetzt, worauf du dich einlässt.« Er lacht. »Keine Sorge, ich will dich nicht in meinen Frauen-Eroberungsschrank stellen, so wie du es neulich behauptet hast. Ich hätte nur tatsächlich gerade Lust auf etwas Gesellschaft.«

In mir purzeln sämtliche Zweifel auf einmal durcheinander.

»Ich möchte nur mit jemandem reden.« Er streckt mir seine Hand entgegen und ich ergreife sie. Sie ist ganz warm, wenn nicht sogar heiß. Sehr heiß.

»Okay«, sage ich schließlich. »Ich muss aber noch mein Fahrrad in den Schuppen bringen.«

»In Ordnung. Komm nach, wenn du so weit bist. Du weißt ja, wo du mich findest.« Ben verschwindet im Haus.

Nachdem ich meinen fahrbaren Untersatz im Schuppen verstaut habe, krame ich in der Handtasche nach meinem Lippenstift. Bevor ich ins Haus gehe, ziehe ich die Lippen nach.

Im Aufzug übe ich vor dem Spiegel ein Lächeln, das entweder zu streng, zu freundlich oder zu sexy wirkt. *Mist!* Warum pocht mein Herz so laut? *Das ist kein Date*, flüstere ich mir in Gedanken zu, um mir die Anspannung zu nehmen. *Ich will ihm nur helfen. Nicht mehr und nicht weniger.*

Als ich oben angekommen bin, denke ich nicht weiter nach, sondern gehe den Gang entlang bis zu Bens Loft.

Nachdem ich einmal angeklopft habe, öffnet er sofort. Sein Gesichtsausdruck ist deutlich weniger betrübt als vorhin.

Meine Zweifel an der Ernsthaftigkeit seines Problems schreien erneut auf. Wollte er mich womöglich nur hier herauflocken, um mich zu verführen? Wehe! Dann gnade ihm.

Die Tür zur Dachterrasse ist geöffnet und ich folge ihm nach draußen.

»Setz dich doch.« Er deutet auf Loungemöbel aus Rattan. »Magst du auch einen Rotwein?«

»Ja, gerne.« Erneut frage ich mich, was ich hier mache. Mein Zimmer ist unten im Personaltrakt. Doch ich sitze hier oben bei meinem Chef. Bei meinem höchst attraktiven Chef, der zudem ein Player ist.

Ben reicht mir ein Glas und stößt mit mir an. Er setzt sich nicht wie erwartet, neben mich auf den Zweisitzer, sondern nimmt auf dem Loungesessel Platz.

»Ehrlich gesagt würde ich jetzt viel lieber mit dir ...«, ein flüchtiges Lächeln huscht über seine Lippen, »... flirten, aber ich weiß, dass du nicht deshalb mitgekommen bist.«

Unauffällig versuche ich, den Kloß in meinem Hals hinunterzuschlucken und die aufsteigende Hitze zu ignorieren. »So ist es«, sage ich klar. »Also. Erzähl mir, was los ist.« *Himmel, warum sieht der Kerl nur so verdammt sexy aus?* Ehe ich weiter darüber nachdenken kann, purzeln die Worte aus ihm heraus.

»Kurz und knapp: Ich bin voll widersprüchlicher Gefühle. Zum einen hasse ich meinen Job und zum anderen bringe ich es nicht übers Herz, das Hotel zu schließen. Ich bin in einer Zwickmühle.« Er starrt in den Himmel und dann auf seine Hände. »Der Gedanke, dass ich mein Leben lang hier versauern soll und nicht meiner Leidenschaft nachgehen kann, erscheint mir, als stünde ich kurz vor meinem Tod. Wenn er nicht sogar schon da ist.«

Wow! Mit derartiger Offenheit habe ich nicht gerechnet. »So schlimm?« Mein Blick wird weicher, und ich atme tief durch, als könnte ich ihm mit dieser einfachen Geste ein wenig von der Last nehmen. Ich trinke einen Schluck von meinem Rotwein.

»Sieh dich doch um.« Er lässt seinen Blick durch die Scheibe in den Raum schweifen. »Die alten Möbel meiner Eltern erdrücken mich. Ich wurde gezwungen, ihr Leben weiterzuführen, ohne eine Wahl zu haben.«

Verständnisvoll nicke ich und stelle das Glas auf dem Tisch ab. »Hast du denn irgendwas gelernt oder studiert, was mit dem Hotelfach zu tun hat?«

»Nach dem Abitur habe ich eine Ausbildung als Koch gemacht, sehr zum Leidwesen meiner Eltern. Aber ich war volljährig und sie hatten keine Wahl, als das zu akzeptieren.« Er lacht sarkastisch auf. »Sie nahmen mir

allerdings das Versprechen ab, dass ich nach der Ausbildung Hotelmanagement studieren würde.« Er zuckt
mit den Schultern. »Doch dieses Studium habe ich nach
zwei Semestern hingeworfen. Meine Eltern wussten
nichts davon.«

Ich mache große Augen.

»Versteh mich nicht falsch. Meine Eltern haben mir
alles bedeutet. Deshalb habe ich ihnen auch verschwiegen, dass ich längst in einem Restaurant auf Bali gearbeitet habe, während sie geglaubt haben, dass ich immer noch studieren würde.«

»Wie bitte? Du hast ihnen vorgegaukelt, zu studieren?«

»Ja.« Die Art, wie er spricht, zeigt keine Spur von Reue.
»Sie dachten zuletzt, ich hätte ein Auslandssemester in
New York.«

Benimmt Ben sich deshalb oft so arrogant und kühl?
Weil seine Eltern ihn in ihr Schema gepresst haben, das
zwar zu ihnen gepasst hat, aber nicht zu ihm? Sie haben
von ihm erwartet, dass er das Hotel liebt, wie sie es geliebt haben. Wer könnte ihm verdenken, dass er in diesen Job kein Herzblut legt?

»Aber da muss doch eine Lösung her«, rufe ich aus.
»Ich gebe dir recht: Es wäre fatal, wenn du lebenslang
an etwas gebunden wärst, was du nicht willst. Hast du
nie mit deinen Eltern darüber gesprochen, dass du
deine Zukunft nicht in diesem Hotel siehst?«

»Pff! Vielleicht haben wir über Manieren und die
Wahl des passenden Anzugs für ihre legendären Gala-
dinner gesprochen, aber nicht über meine Gefühle.« Er
steht auf, schlendert zum Geländer und starrt in den
sternenklaren Himmel. »Früher war ich so wütend auf

sie, weil sie mir Vorschriften gemacht haben, und meinten zu wissen, wie mein Leben zu laufen hat. Doch jetzt ...«, seine Stimme kippt, »... wo sie nicht mehr da sind, gibt es so vieles, was ich vermisse. Und dieses Haus ... es ist das Letzte, was mir von ihnen geblieben ist. Obwohl ich es einerseits hasse, will ich es nicht auch noch verlieren.«

»Wenn das so ist, darfst du nicht aufgeben. Es gibt für alles eine Lösung.« Ich folge ihm und sehe mit ihm gemeinsam nach oben. »Bestimmt unterstützen deine Eltern dich vom Himmel aus. Ich bin mir sicher, dass sie dich sehr geliebt haben.«

Er dreht sich zu mir. »Hast du jemals echte Liebe erlebt?« Seine Frage scheint ernst gemeint zu sein.

»Meine Eltern lieben mich sehr und ich sie.« Ich schlucke und rücke ein Stück näher zu ihm, dass ich die Wärme seines Körpers spüre. »Ganz bestimmt haben deine Eltern dich auch sehr geliebt.«

Er presst die Lippen zusammen.

»Doch ich war auch schon das eine oder andere Mal in einen Mann verliebt, wenn du das gemeint hast.«

»Liebe. Was ist das?« Er scheint in meinen Augen die Antwort zu suchen.

13

Das Gespräch mit Ben gestern Abend auf seiner Dachterrasse hat mich die ganze Nacht unruhig schlafen lassen. Nun habe ich ein Stück weit mehr verstanden, warum er so ist, wie er ist. Trotzdem ist sein Verhalten nicht in Ordnung. Auch wenn das, was er mir gestanden hat, die Erklärung dafür sein könnte, dass er sich von einer Affäre in die Nächste stürzt. Ich hoffe, dass er die Frauen nicht verletzt, denen er näherkommt, und dass auch sie tatsächlich nur auf Sex aus sind. Fällt es Ben so schwer, sich zu öffnen und sich an eine Frau zu binden, weil er gar nicht weiß, was echte Liebe ist? Es ist so wichtig, in einem stabilen Elternhaus groß zu werden. Etwas, was ich oft als selbstverständlich angesehen habe, weil unser Haus immer voller Liebe war.

Ben hat erkannt, dass er doch irgendwie an dem Hotel hängt, und es gleichzeitig nicht loslassen kann. Ich verstehe seine Zerrissenheit, doch kann ihm dabei auch nicht helfen. Dennoch schätze ich es, dass er sich mir anvertraut hat.

***

Nachdem mein und Paulines freier Tag heute zufällig zusammenfällt, wollen wir mit den Fahrrädern nach

Warnemünde. Ich möchte mein Versprechen einlösen und sie beim Shoppen begleiten. Nebenbei genieße ich es, mal herauszukommen. Und natürlich Paulines Freundschaft, die mittlerweile über das Geschäftliche hinausgeht.

Wir radeln am Küstenradweg entlang.

»Ich bin total aufgeregt.« Pauline tritt in die Pedale und radelt an einer Gruppe Spaziergänger vorbei.

»Halt! Nicht so schnell«, rufe ich und fahre ihr keuchend hinterher. Die Sonne scheint und gibt eine wohlige Wärme ab. Die Möwen drehen kreischend ihre Runden. Im Hintergrund begleitet uns das Rauschen des Meeres. Der Tag könnte nicht perfekter für unseren Ausflug sein.

»Warum bist du aufgeregt?«, frage ich, als ich sie eingeholt habe.

»Weil ich es kaum erwarten kann, dass ich endlich etwas Schickes zum Anziehen bekomme. Natürlich hätte ich mich längst selbst darum kümmern können. Aber mit einer Freundin einzukaufen, macht doch gleich viel mehr Spaß.«

In Warnemünde stellen wir die Fahrräder in einen Ständer und spazieren die Küstenpromenade entlang, bis wir am *Alten Strom* angelangt sind. Bunte Kapitänshäuser, die kleine Läden beherbergen, reihen sich auf der belebten Flaniermeile aneinander. Viele davon haben sich auf Reiseandenken spezialisiert.

Ich bewundere die bunten Fischkutter und die Backfischbuden.

»Bist du zum ersten Mal hier?«, fragt Pauline,

»Ja.« Ich sehe mich um. »Und bestimmt nicht zum letzten Mal. Dieser Ort ist der Wahnsinn.«

Seite an Seite schlendern wir über den Fußweg. Am Wasser geht gerade ein Ausflugsschiff von Anker. Touristen schießen Fotos und genießen genauso wie wir den sonnigen Tag.

»Wollen wir da reingehen?«, fragt Pauline und deutet auf eine kleine Boutique mit dem Namen *Thank god, I'm a woman.*

»Gerne!«

Wir betreten den Laden und werden von einer Verkäuferin begrüßt, die einen bunten Rock trägt. Nachdem wir ihr sagen, dass wir uns erst mal umsehen wollen, tritt sie dezent zur Seite.

Pauline schlendert durch den Laden und hält eine knallrote Bluse hoch, bei deren Anblick meine Augen brennen.

»Zu schrill«, sage ich und lache auf.

»Wieso? Charlotte meinte, ich hätte einen einzigartigen Geschmack.« Sie unterdrückt ein Schmunzeln. Nun zeigt sie mir eine einfarbige Hose, die zwar todschick aussieht, jedoch in meinen Augen viel zu bieder für Pauline ist. Ihr blonder Kurzhaarschnitt ist so en vogue, dass ich sie mir regelmäßig in einem Outfit vorstelle, das ihren besonderen Typ unterstreicht.

Pauline schlendert weiter durch den Laden und zeigt mir nun eine tiefschwarze Bluse. »Wie findest du die?«

»Super! Genau richtig. Das perfekte Kleidungsstück, wenn du mal Witwe bist.«

Pauline prustet los und hängt die Bluse zurück.

»Wie wäre es damit?« Ich hebe eine Tunika in verschiedenen Blautönen hoch, die bestimmt gut zu ihren strahlend blauen Augen passt. »Wenn du nicht wie eine wandelnde Ampel herumlaufen willst, empfehle ich dir die hier.«

Pauline verschwindet in der Kabine und als sie wieder herauskommt, fällt mir die Kinnlade herunter. Sie sieht spitzenmäßig aus – um Jahre jünger und irgendwie frischer.

»Wow!« Ich klatsche in die Hände.

»Die steht Ihnen wirklich großartig«, sagt die Verkäuferin. Sie bringt dazu eine blaue Wildlederhose. »Die können sie mit ganz vielen Oberteilen kombinieren. Und hier habe ich noch eine passende Tasche.«

»Die ist ja der Hammer«, Paulines Augen leuchten.

»Diese Taschen sind Unikate. Ich kenne die Designerin persönlich und diese Stücke sind nur bei uns zu haben.«

Pauline stöhnt. »Ich seh schon: Ich werde heute ein Vermögen hierlassen.«

Eine halbe Stunde und einen Sekt später sind wir vollbepackt mit zwei Papiertüten in einem Café am Leuchtturm angekommen.

»Jetzt habe ich richtig Hunger«, sagt Pauline und reibt sich den Bauch. »Nach dem Sekt brauche ich nun unbedingt ein saftiges Stück Kuchen.«

»Und einen Kaffee.«

Zufrieden lehnen wir uns in den Polstersesseln zurück.

Pauline kramt in den Einkaufstaschen und begutachtet ihre Errungenschaften. »Ich kann es kaum erwarten, das alles zu tragen«, sagt sie mit einem Strahlen im Gesicht, bevor wir Kaffee und Kuchen bestellen.

Das Glöckchen an der Tür klingelt und ein großer Hut schiebt sich durch den Eingang des Cafés.

Pauline hält sich die Hand vor den Mund und ihre Augen weiten sich. »Charlotte!«, flüstert sie und wirft sofort einen prüfenden Blick an sich hinab.

»Tatsächlich.« Gekleidet mit einem überdimensional großen Strohhut, einer schicken Sonnenbrille und einem bunten, flatternden Schal betritt sie nicht einfach das Café, nein, sie erscheint. In einem weißen Sommerkleid tritt sie auf, als wäre sie direkt einem Modekatalog entsprungen.

Pauline starrt sie an, als wäre Charlotte nicht nur eine bekannte Reisebloggerin, sondern, als würde Taylor Swift vor ihr stehen. Sichtlich nervös wuschelt sie durch ihre gegelten Haare. »W-was machen wir jetzt?«, stottert sie und nimmt Kaffee und Kuchen entgegen, die gerade an unseren Tisch gebracht werden.

»Wir werden ganz normal sein. Völlig normal, hörst du?« Ich boxe Pauline in die Seite.

Sie starrt noch immer auf Charlotte.

»Entweder sollten wir sie grüßen oder unauffällig woanders hinsehen.«

Blitzschnell wendet Pauline sich mir zu. »Okay, du hast recht. Komm, lass uns über irgendetwas reden und so tun, als hätten wir sie nicht bemerkt.« Entschlossen sticht sie mit der Gabel in ihren Kuchen und schiebt sich ein großes Stück davon in den Mund.

Charlotte hat uns entdeckt und ist an unseren Tisch gekommen. »Hallo, ihr beiden.«

Pauline dreht sich zur Seite und rempelt mit dem Ellenbogen an ihre Kaffeetasse. Bevor sie es verhindern kann, fegt sie die Tasse über den Tisch, direkt in Charlottes Richtung.

Mit einem Aufschrei hüpft Charlotte zur Seite – doch es ist zu spät. Die braune Brühe landet auf ihrem weißen Kleid und bahnt sich seinen Weg vom Bauchnabel bis zum Rocksaum.

»O nein! Verdammt! Es tut mir so leid!«, ruft Pauline mit vollem Mund und springt auf. Sie greift nach den Papierservietten, die auf dem Tisch bereitstehen. Ihre Hände zittern so sehr, dass diese mitten auf dem Kaffeesee landen, der sich am Boden vor Charlotte gebildet hat.

Irre ich mich, oder schmunzelt Charlotte?

»Kein Problem«, sagt sie schließlich und kichert. »Entschuldigt, dass ich lachen muss. Ihr werdet es nicht glauben, aber exakt das Gleiche ist mir schon mal passiert. Es scheint, als erlebe ich gerade ein Déjà-vu. Damals in Paris war ich in einem Café und ein Kerl stand an der Bar. Als ich an ihm vorbeiging, drehte er sich und sein Kaffee ergoss sich über meinem Kleid. Offensichtlich gehören diese Ereignisse zum Reiseblogger-Dasein dazu.« Sie nimmt die Sonnenbrille ab und zwinkert Pauline zu.

Deren Gesichtsfarbe hat mittlerweile die Farbe einer roten Chilischote angenommen. »Es tut mir so leid!«, wiederholt Pauline. »Ich wollte nicht, dass ...«

»Ach, entspann dich«. Charlotte lächelt. »Solche Erlebnisse machen das Reisen erst interessant. Außerdem, wer weiß, vielleicht kommt die Geschichte in meinen nächsten Blogartikel.« Sie zwinkert. »Es sei denn, du lässt dich dazu überreden, mir etwas von der Gegend zu zeigen, was ich noch nicht kenne.«

Pauline beißt sich auf die Unterlippe. »Aber wir Angestellten ...«

Charlotte macht eine abwehrende Handbewegung. »Papperlapapp. Dein Chef muss das doch nicht wissen.«

14

»Und? Wirst du Charlotte treffen?«, frage ich Pauline hinter vorgehaltener Hand am Frühstückstisch. Die anderen brauchen nichts davon mitzubekommen. Nicht, dass sie jemand beim Chef hinhängt, sollte sie sich dazu entscheiden.

»Ich habe beschlossen, dass ich es offiziell mache.« Sie strafft ihren Rücken und legt beide Hände flach auf die Tischplatte.

»Was meinst du damit?« Ich neige den Kopf zur Seite und löffle nebenbei mein Müsli.

»Ich werde Ben fragen, ob es okay wäre, dass ich Charlotte für ihre Recherchezwecke die Gegend zeige. Natürlich nach Dienstschluss. Sie ist wirklich nett und ich habe total Lust, sie privat etwas näher kennenzulernen.«

»Ja, ich mag sie auch. Sie ist so ...«

»Erfrischend«, vollendet Pauline meinen Satz.

Ich nicke. »Bestimmt ist Ben damit einverstanden.« Ich stehe auf und bringe meine Müslischale zur Spülmaschine.

»Leute, bevor jetzt alle verschwinden, habe ich noch eine Frage.« Pauline steht auf und räuspert sich.

Sämtliche Blicke meiner Kollegen sind auf sie gerichtet.

»Was gibts denn?«, fragt Oliver.

Anne verdreht die Augen. »Hast du vor, uns mal wieder eine Ansage zu machen?«

»Wir haben noch keinen Ersatz für Jakob«, kommt Pauline sofort auf den Punkt. »Nachdem wir momentan jedoch ein paar – wenn auch wenige – Gäste haben, brauche ich jemanden für den Bardienst.«

»Wie soll das neben unserer eigentlichen Arbeit funktionieren?«, fragt Nala. »Wenn ich schon extrem früh aufstehen muss, hätte ich zumindest gerne am Abend frei.«

»Bei mir ist es das Gleiche«, sagt Eliza zustimmend.

Pauline übergeht das Gemaule. »Gibt es jemanden unter euch, der sich mit Cocktailmixen auskennt und bestenfalls mal in einer Bar gearbeitet hat?«

Ich hebe meinen Finger und wäge kurz ab, ihn wieder zurückzuziehen. »Ich weiß nicht, ob das genügt, aber ich habe einige Zeit im Studierendencafé gejobbt. Und da habe ich auch den einen oder anderen Cocktail gemixt.«

»Das klingt, als wärst du genau die richtige Frau für diesen Posten. Noch jemand?« Pauline sieht in die Runde.

Oliver hebt abwehrend die Hände. »Ich bin für so etwas nicht geeignet, so gerne ich auch helfen würde.«

Paulines Blick wandert wieder zu mir. »Franzi, würdest du das machen? Dich abends für etwa zwei Stunden hinter die Bar stellen?« Sie presst ihre Handflächen vor die Brust zusammen. »Natürlich musst du dafür weniger im Garten arbeiten. Und es ist echt auch nur vorübergehend.«

»Aber ich weiß nicht, ob Ben ...«

»Um den kümmere ich mich. Er hat sicher nichts dagegen.«

»Bestimmt nicht, wenn er mitbekommt, wie wunderbar du uns alle im Griff hast«, bemerkt Anne.

Pauline wirft ihr einen strafenden Blick zu, reagiert jedoch nicht auf ihre Worte.

»Okay, wenn es für Ben in Ordnung ist, mache ich es.«

»Super! Ich geb dir gleich nachher Bescheid, was er dazu gesagt hat. Natürlich hörst du dann heute im Garten früher auf und morgen fängst du später an.«

***

»Ich danke dir tausendmal«, sagt Pauline, als sie bei ihrer abendlichen Kontrollrunde an der Bar vorbeikommt.

»Ach, kein Problem. Zugegeben fühle ich mich hinter der Bar schon richtig heimisch«, sage ich und lächle. »Der Garten hat nun leider zweite Priorität.«

»Mach dir keinen Kopf. Ben war echt dankbar über die Idee, dass du den Bardienst übernehmen könntest. Der Garten ist ohnehin gut für den Sommer präpariert. Wichtiger ist es nun, unsere Gäste mit einem leckeren Drink bei angenehmer Loungemusik zu verwöhnen.«

»Für den Garten bleiben ja tagsüber auch noch ein paar Stunden.« Ich wische den Tresen mit einem feuchten Tuch ab. »Die Arbeit hier macht richtig Spaß. Und ich habe vorhin meinen ersten Cocktail verkauft.«

»Du scheinst ein Multitalent zu sein.« Pauline schüttet sich aus der angebrochenen Nusspackung eine Portion auf die Hand und schiebt sie sich auf einmal in den

Mund. »Ich geh dann mal auf mein Zimmer. Der Tag war so was von anstrengend.«

Als Pauline weg ist, ordne ich einige der Flaschen neu im Spirituosenregal ein und mustere mich nebenbei im Spiegelglas. Meine dunkelblaue Uniform ist richtig schick – irgendwie edel.

Schritte hallen über den Gang und wenige Sekunden später steht Charlotte Beringdorf an der Bar. »Wie gut, dass du noch da bist. Ich brauche unbedingt einen Drink«, sagt sie und legt ihren Handrücken an die Stirn.

»Was darf es denn sein?«, erkundige ich mich und verkneife mir bei dieser theatralischen Geste ein Schmunzeln.

»Ach, mach mir irgendwas, das möglichst schnell wirkt.« Sie kichert, als wäre sie schon angetrunken.

»Hattest du einen anstrengenden Tag?«, frage ich, obwohl ich mir kaum etwas Entspannteres vorstellen kann, als den Job als Reisebloggerin und Influencerin. Nebenbei bereite ich einen Gin-Tonic zu und werfe ein paar Eiswürfel in die Flüssigkeit. Nachdem das Getränk fertig ist, schiebe ich das Glas über den Tresen.

»Anstrengend? Nein! Aber hast du mal nach draußen gesehen? Den ganzen Tag hatten wir miesestes Wetter. Egal, wie ich meinen Regenschirm hielt, der Wind hat den Regen irgendwie immer genau auf mein Smartphone gepeitscht. Mein Outdoor-Bericht, den ich heute eigentlich am Meer machen wollte, ist damit vollends ins Wasser gefallen. Im wahrsten Sinne des Wortes.« Sie verzieht die Lippen zu einem Strich. »Vielleicht sollte ich mich lieber auf Indoor-Beiträge beschränken. Es ist nicht zum ersten Mal, dass das Wetter nicht so wollte, wie ich.« Sie lacht auf.

»Hast du denn schon mal über ein Hotel berichtet?«, stelle ich die Frage, die uns alle hier brennend interessiert. Natürlich hatten in erster Linie Ben und Pauline anfangs Bedenken, dass Charlotte über das Greifenberg berichten würde. Nachdem sie jedoch ständig unterwegs und auf ihren Social-Media-Accounts auch kein Hinweis darüber zu finden ist, dass sie über Hotels schreibt, haben alle aufgeatmet.

»Nein, noch nie.« Sie lässt ihren Blick durch den Raum schweifen. »Wobei, wenn ich es mir so recht überlege ...«

Himmel, hoffentlich habe ich sie nicht auf dumme Ideen gebracht. Ben wird mir die nächste Standpauke halten, wenn er herausfindet, dass ich Charlotte dazu angestachelt habe, über uns zu schreiben. Was ja eigentlich gar nicht meine Absicht war.

»Ein interessantes Thema wäre in der Tat, über die Hintergründe zu recherchieren, warum so ein zauberhaftes Hotel so wenige Gäste beherbergt.« Sie beugt sich mit dem Oberkörper über den Tresen und hält eine Hand an den Mund. »Gibs zu. Das Hotel ist lediglich ein Vorwand und ihr betreibt im Keller zwielichtige Geschäfte.« Sie zwinkert und saugt an ihrem Strohhalm. »Oder habt ihr gar ein paar Leichen dort versteckt?«

Ich lache auf. »Unten ist nur die Technik und das Lager ... glaube ich zumindest.« Am liebsten würde ich in ihr Spiel einsteigen, aber besser, ich befeuere ihre absurden Gedanken nicht auch noch. »Ich würde dich ja gerne im Keller herumführen, doch da darf wirklich nur das Personal hin.«

»Ach, ich verstehe schon. War ja auch nur Spaß. Ich war sofort von den Hotelbildern verzaubert, als mein

Manager mir vorgeschlagen hat, von hier aus zu arbeiten. Aber ich kapiere nicht, warum ich offenbar eine der Wenigen bin, die das so sehen.«

»Ich weiß, was du meinst«, sage ich und nehme ihr Glas entgegen, das sie mit rasanter Geschwindigkeit geleert hat.

»Wie auch immer, ich verabschiede mich für heute.« Sie gähnt und blickt auf ihre Uhr.

»Gute Nacht.«

Mit einem Winken verschwindet sie durch die Tür. Charlotte zählte heute Abend zu den beiden einzigen meiner Gäste. Wäre sie nicht dagewesen, wäre die Schicht wohl ziemlich langweilig verlaufen.

Nachdem das Geschirr gewaschen und die Bar wieder sauber ist, lösche ich das Licht hinter dem Tresen.

Beim Hinausgehen schweift mein Blick über den Flügel, der von der Deckenbeleuchtung des Salons angestrahlt wird. Es ist erst zehn Uhr. Ob es wohl jemanden stört, wenn ich ein Liedchen klimpere? Mit den Fingerspitzen streiche ich über das glänzende Holz. Was für ein schöner Flügel. Kurzentschlossen setze ich mich auf den mit schwarzem Samt überzogenen Hocker und öffne den Tastendeckel. Mit leichten Fingern schlage ich ein paar Töne an, die den Raum sofort in einen melodischen Klang einhüllen. Wie von selbst fliegen meine Finger über die Tasten und ich spiele mal leiser und mal lauter. Die Musik erfüllt meinen Körper und ich verschmelze mit ihr. Ich schließe die Augen und summe mit.

»Was tust du da?«

Ein Brüllen reißt mich aus der weichen Wolke, die mich in den vergangenen Minuten umhüllt hat. Ich reiße die Augen auf und starre in die Ecke, aus der ich die Stimme vermute. *Mist!* Ich hätte wissen müssen, dass das Klavierspiel im ganzen Haus zu hören ist.

Ben steht mit hochrotem Kopf direkt neben mir am Klavier. »Wer hat dir erlaubt, auf diesem Flügel zu spielen?« Seine Stimme vibriert.

»N-niemand«, stammle ich und klappe sofort den Tastendeckel hinunter. Ich hätte mich nicht einfach ohne Erlaubnis an den Flügel setzen dürfen. Doch nun ist es zu spät.

»Lass das in Zukunft«, blafft er mich an. »Und kümmere dich um deine Arbeit.« Von dem Ben, der mir erst vor Kurzem noch sein Herz ausgeschüttet hat, ist nicht mehr viel übrig.

15

Obwohl mittlerweile der Sommer Einzug gehalten hat, bleiben bei uns weiterhin die Gäste aus. Die Sonne lacht und die Ostsee zieht die Urlauber magisch an. Wenn wir von anderen Hotels hören, dass die bis an den Rand ausgebucht sind, so herrscht im Greifenberg nach wie vor gähnende Leere. Man könnte beinahe meinen, ein Fluch läge auf dem Hotel. Zumal für die vergangene Woche tatsächlich ein leichter Anstieg zu erkennen war. Doch dann – so als gehe es nicht mit rechten Dingen zu – ist eine Stornierung nach der anderen eingetrudelt. Genau diese Situation hatten wir schon einmal – und es gibt keine Erklärung dafür.

Am Nachmittag hat Ben alle Mitarbeiter zu einer Personalversammlung zusammengetrommelt. Sie findet im Frühstücksraum statt, der zu dieser Uhrzeit für die Gäste geschlossen ist. Pauline hat an der Rezeption eine Glocke platziert, die automatisch auf ihrem Smartphone anschlägt, falls doch mal ein Gast etwas brauchen sollte. Charlotte Beringdorf ist die Person, die bei ihren Besuchen am meisten Paulines Hilfe beansprucht. Doch sie ist heute früh abgereist. Die Chance einer Störung sinkt damit gegen null.

Im Frühstücksraum herrscht allgemeines Gemurmel.

»Hast du die Betten in Zimmer sieben schon gemacht?«, fragt Eliza ihre Kollegin und setzt sich neben sie auf einen Stuhl.

»Mach ich nachher«, entgegnet diese. »Heute werden wir das Zimmer bestimmt nicht mehr brauchen.« Sie hält die Hand an die Stirn und blickt aus dem bodentiefen Fenster. »Oder siehst du da draußen jemanden, der unbedingt im Greifenberg übernachten will?«

Oliver murmelt Pauline etwas ins Ohr.

Anne streicht eine Tischdecke glatt.

In diesem Augenblick marschiert Ben durch die Tür. Seine Augen sind von tiefen Ringen geprägt. Es scheint, als hätte er seit Tagen nicht geschlafen. Er lehnt sich an den Buffettisch, auf dem früher mal das Frühstück für die Gäste aufgebaut war. Mittlerweile gibt es das nur noch à la Karte. Die Gästezahl reicht nicht mehr für ein großes Buffet.

Ben sieht in die Runde und wartet darauf, dass er die uneingeschränkte Aufmerksamkeit aller Mitarbeiter hat. Es herrscht absolute Stille. Bestimmt könnte man in diesem Augenblick ein Streichholz zu Boden fallen hören.

»Nun ...« Seine Stimme kippt und er knetet seine Hände. »Kurz und knapp: Ich bin so gut wie pleite.«

Anne murmelt etwas. Habe ich sie richtig verstanden und es kommt einem ›Ich habs ja immer gesagt‹ gleich?

Nala stößt ein: »Oh!«, aus; die anderen stehen regungslos da und starren Ben an.

Mein Herzschlag verdoppelt sich, während ich darauf warte, dass Ben weiterspricht.

»Ja, schon klar, daran bin ich nicht komplett unschuldig. Möglicherweise habe ich mich in den vergangenen

Monaten nicht ganz korrekt verhalten. Und es wäre schwachsinnig, jetzt alles auf den Tod meiner Eltern zu schieben und darauf, dass ich eigentlich keine Lust habe, diesen Job zu machen.«

Anne zieht die Augenbrauen in Richtung Stirn. »Was uns nicht entgangen ist.«

»Wie ich jedoch feststelle«, spricht er mit finsterer Stimme weiter, »seid ihr alle noch da. Und wie mir scheint, liegt euch mehr an dem Laden als mir.«

»Wir lieben dieses Hotel«, sagt Pauline mit einer Bestimmtheit, die alle anderen nicken lässt.

»Ja, das tun wir«, bestätigt Oliver.

»Absolut«, sagt Eliza.

Ben kratzt sich am unrasierten Kinn. »Weil ich nicht weiß, wie das Ganze hier ausgeht, wollte ich euch rechtzeitig darüber informieren. Dann könnt ihr euch gegebenenfalls um einen neuen Job kümmern.«

»Und was, wenn wir bleiben wollen?«, fragt Pauline. »Zumindest bis das Schiff endgültig gesunken ist?«

Oliver setzt sich auf die Kante eines Tisches.

»Dann gehen wir womöglich zusammen unter.« Bens Blick ruht kurz auf jedem von uns – und als unsere sich treffen, verfangen sie sich einen Augenblick ineinander. »Ich will ehrlich zu euch sein. Die ausbleibenden Gästezahlen sind eine Katastrophe. Das Hotel sollte sich von allein tragen. Momentan kann ich jedoch nicht mal die laufenden Kosten von den Einnahmen bezahlen. Ich muss an meine Ersparnisse ran ... An das Erbe meiner Eltern. Und wenn das so weitergeht, ist dieses Geld in ein paar Monaten futsch. Und ... ich muss auch an meine Zukunft denken. Ich bin momentan ziemlich ratlos, wie es weitergehen soll.«

Die Worte hallen in meinem Kopf wider, ohne dass ich eine Antwort finde. Bens schonungslose Ehrlichkeit überrascht mich.

»Vielleicht war es ein Fehler, die größte Verantwortung auf Pauline zu übertragen«, sagt Anne und reckt ihr Kinn in die Höhe.

»Ich kann mich absolut auf sie verlassen«, entgegnet Ben bestimmt.

»Ich meine ja nur. Möglicherweise wäre es klug gewesen, ihr eine erfahrene Kollegin zur Seite zu stellen.« Sie verschränkt die Arme vor der Brust. »Oder vor sie.«

Nala tippt sich mit dem Finger an die Stirn. »Damit meinst du wohl dich, was? Am Empfang brauchen wir aber jemanden, der nicht so kratzig ist wie eine Gemüsereibe, stimmts Ben?« Das hat gesessen – zumindest bei Anne. Sie straft Nala mit einem verächtlichen Blick.

Pauline lässt sich nicht auf die gegenseitigen Sticheleien ein, sondern spricht unbeirrt weiter. »Die allerwichtigste Frage, die sich für mich stellt, ist, ob du denn weitermachen möchtest. Ob du das Hotel retten willst.« Sie bringt das auf den Punkt, was ich mir insgeheim denke.

»Mir ist bewusst geworden, dass das hier zwar nicht mein Traumjob ist, aber ich auch irgendwie nicht mit ansehen kann, wenn das Greifenberg eines Tages unter den Hammer gerät.«

»Hört, hört«, wirft Nala ein.

»Dann solltest du alles daransetzen, dass es nicht so weit kommt«, wage ich mich aus meiner Starre heraus.

»Wenn du die Lösung dafür hast, nur raus damit, Franzi Franzis ... Ich meine, Franzi.«

Ich hebe die Brauen, überrascht darüber, dass er sich bemüht, meinen Namen nicht ins Lächerliche zu ziehen.

»Wir könnten an die Stammgäste herantreten und ihnen ein Supersonderangebots-Wochenende anbieten«, schlägt Eliza vor und streicht mit den Händen über ihre Schürze.

»Unsere Stammgäste zahlen gern den vollen Preis. Aber irgendwas hindert sie daran, weiterhin bei uns zu buchen.«

»Ich kenne ganz viele noch von früher«, sagt Anne. »Aus der Zeit deiner Eltern.« Sie sieht Ben mit einem strengen Oberlehrerinnenblick an. »Vielleicht kann ich ein gutes Wort für das Hotel einlegen. Möglicherweise hören sie auf mich und kommen zurück. Allerdings sähe ich meinen Platz dann eher wieder an dem von Pauline. Ich würde mich wirklich engagieren und ...«

Pauline fällt ihr ins Wort. »Sehr klug ausgedacht, Anne.« Wütend blitzt sie diese an.

»Sei doch nicht so empfindlich. Wir sollten jetzt alle zusammenhalten und nicht die eigenen Befindlichkeiten in den Vordergrund stellen.« Anne hebt ihre Augenbrauen.

»Also«, unterbricht Ben die Streitereien. »Ich bin um jede Hilfe dankbar, um aus dieser Misere wieder herauszukommen.« Diese Worte aus seinem Mund zu hören, fühlt sich wie ein Wunder an. Was hat ihn nur zum Umdenken gebracht?

»Aber wie sollen wir dir helfen?«, fragt Oliver skeptisch. »Ich fürchte, ich kann nicht viel tun, außer meine Arbeit gutzumachen.« Wie zum Beweis krempelt er die Ärmel seines Hemdes hoch.

»Was haltet ihr davon, wenn wir brainstormen?« Pauline greift nach einem Kugelschreiber, der auf einem der Tische liegt. »Jeder von uns könnte sich überlegen, wie wir Ben, nein, wie wir uns helfen könnten, aus der Flaute herauszukommen. Dann treffen wir uns wieder und tragen alles zusammen.«

»Klingt nicht übel«, sagt Ben und lächelt Pauline dankbar an.

»Im ersten Schritt solltest du damit aufhören, die Lobby mit deiner Musik in eine Partyhölle zu verwandeln«, ruft Eliza dazwischen.

»Guter Punkt, danke«, sagt Ben und scheint überhaupt nicht von ihren Worten angefressen zu sein.

Überrascht starren sämtliche Augenpaare ihn an.

Ich sehe in die Runde. »Was haltet ihr davon, wenn wir uns zwei Tage geben und uns dann erneut treffen?«

Applaus erfüllt den Raum.

»Wir schaffen das zusammen«, sagt Pauline, als ein Feuer in ihren Augen auflodert.

»Franzi, hast du noch eine Minute?«, fragt Ben, als ich gerade an ihm vorbeihuschen will.

16

»Danke!«, sagt Ben, als wir allein im Frühstücksraum zurückbleiben.

Ich kräusle die Stirn. »Wofür?«

»Dass ich durch unser Gespräch auf der Dachterrasse verstanden habe, dass ich all das hier nicht einfach aufgeben sollte.« Er macht eine Handbewegung, die den ganzen Raum einnimmt. Seine Stimme trägt eine Sanftheit in sich, die mich unvorbereitet trifft.

»Ich freue mich, dass ich dir helfen konnte«, stammle ich, völlig davon geplättet, dass meine Worte bei ihm nicht ins Leere getroffen haben.

»Und sorry, dass ich nicht immer nett bin.«

***

Den restlichen Nachmittag verbringe ich damit, einige Bewerbungen für ein Praktikum in Australien zu verfassen und an verschiedene Eventagenturen zu verschicken, die Modeschauen organisieren. Ganz oben auf meiner Wunschliste steht die Agentur, die die *Australian Fashion Week* organisiert.

Neben einem normalen Lebenslauf wollen die meisten Agenturen auch meine Beweggründe wissen, warum ich ausgerechnet bei ihnen arbeiten will.

Modeschauen sind für mich nicht einfach Events, sie sind magische Erlebnisse, die Menschen auf eine Reise mitnehmen. In einer Eventagentur zu arbeiten, die genau diese unvergesslichen Momente kreiert, ist der Traum, den ich jeden Tag ein Stück mehr leben möchte. Ich bin davon überzeugt, dass eine perfekte Modeschau weit mehr ist als eine Veranstaltung – sie ist Kunst, sie ist Kommunikation, sie ist ein Statement. Und genau diese Dynamik reizt mich!

Zufrieden lese ich mir den Text noch einmal durch. Allein bei der Vorstellung, eine Modeschau oder gar die *Australian Fashion Week* mitzuorganisieren, hüpft mein Herz höher.

Ich stütze mein Kinn mit der Hand ab und formuliere die Erklärung, warum ich unbedingt nach Australien will.

Es ist die Mischung aus Abenteuer und Entspannung, das Lebensgefühl, das mir hier so viele Freiheiten bietet. Die offene Kultur, die grenzenlose Kreativität der Menschen und natürlich das atemberaubende Wetter – ich kann mir keinen besseren Ort vorstellen, um meine Leidenschaft für Events und Mode zu leben. Australien hat eine einzigartige, unverwechselbare Atmosphäre, die mich inspiriert und mich immer wieder zu neuen Ideen anregt. Hier zu arbeiten bedeutet, am Puls der Zukunft zu sein – und das will ich!

Und wie ich es will! Könnte ich doch schon morgen ins Flugzeug steigen.

***

»Fünf Bewerbungen habe ich heute rausgeschickt«, berichte ich Kathi am Telefon. Bei ihr ist es mitten in der Nacht. Doch sie musste wie so oft lange arbeiten und hat mich spontan nach meiner WhatsApp-Nachricht zurückgerufen.

»Super! Du wirst sehen, deine Mühe zahlt sich aus. Es wird bestimmt klappen.« Sie seufzt. »Gestern habe ich einen unglaublichen Sonnenuntergang am Bondi Beach genossen. Der Himmel ist in allen möglichen Farben explodiert. So etwas Wunderschönes habe ich im Leben nicht gesehen. Ich wünschte, du wärst schon hier und könntest das alles zusammen mit mir erleben.«

Ich schließe die Augen und sehe den weiten, goldenen Strand genau vor mir. Der Ozean glitzert in einem tiefen Türkis und schlägt rhythmisch gegen die Küste. Das Rauschen der Wellen vermischt sich mit dem Wind, der die salzige Meeresluft in meine Nase treibt. Alles fühlt sich gleichzeitig vertraut und unendlich weit entfernt an. Ich zwinge mich, in die Gegenwart zurückzukehren.

»Heute hat Ben uns mitgeteilt, dass das Hotel kurz vor der Pleite steht.« Ich erzähle ihr ausführlich von unserer heutigen Personalversammlung.

»Und warum nimmst du das Ganze nicht in die Hand?«, fragt sie mich mit ihrer typischen Kathi-Selbstverständlichkeit.

Ich lache laut auf. »Was? Sein Hotel leiten? Du machst Witze.«

»Nein, natürlich nicht. Aber hast du nicht im Studium gelernt, wie man ein krasses Event aufzieht? Lass dir was einfallen. Etwas, das es an der ganzen Ostsee nicht gibt und schon werden euch die Gäste die Tür einrennen.«

Ich verdrehe die Augen. »Du sagst das so locker, als wäre es das Leichteste der Welt.«

»Ist es, Franzi. Dafür haben wir studiert. Um anderen Menschen zu besonderen Events zu verhelfen. Das ist deine Chance.«

»Ich weiß nicht ... Mit einem einzigen Event ist es nicht getan.«

»Warum zweifelst du dauernd an dir? Ich erinnere mich noch gut an deine grandiose Idee mit dem Schneefest mitten im Sommer.«

»Das umzusetzen hätte ein Vermögen gekostet.« Bei dem Gedanken an meine damalige Kostenaufstellung wird mir heute noch übel.

»Manchen Leuten ist Geld egal. Ich bin mir ganz sicher, hättest du den entsprechenden Klienten gefunden, hättest du ein fantastisches Event auf die Beine gestellt. Es muss ja keine Schneehalle sein. Lass dir was einfallen. Etwas, das zur Ostsee passt.«

Mein Schädel brummt. Macht Kathis Idee möglicherweise Sinn? »Ich weiß nicht«, entgegne ich. »Ben muss Geld sparen. Wenn ich ihm da vorschlage, Events aufzuziehen, die eine Stange kosten, wird er sofort abwinken. Und es ist die Frage, ob wir deshalb mehr Übernachtungsgäste bekommen. Um die geht es schließlich.«

»Vielleicht wäre es ein Anfang. Zunächst mal muss dein Chef logischerweise Geld in die Hand nehmen.

Aber dann ... Dann werden die Moneten nur so herein sprudeln.«

Kathi hat gar nicht so unrecht. Zumindest mit ihrer Grundidee, an der ich natürlich noch feilen müsste. Blöderweise bin ich mir nicht sicher, ob ich genügend Selbstbewusstsein aufbringe, um erstens: Ben von einer derartigen Idee zu überzeugen; und zweitens: die Umsetzung zu begleiten. Das wäre schließlich mein erstes Event, das ich von vorne bis hinten planen würde. Zumindest im echten Leben. Im Studium war das etwas völlig anderes. Bevor ich mir weiterhin den Kopf darüber zerbreche, werde ich erst einmal abwarten, welche Vorschläge meine Kollegen haben. Ich sollte mich in der Gruppe nicht allzu sehr hervortun. Das könnte sonst schnell in die falsche Richtung losgehen.

***

Als ich den Salon am späten Abend nach dem Bardienst verlasse, ist es in der Lobby ruhig wie immer. Gerade will ich in den Gang abbiegen, der zum Personaltrakt führt, da rieche ich einen köstlichen Duft. Ich inhaliere einen kräftigen Atemzug und folge der Spur des Geruchs. Er leitet mich in den Frühstücksraum. Durch die angelehnte Tür sehe ich, dass Licht in der Küche brennt. Ich werfe einen Blick auf die Uhr. Es ist schon ziemlich spät. Wer kocht um diese Uhrzeit? Eine Vorbereitung für die Gäste kann es schlecht sein, zumal wir denen lediglich Frühstücksservice bieten. Ob Anne oder Nala etwas Neues ausprobieren? Vielleicht, um es Ben als ihren Beitrag zu präsentieren, das Hotel wieder in bessere Bahnen zu lenken? Möglich wäre es und zugegeben eine grandiose Idee.

Ich stoße die Tür auf und treffe auf Ben, mit dem ich hier am allerwenigsten gerechnet habe. Seine Augen leuchten, wie die eines Jungen, der ein neues Feuerwehrauto zu Weihnachten bekommen hat. Die dunklen Ringe, die noch am Nachmittag seine Augen dominierten, sind verschwunden. Mit einem Kochlöffel rührt er in einer Soße. Er lächelt sanft und bemerkt mich nicht mal. Kurz dreht er sich zur Seite, nimmt eine aufgeschnittene Zitrone und gibt einen Spritzer davon in die Soße. Auf der Herdplatte nebenan kochen Nudeln.

Ich will ihn nicht stören und bin mir auch nicht sicher, wie er auf uneingeladenen Besuch reagieren würde. Während ich mich auf Zehenspitzen abwende, knarzt der Boden unter meinen Füßen.

»Franzi?«

Ich drehe mich um.

Sein Blick hellt sich für einen Moment auf, doch dann flackert Unsicherheit über sein Gesicht. Seine Augen weichen meinen für einen Sekundenbruchteil aus, so als fühle er sich ertappt.

Langsam trete ich näher.

»Wo treibst du dich denn noch zu so später Stunde herum?«

»Ach«, winke ich ab. »Ich bin nach dem Bardienst durch die Lobby spaziert und habe mich gefragt, ob die Lautsprecher kaputt sind.«

»Warum?« Er neigt den Kopf leicht zur Seite, sein Blick wandert über mein Gesicht, als versuche er, meine Worte einzuordnen.

»Weil ich seit mindestens einer Woche diesen Höllen-lärm nicht mehr vernommen habe, mit dem du sonst die Lobby beschallst.«

Er grinst. »Wie du siehst, kann ich mich ändern.«

Ich mache ein paar Schritte auf den Herd zu. »Das sieht ja lecker aus. Was kochst du?«

»Zackenbarsch mit Zitronen-Salbei-Soße.«

»Das klingt nicht nur gut, sondern riecht auch so. Aber warum kochst du so spät am Abend?«

»Das ist die einzige Zeit des Tages, wo man in diesem Hotel seine Ruhe hat. Magst du mitessen?«

»Nein, danke.« Just in diesem Augenblick knurrt mein Magen.

»Sicher?«

»Ja ... nein«, stammle ich und sehe auf die blubbernde Soße. »Okay, du hast mich überredet.«

»Es ist in wenigen Minuten fertig. Such uns draußen schon mal einen Platz. Ich komme gleich nach.«

Ich verlasse die Küche und setze mich an einen der Tische im Frühstücksraum, die Nala und Anne noch nicht für das morgendliche Frühstück gedeckt haben.

»Verdammt!«, höre ich Ben fluchen.

Ich springe auf und laufe zu ihm.

Mit einem Geschirrtuch drischt er auf die Herdplatte ein.

»Was ist passiert?« Eine Rauchwolke schwebt in der Luft.

»Mir ist Öl auf die Platte gekommen und es hat sofort Feuer gefangen. Glücklicherweise habe ich es im Null-kommanichts löschen können.« Wie zum Beweis hebt er ein Geschirrtuch in die Höhe, das ein großes Loch hat.

Ben öffnet das Fenster und lässt frische Luft in den Raum.

»Wenn du das nächste Mal kochst, sag Bescheid. Dann stelle ich dir einen Feuerlöscher bereit«, entgegne ich und schmunzle.

Ben lacht auf und dreht den Temperaturregler zurück. »Du bist ganz schön frech.« Er deutet mit dem Kinn zur Tür. »Nun aber raus hier.«

Ich verziehe mich wieder in den Frühstücksraum zurück und warte auf ihn. Kurz darauf kommt er mit zwei Tellern, auf denen er den Fisch appetitlich angerichtet hat.

»Wow, das sieht ja fabelhaft aus. Man sieht, dass du vom Fach bist.« Die Soße, die halb über dem Fisch und halb daneben auf dem Teller platziert ist, ist mit gemahlenem Pfeffer verfeinert, dessen Körner wie braune Streusel aussehen. Zusätzlich hat er etwas dunkles Flüssiges als Dekoration um den Tellerrand drapiert, was das Gericht wie ein Kunstwerk erscheinen lässt.

Der leckere Duft des Fisches steigt mir in die Nase, und am liebsten würde ich meinen Finger in die Soße tunken.

»Warte, ich hole uns noch einen Weißwein. Der passt perfekt dazu.«

Kurz darauf kommt er mit einer Flasche *Sauvignon Blanc* und zwei Gläsern zurück. Als er sich zu mir setzt, nehme ich wieder seinen unwiderstehlichen Geruch aus prickelnder Zitrusnote, die auf schwarzen Pfeffer trifft, wahr.

»Na dann, guten Appetit«, sagt er.

Unsere Gläser klirren aneinander und ich nehme einen Schluck. Der Wein prickelt auf meiner Zunge, bevor der Tropfen meine Kehle hinunterrinnt.

Ben sieht auf die Kronleuchter an der Decke. »Viel zu grell.« Er steht erneut auf, dimmt das Licht und zündet die Kerze auf dem Tisch an. Sein Gesicht wird in einen warmen Schein gehüllt.

Nach dem ersten Bissen verdrehe ich genüsslich die Augen. Während des Kauens halte ich mir die Hand vor den Mund. »Wie lecker ist das denn bitte schön?«

Er kratzt sich kurz am Nacken, als wüsste er nicht genau, wie er reagieren soll.

»Ich habe noch nie dermaßen ausgezeichneten Fisch gegessen«, schwärme ich und nehme erneut einen Schluck Wein. »Hast du weitere versteckte Talente?«

Ben hält mit der Gabel, die gerade auf dem Weg zu seinem Mund war, auf halber Strecke inne und hebt eine Augenbraue. »Möchtest du sie herausfinden?«, fragt er und sieht mir in die Augen.

Das Prickeln des Weines, das eben noch auf meiner Zunge war, treibt nun in meinem Bauch sein Unwesen. *Himmel! Warum macht mich dieser einzige harmlose Satz so kribbelig?*

Ben öffnet den obersten Hemdknopf, unter dem der Ansatz seines definierten Körpers zum Vorschein kommt.

Ich zwinge mich, wegzusehen, und schiebe mir eine weitere Gabel mit Fisch und Bandnudeln in den Mund.

Er legt seine Hand auf dem Tisch ab, nur einen Hauch von meiner entfernt. Es ist, als würde er darauf warten, dass ich die fehlenden Millimeter überbrücke.

»Du hast da was.« Schon hebt er die Hand und sein Finger streift meinen Mundwinkel. »Etwas Soße hat sich in deinem süßen Gesicht verfangen.« Als seine Fingerspitzen meine Lippen leicht berühren, verschwimmt mein Blick und ich atme schwer. Ich beiße mir auf die Unterlippe.

Ben leckt über seinen Finger.

Ich beobachte jede seiner Regungen. Sein Blick wird intensiver; das Lächeln ist verschwunden. Stattdessen liegt etwas Dunkles in seinen Augen. Etwas, das mich magisch anzieht.

Mein Atem wird flacher und unbewusst öffne ich meine Lippen leicht.

»Habe ich dir schon einmal gesagt, dass du mich faszinierst?«, fragt er und fährt mit dem Finger den Rand seines Weinglases nach – ohne den Blick von mir abzuwenden. Es ist, als wäre jede kleine Bewegung von ihm absichtlich, jedes Detail ein stummes Versprechen.

Ich hebe die Hand, um nach meinem Glas zu greifen. Doch Ben kommt mir zuvor. Sanft umschließt er meine Hand mit seiner.

»N-nein«, stottere ich. »Hast du noch nicht erwähnt.« *Reiß dich zusammen*, ermahne ich mich im Stillen. »Ich finde dich auch ganz in Ordnung«, untertreibe ich maßlos. Der Funke zwischen uns setzt die Luft in Flammen, ohne dass ich es verhindern kann. Die gegenseitige Anziehung vibriert in jeder meiner Poren. Alles in mir fährt Achterbahn, obwohl mir bei Loopings schlecht wird. Ich wünschte, ich könnte klar denken. Ben ist mein Chef, ein zumeist unfreundlicher obendrein und ja … ein Fuckboy. Ich sollte mich von ihm fernhalten, anstatt mich zu ihm hingezogen zu fühlen.

»Zehn Euro für deine Gedanken.« Er streicht mir vorsichtig eine Haarsträhne aus dem Gesicht.

Ich schlucke und blicke ihn sehnsüchtig an. Meine Antwort bleibt jedoch aus.

»Du spielst mit dem Feuer«, flüstert er.

»Ich mache doch gar nichts«, hauche ich.

»Doch, das tust du. Du reizt mich.«

»Vielleicht macht es mir Spaß«, entgegne ich und lege den Kopf schief. »Und dass, obwohl du ein Fuckboy bist.«

Ruckartig nimmt er seine Hand zurück und verschränkt die Arme vor der Brust. »Fuckboy?«

»Ja, das ist einer, der Frauen reihenweise flachlegt.«

Er lacht laut auf. »Ich weiß, was ein Fuckboy ist. Du vergisst dabei leider, dass keine der Frauen was dagegen hatte, sich von mir flachlegen zu lassen. Und außerdem ...«

»Ich höre?«

»Außerdem ist es schon einige Wochen nicht mehr vorgekommen, falls dir das entgangen sein sollte.«

»Ich horche nicht an deiner Tür. Also, nein! Es ist mir nicht aufgefallen. Woran liegts?«

»Vielleicht an dir?«, sagt er geradeheraus. »Du interessierst mich momentan mehr als jede andere.«

Nun muss ich lachen. »Warum? Weil ich bisher nicht zu deinen Trophäen zähle?«

»Nein, weil du noch nicht in meinem Frauen-Eroberungsschrank stehst. So waren doch deine Worte?« Er winkt ab. »Nein, jetzt mal im Ernst, Franzi. Ich habe ehrliches Interesse an dir. Ich mag die Grübchen in deiner Wange, wenn du lachst. Ich liebe deine erfrischende Art. Und auch, dass du manchmal etwas tollpatschig bist.«

»Du willst damit sagen, du stehst darauf, wenn ich den Brunnen und Rasen ruiniere?«

Er verkneift sich ein Grinsen. »So ungefähr.« Sein Blick wird glasig und er sieht mir intensiv in die Augen.

Ich versinke in seinen dunklen Pupillen.

»Würdest du mich küssen, obwohl ich ein Player bin?«, fragt er heiser.

Es folgt ein Moment der Stille, in dem wir uns einfach nur ansehen. Je länger diese Stille andauert, umso mehr wandelt sich meine ausbleibende Antwort in ein unausgesprochenes Einverständnis.

Bens Augen nehmen den Weg über mein Gesicht bis zu meinem Hals. Kurz schließe ich die Lider. Wie es sich wohl anfühlen würde, wenn er mich genau hier küssen würde.

Kaum merklich beuge ich mich zu ihm nach vorn. Die Welt um uns löst sich in diesem Augenblick auf.

Ben steht kurzerhand auf und schiebt seinen Stuhl neben meinen. Er nimmt mein Gesicht zwischen seine Hände.

Die Hitze steigt in mir auf.

Sein Gesicht kommt meinem ganz nahe. Sein heißer Atem streichelt über meine Haut.

Jede Faser meines Körpers ist gespannt, so als wäre sie nur darauf ausgerichtet, wahrzunehmen, was als Nächstes passiert.

Seine Hand wandert zu meinem Nacken. Bewusster. Fester. Nun berühren seine Lippen meine ganz sanft. Er zieht sich wieder zurück und sieht mich fragend an. Möchte er sichergehen, dass ich es genauso will wie er?

Himmel! Ich will es. Ich strecke mich ihm entgegen, schließe die Augen, und unsere Lippen treffen sich erneut. Dieses Mal noch eine Spur intensiver. Eine Leidenschaft lodert in mir auf, die ich beinahe vergessen hatte. Meine Hände gleiten wie von selbst über seinen Rücken.

Er streichelt zärtlich über mein Gesicht und meinen Hals. Es ist, als wolle er Millimeter für Millimeter davon spüren. Ich fühle das Verlangen, das hinter seinen Bewegungen lauert.

Mit jeder seiner Berührungen gibt er mir ein leises Versprechen. Jedes Streifen seiner Haut an meiner löst eine Explosion in mir aus. Unsere Lippen trennen sich für einen Atemzug; ich sehe in seine Augen – die dunkler und schwerer als zuvor wirken. Ich erkenne unausgesprochene Worte. Sein sehnsüchtiger Blick lässt mich erschaudern.

Er küsst mich fordernder. Meine Gedanken lösen sich in Luft auf. Seine Hand vergräbt sich in meinem Haar, seine Lippen, wandern ungeduldig meinen Hals hinab und erkunden jeden Zentimeter.

Ich ziehe ihn noch näher heran. Mein Herz rast und mein Atem geht schneller, als seine Finger sich schließlich um meine Hand legen. Warm und fest.

Unsere Blicke verweben sich erneut ineinander. In seinen Augen liegt die Gewissheit, dass ich genauso fühle. Meine Brust hebt und senkt sich. Jetzt gibt es keinen Weg mehr, auf die Notbremse zu treten.

Sein Daumen streicht mit leichtem Druck über meinen Handrücken, während er langsam aufsteht, ohne den Kontakt zu mir zu unterbrechen. Er zieht mich sanft mit sich.

Benommen von seinen Küssen folge ich ihm durch den Raum, in die Lobby bis zum Aufzug. Meine Hand ist noch immer von seiner fest umschlossen, und mein Herz schlägt wie wild. So, als wolle es aus meiner Brust springen.

Im Aufzug angekommen, drückt Ben mich mit seinem Körper gegen die Wand. Seine Härte presst sich an mich, während er meine Handgelenke nimmt und sie festhält, sodass ich mich nicht wehren kann – was ich auch gar nicht vorhabe. Nichts auf der Welt möchte ich momentan mehr, als mit Ben nach oben in sein Loft zu gehen. In seinem Blick erkenne ich bloßes Verlangen und dunkle Abgründe, die mich schier verrückt machen. Jede Sekunde, in der der Aufzug in Bewegung ist, steigert sich die Spannung zwischen uns.

»Ich will dich. Ich will dich so sehr«, spricht er aus, was er fühlt. Der Aufzug fährt viel zu langsam nach oben; die Zeit dehnt sich endlos. »Sag mir, dass du mich auch willst.« Er lässt die Handgelenke los und seine Hand gleitet über die Innenseite meiner Arme an meiner Seite entlang, sanft, aber bestimmt.

Durch den dünnen Stoff meiner Kleidung spüre ich die Hitze, die seine Berührungen verursachen. Die metallene Aufzugwand verschafft mir eine willkommene Abkühlung. »Ich will dich auch«, hauche ich, als mein Blick seinen sucht. Das Feuer in seinen Augen spiegelt sich in mir wider.

»Weißt du, dass ich kaum noch klar denken kann?« Seine Stirn berührt meine. Er umfasst meine Taille. »Du machst mich verrückt.«

Ich lege die Hand auf seine Brust und schiebe ihn ein wenig von mir. Nicht, um ihn abzuweisen, sondern nur um ihn mit meinem Blick noch mehr anzumachen. Sein Herz schlägt wild unter meinen Fingern.

Der Aufzug stoppt mit einem Ruckeln, aber Ben löst sich nicht von mir. Seine Hände umschließen meine und er zieht mich mit sich. Das, was nun folgt, bedarf keiner Worte. Es genügt die Gewissheit in unseren Blicken.

17

Die Zimmerkarte piepst kaum hörbar. Als die Tür zu Bens Loft hinter uns ins Schloss fällt, ist es, als würden wir eine neue Welt betreten. Eine, in der nur wir beide existieren und zu der niemand sonst Zugang hat.

Mein Herz schlägt weiterhin unaufhörlich gegen die Brust und unsere Finger sind noch immer miteinander verschlungen.

Ben zieht mich durch den dunklen Raum bis zu der altmodischen Stehlampe, der er mit dem Fuß einen Stups verpasst. Der Raum wird in warmes Licht gehüllt.

Meine Sinne sind auf Ben fokussiert.

Er lässt mich los und betrachtet mich mit einem sehnsüchtigen Blick. Ein Lächeln gepaart mit erotischer Ausstrahlung zuckt über seine Lippen. Erneut zieht er mich an sich. Er umschlingt meine Taille und unsere Lippen finden sich wieder. Zärtlich küsst er meinen Hals und wandert bis zu meinen Schultern.

Ich schließe die Augen und seufze auf. Dort, wo seine Lippen meine Haut berühren, hinterlassen sie ein Kribbeln. Hier oben, in dieser geschützten Umgebung, spüre ich seine Nähe noch intensiver und lege jegliche Hemmungen und Zweifel ab.

Als seine Finger sich in meinem Haar vergraben, erschaudere ich. Die Kraft seines Körpers schiebt mich auf die lederne Couch, von der eine angenehme Kühle ausgeht. Seine Hände wandern über meinen Körper, erkunden jede meiner Rundungen.

»Du machst mich verrückt«, wispere ich und seufze auf.

»Ich werde dich gleich noch verrückter machen«, antwortet er und schiebt meinen Pullover nach oben. Seine Finger bahnen sich ihren Weg unter meinen BH und umkreisen sanft meine Brustwarzen.

Ich strecke mich ihm entgegen und winde mich unter seinen Berührungen.

Er greift unter meinen Rücken und zieht mich mit einem Satz hoch.

Mit meinen Beinen umschlinge ich seine Hüften und lege die Arme um seine Schultern.

Er trägt mich in seinen Schlafbereich und legt mich auf der Matratze wieder ab.

Mein Atem geht schneller.

Ben kniet sich vor das Bett, öffnet den Knopf meiner Jeans und zieht sie mit quälend langsamer Geschwindigkeit hinunter. Er spreizt meine Beine und küsst an der Oberschenkelinnenseite entlang nach oben. Schwer atmend schiebt er meinen Slip zur Seite und küsst meine empfindlichste Stelle.

Ich keuche auf und presse meine Hände an seinen Kopf, so als wolle ich ihn wegschieben.

Seine Küsse und das Spiel seiner Zunge werden fordernder, bis er seine Finger zu Hilfe nimmt und mich damit an den Rand der Ekstase treibt.

Vor mir verschwimmen Raum und Zeit. Ich spreize die Beine weiter, bereit, Ben voll und ganz in mir aufzunehmen. Mein Wimmern verwandelt sich in ein Stöhnen.

Ben legt mir eine Hand auf den Mund, was mich nur noch mehr anmacht.

Ich winde mich unter seinen Küssen und Berührungen und schließlich schreie ich meine Lust heraus.

Mein Körper ist erhitzt. Dieses Gefühl, das ihn zum Beben gebracht hat, hört nicht auf.

Als ich mich allmählich beruhige, suche ich Blickkontakt zu ihm und ziehe ihn zu mir heran. Ich will ihn einfach nur festhalten. »Danke!«, flüstere ich.

»Wir sind noch nicht fertig«, haucht er. Kurz lässt er von mir ab und zieht sich sein Shirt aus. Sein nackter Oberkörper weckt erneut die Lust in mir.

»Komm her«, fordere ich und fahre die Konturen seines Körpers nach. Auch ich ziehe mein Oberteil aus und befreie Ben von seiner Hose.

Nackt schmiegt er sich an mich; seine Härte presst sich an mein Schambein. Ich umfasse ihn und fahre mit sanften Bewegungen auf und ab.

Ben stöhnt auf und sucht nebenbei meine Lippen. Seine Zunge gräbt sich tief in meinem Mund. Die Küsse werden drängender als zuvor. Er wendet sich kurz ab und kramt in der Nachttischschublade.

Bevor er sich zwischen meine Schenkel schiebt, zieht er sich ein Kondom über. Sehnsüchtig sieht er auf mich herab.

Ich schiebe die Beine noch etwas weiter auseinander und warte darauf, dass er in mich eindringt. Als das geschieht, verschwimmt der Raum erneut vor meinen Augen.

18

In den frühen Morgenstunden schleiche ich mit klopfendem Herzen aus Bens Loft. Statt des Aufzuges nehme ich die Treppe, in der Hoffnung, von meinen Kollegen unentdeckt zu bleiben.

Prompt remple ich am untersten Treppenabsatz mit Anne zusammen.

»Huch!« Erschrocken halte ich mir die Hand aufs Herz.

»Wo kommst du denn her?« Sie zieht die Augenbrauen in Richtung Stirn und betrachtet mich prüfend. Obwohl sie die gleiche Dienstkleidung wie immer trägt, wirkt sie heute mit ihrem schwarzen Rock und der weißen Schürze auf mich, wie eine Gouvernante in einem Kinderfilm – und genauso fühle ich mich.

»Kurzer Morgenspaziergang«, lüge ich und fahre mir durch die Haare. Ohne sie zu kämmen, bin ich eben in meine Klamotten gestiegen und habe Ben nach einem letzten leidenschaftlichen Kuss zurückgelassen. Im Gegensatz zu Annes glattem, blondem Haar muss ich aussehen, als wäre ich von einer Heißluftpistole angeblasen worden.

»Du siehst aus, als hättest du eine unruhige Nacht hinter dir, Mädchen.« Sie schlägt die Hand vor den

Mund. »Hast du etwa mit einem der Gäste ...«, kreischt sie.

»Nein!«, entgegne ich und schüttle energisch den Kopf. »Was denkst du von mir?«

Ich kann förmlich sehen, wie es in ihr rattert. »Ben«, ruft sie schließlich aus. »Du hast Ben verführt!« Aus ihrem Mund klingt es wie ein Vorwurf. Beinahe so, als hätte ich mich an einen unschuldigen minderjährigen Jungen herangemacht. Doch wenn Ben eines nicht ist, dann unschuldig. Ich denke daran, wie er mich auf den Balkon gezogen und dort zum dritten Mal genommen hat. Bei der Erinnerung schlägt mein Herz schon wieder ein paar Takte schneller.

Anne betrachtet mich skeptisch.

»Ich habe weder einen Gast noch Ben verführt.« Schließlich war er es, der den Anfang gemacht hat. Außerdem bin ich Anne gegenüber keinerlei Rechenschaft schuldig. »Zufrieden?« Mit diesen Worten schiebe ich mich an ihr vorbei. »Schönen Tag noch.«

»Den wirst du nicht haben, falls du mich belogen hast.« Sie reckt ihr Kinn in die Höhe. »Und außerdem ... solltest du dich auf Ben eingelassen haben, dann sei dir gewiss: Du bist nicht mehr als eine Affäre für ihn.«

***

Als ich eine Dusche und einen kurzen Spaziergang später – ich musste dringend einen kühlen Kopf bekommen – in der Personalküche aufschlage, wird es schlagartig ruhig. Sämtliche Augenpaare sind auf mich gerichtet. Anne sitzt mit einem gekünstelten Grinsen zwischen den Zimmermädchen und hat die Arme vor der Brust verschränkt.

»Moin«, sage ich und setze mich auf den Platz neben Nala. Ich schütte mir ein Birchermüsli in eine Schale. »Was ist los?«, frage ich, weil die Blicke weiterhin auf mich gerichtet sind.

»Nichts«, sagt Nala.

Anne hebt die Augenbrauen. »Was sollte schon sein?«

»Jemand hat heute Nacht in der Küche des Frühstücksraums gekocht und das komplette Geschirr stehen lassen«, platzt es aus Pauline heraus.

»Echt?« Ich schlage die Hand vor den Mund und gebe mich übertrieben erstaunt. Ob es zu übertrieben wirkt?

»Wer könnte das gewesen sein?«, fragt Anne provokant. Sie legt den Kopf schief und ihre Augen verengen sich, während sie mich prüfend mustert.

»Ich habe nicht gekocht«, verteidige ich mich energisch.

»Jeder behauptet das von sich«, sagt Nala. Sie sieht sämtliche Kollegen eingehend an. »Doch jemand muss es gewesen sein.«

Pauline kichert. »Stell dir vor, das benutzte Geschirr stand sogar noch am Tisch im Frühstücksraum.«

Anne schüttelt den Kopf. »Samt einer abgebrannten Kerze. Nicht auszudenken, wenn die ein Feuer verursacht hätte.«

»Das ist wirklich unglaublich. Ich meine ... wer macht denn so etwas? Habt ihr wirklich überhaupt keine Ahnung, wer der Übeltäter sein könnte?«

»Nicht die Bohne.« Hilflos hebt Pauline die Hände.

Oliver zuckt mit den Schultern und widmet sich wieder seinem Schinkenbrötchen.

Ich gieße Milch über mein Müsli. »Habt ihr euch schon überlegt, wie wir das Hotel retten können?«, wechsle ich beiläufig das Thema. Ich halte mir die Hand vor den Mund und gähne.

»Natürlich habe ich das«, entgegnet Anne. »Wie ich gestern bereits bemerkt habe, verfüge ich über einen fabelhaften Kontakt zu den früheren Stammgästen. Sie waren Freunde von Bens Eltern, wie sie auch meine sind.«

Nala verdreht die Augen. »Sie tut immer so, als wäre sie etwas Besseres. Nur weil sie Bens Eltern am längsten kannte«, flüstert sie mir ins Ohr.

»Kennst du eigentlich die Hintergründe, warum Anne früher am Empfang war und jetzt nicht mehr?«, flüstere ich zurück.

»Ben wollte das meines Wissens nicht mehr. Und wenn du meine Meinung hören willst, hat er mit Pauline den besseren Fang gemacht.«

»Was gibt es da zu tuscheln, meine Damen?«, fragt Anne scharf und schenkt uns einen eisigen Blick.

***

Die Morgensonne wirft ein weiches goldenes Licht in den Garten. Mit den Händen tief in der Erde knie ich im Beet, während ich die Unkrautpflanzen aus dem Boden ziehe. Der Duft von blühenden Rosen und gemähtem Gras erfüllt den Garten. Endlich erstrahlt der Rasen in einem saftigen Grün.

Trotz der frischen Luft hängt mir die Müdigkeit in den Gliedern, und in meinem Kopf herrscht Unruhe. Ununterbrochen kehren meine Gedanken zur vergangenen Nacht zurück. Zu Bens Küssen. Die Hitze seiner Berührungen brennt noch immer auf meiner Haut. Wenn ich an den Klang seiner rauen Stimme denke und die Worte, die er mir zugeflüstert hat, schlagen die Ameisen in meinem Bauch Purzelbäume. Die Nähe zu ihm hat sich so intensiv und intim angefühlt. Doch nun, am nächsten Morgen, quält mich die Unsicherheit darüber, wie es mit ihm weitergeht. Hat die Nacht den Zauber mit sich genommen? Ob es ihm genügt, dass er bekommen hat, worauf er schon länger aus war? Was, wenn er nun wieder den unnahbaren, arroganten Chef mimt? Der Gedanke nagt an mir, obwohl er mir selbst am Morgen einen innigen Kuss zum Abschied gegeben hat. Will ich das Ganze wiederholen? Macht es Sinn im Hinblick auf die Tatsache, dass ich bald nach Australien aufbreche? Oder mache ich mir zu viele Gedanken? Wenn Ben mich heute nicht mehr beachtet, haben sich meine Fragen ohnehin erledigt.

Mein Herzschlag setzt einen Moment lang aus, als ich Schritte auf dem Kiesweg höre. Aus dem Augenwinkel nehme ich die vertraute Silhouette wahr. Ich blicke auf. Ben trägt ein verschwitztes Shirt und sein Gesicht ist vom Laufen errötet. Auf seinem Dekolleté tanzen feine Schweißperlen. Er atmet noch schwer von der Anstrengung, die hinter ihm liegt. Sofort erinnere ich mich an seinen schnellen Atem von heute Nacht.

»Guten Morgen, Franzi«, sagt er und stutzt. »Oder habe ich dir den vorhin schon gewünscht, als du bei mir ...«

Ich richte mich auf und schüttle die Erde von den Händen. »Guten Morgen«, sage ich ebenfalls.

»O, du hast im Dreck gebuddelt.«

»Ja ... ich ... liebe Dreck«, antworte ich, weil mir nichts Besseres einfällt.

Bens Lippen umspielen ein Lächeln. »Ich habe dich vermisst.« Seine Worte klingen wie ein Geständnis. In diesem Augenblick fällt jegliche Anspannung und Sorge, dass heute alles zwischen uns vorbei sein könnte, von mir ab. Die Sache mit Australien schiebe ich weit von mir weg.

Ich senke den Kopf. »Und ich dachte schon ...«

»Dass mir die Nacht nichts bedeutet hat?« Er fährt sich mit der Hand durch die Haare.

Ich nicke und beiße mir auf die Unterlippe. Mit den Füßen scharre ich die Erde unter mir zusammen, bevor ich ihm wieder in die Augen sehe. »Ich war mir nicht sicher, ob sich für dich etwas verändert hat. Manchmal bekommt man, was man will, und dann ... ist es nicht mehr interessant.«

Unsere Blicke verfangen sich ineinander und sofort spüre ich wieder diese ganz besondere Verbindung zwischen uns. Die Bestätigung, dass sich nichts verändert hat.

»Glaub mir, Franzi, wenn wir hier nicht mitten im Garten des Greifenbergs stehen würden, von Gästen und dem Personal unter Beobachtung, würde ich dich sofort an mich ziehen und küssen.« Er schenkt mir ein verführerisches Grinsen. »Und ich würde dich an der Hand nehmen und in meine Dusche zerren.« Er hebt die Augenbrauen. »Kennst du meine Dusche schon?«

Ich lächle und beim Gedanken daran, was er dort mit mir anstellen könnte, wird mir flau im Magen.

»Ich kann an nichts anderes mehr denken als an unsere Nacht. Sie war ... fantastisch. Nahezu perfekt.« Er presst die Lippen aufeinander. »Aber das allein ist es nicht. Wie du mich vergangene Nacht angesehen hast. Mich hat noch nie eine Frau so angesehen.« Er tritt einen Schritt näher. So nah, dass ich seinen heißen Atem auf meiner Haut spüre.

Vor Aufregung beschleunigt sich mein Herzschlag.

»Und wenn du mir nicht glaubst, dass du mehr als eine Frau für eine Nacht bist, dann beweise ich es dir.«

Kann es sein, dass Ben sich in nur einer Nacht von einem Player in einen anständigen Kerl verwandelt hat? Ich bezweifle das, würde es jedoch am liebsten glauben. Mein Atem stockt, als ich das Verlangen in seinem Blick sehe.

»Kommst du mit nach oben?«, fragt er direkt.

»Schon wieder?«, entgegne ich und schmunzle. Hat er mir mit dieser Frage die Antwort auf meine gegeben? Er findet mich anziehend. Wir finden uns anziehend. Ich darf dieser Tatsache nicht allzu viel Bedeutung beimessen.

Er hebt eine Augenbraue. »Ich habe das Gefühl, wir beide sind noch nicht ganz fertig miteinander.«

Ich beiße mir auf die Unterlippe und in meinem Bauch kribbelt es. »Du hast recht. Aber ich bin mitten bei der Arbeit. Und weißt du, ich habe einen ganz fürchterlichen Chef. Wenn der rauskriegt, dass ich während der Arbeitszeit ...«

»Dann solltest du mir sagen, wann wir das fortführen können, was heute Nacht begonnen hat.«

»Heute Abend«, hauche ich. »Wenn du willst, statte ich dir nach meiner Schicht an der Bar einen Besuch ab.«

Er nickt zufrieden. »Das wird ein quälend langer Tag für mich werden.«

»Ben?« Annes Stimme hallt durch den Garten. »Kann ich dich einen Augenblick sprechen?«

»Du siehst, ich muss los. Bis später, Babe.«

***

Als ich am Abend von der Bar hinaus in die Lobby blicke, verabschiedet sich Pauline gerade von Charlotte Beringdorf. Charlotte ist seit gestern wieder Gast im Hotel und ist ganz fixiert auf Paulines Insider-Wissen über die Ostsee und die Orte in der Umgebung. Pauline ist extrem bemüht, Charlotte jeden ihrer Aufenthalte – von denen es innerhalb kürzester Zeit schon drei gab – so angenehm wie möglich zu gestalten. Wer weiß, vielleicht hegt sie insgeheim den Plan, dass Charlotte einen positiven Bericht über das Greifenberg schreibt und damit unser Hotel bekannter macht. Das wäre in jedem Fall ein kluger Schachzug von ihr. Gestern hat sie mich sogar beauftragt, dass ich für den Empfang von Charlotte frisch geschnittene Rosen aus dem Garten in ihr Zimmer stellen lasse.

Als die beiden aus meinem Blickfeld verschwunden sind, widme ich mich wieder dem Tresen zu. Außer einem Besucher, der zwei Whiskey bestellt hat, habe ich heute noch nichts verkauft. Wie auch? Wir haben nach wie vor kaum Gäste.

Ich bin schon sehr gespannt auf die morgige Personalversammlung und habe mir ein paar Gedanken gemacht, was ich zur Rettung des Hotels beitragen könnte. Ich werde Ben vorschlagen, dass ...

Charlotte steckt den Kopf durch die Tür des Salons. »Hat die Bar noch auf?«

»Für dich, immer«, entgegne ich, obwohl ich mit einem Auge die Uhr im Blick habe. In einer halben Stunde bin ich mit Ben verabredet. Allein der Gedanke daran verursacht ein warmes Ziehen in meinem Bauch. Wie die Nacht wohl ablaufen wird? »Ein Gin-Tonic, wie immer?«

»Du kennst mich schon ziemlich gut«, sagt Charlotte mit einem Schmunzeln und lässt sich auf einem Barhocker nieder.

»Wie war dein Tag?«, frage ich sie mit ehrlichem Interesse.

»Das Wetter war Bombe und ich habe ein Werbevideo für eine Sonnencreme gedreht. Seit ich so viele Follower habe, bekomme ich immer mehr Anfragen für Kooperationen.« Sie winkt mit der Hand ab. »Das Honorar, das dabei herausspringt, nehme ich doch gerne mit.«

»Das klingt ja interessant. Für welchen Hersteller hast du gedreht?«

Sie legt den Zeigefinger auf ihre Lippen. »Streng geheim. Bevor das Video veröffentlicht wird, darf ich nichts verraten.« Sie winkt mit der Hand ab. »Was ehrlicherweise Quatsch ist, Pauline musste ich nämlich einbeziehen. Sie hat mir allerdings unterschrieben, dass sie dichthält. Ich habe unbedingt ihre Tipps für den perfekten Drehort gebraucht.« Sie lächelt. »Man könnte meinen, Pauline ist mit jedem Sandkorn hier per Du – so gut kennt sie sich in der Umgebung aus.«

Zu meinem Leidwesen bestellt Charlotte einen weiteren Drink und es ist bereits zweiundzwanzig Uhr dreißig, als ich endlich vor Bens Loft stehe und klopfe.

19

In den frühen Morgenstunden liegen wir uns in den Armen.

Ben küsst meine Stirn, während ich seinen erhitzten Rücken streichle. »Die Nacht war grandios, Babe.« Seine Haare sind verwuschelt. Damit sieht er noch verwegener aus als sonst. »Daran könnte ich mich gewöhnen.«

Ich schmiege meinen Kopf an seine Brust und lächle. »Hätte man mir vor Wochen prophezeit, dass wir miteinander schlafen würden, hätte ich der Person einen Vogel gezeigt.«

Ben zieht mich näher zu sich. »Mit dir fühlt sich alles so vertraut an, Babe.«

Wenn er mir jetzt noch sagt, dass er so etwas noch nie erlebt hat, dann ...

»Und ... ich habe so etwas noch nie erlebt, das musst du mir glauben«, sagt er prompt.

Kann ich ihm seine Worte abkaufen? Meint er es wirklich ernst? »Ich auch nicht«, sage ich, weil ich es genau so meine. »Noch nie hat mich ein Mann so verwöhnt wie du.«

Mit seinen Fingern streichelt er über den Ansatz meiner Brüste. »Du hast aber auch alles gegeben, damit ich auf meine Kosten komme.«

Seine ehemalige Arroganz und sein barscher Tonfall mir gegenüber sind weit in die hinterste Ecke meines Gedächtnisses gerückt. Unsere gelegentlichen Gespräche, das gemeinsame Abendessen und der anschließende Sex haben uns still und leise nähergebracht.

Wir liegen eine Weile stumm da und ich genieße die Nähe. Ich betrachte ihn von der Seite. Sein unrasiertes Kinn, die dunklen Haare, sein verwegener Blick. *Himmel! Dieser Mann ist Sex pur.*

Er dreht sich zur Seite und stützt sich mit dem Ellenbogen auf der Matratze ab. »Stell dir vor, Anne hat mich gestern angesprochen.«

»Und?« Ich halte die Luft an.

Ben lacht auf. »Sie wollte glatt von mir wissen, ob du mir gegenüber aufdringlich geworden bist.«

»Mir hat sie die gleiche Frage gestellt. Was hast du ihr geantwortet?«

»Ich habe es verneint. Schließlich geht es sie nichts an, was da zwischen uns läuft. Dann hat sie mir eine eindringliche Standpauke darüber gehalten, dass es nicht gut wäre, sollte ich auch nur im Geringsten daran denken, eine Affäre mit einer Angestellten zu pflegen. Meine Eltern hätten das auf keinen Fall gebilligt. Sollte es also passiert sein, wäre ich gezwungen, dir zu kündigen. Sie hat sich benommen wie bei einem Verhör.« Er schnaubt. »Der Gipfel war, dass sie dann auch noch ihre Vermutung in den Raum geschmissen hat, dass du etwas mit einem Gast haben könntest.«

»Hast du ihr die männlichen Gäste aufgezählt, die momentan bei uns nächtigen? Der Jüngste ist an die fünfundsechzig.«

»Eben! Ich habe keine Ahnung, warum sie so ist, aber manchmal benimmt sie sich wie meine Mutter.«

»Apropos Mutter.« Ich schiebe das nervende Anne-Thema beiseite. »Warum hast du das Loft deiner Eltern eigentlich nie umgestaltet? Ich meine ... möchtest du dich hier nicht wohlfühlen?«

Er lockert seine Umarmung, als wäre ihm dieses Thema unangenehm – was es vielleicht auch ist. »Ich habe nicht damit gerechnet, lange hier zu sein.«

»Und deshalb hast du nie die Notwendigkeit dazu gesehen, hier etwas reinzuinvestieren?«

»So siehts aus. Nachdem ich schon ihr Leben übernehmen musste, was in meinen Augen weitaus schlimmer war, spielt dieses Loft nun auch keine Rolle mehr.«

»Aber solltest du nicht dein eigenes Leben führen, anstatt das deiner Eltern?« Ich denke kurz nach. »Was wäre, wenn du versuchst, deine Leidenschaft mit in das Hotel einzubringen?«

Ben lacht laut auf. »Wovon sprichst du?« Er sieht mir tief in die Augen. »Oder meinst du diese Leidenschaft?« Wie zum Beweis küsst er mich erneut mit einer Intensität, dass es mir den Boden unter den Füßen wegziehen würde, würde ich nicht ohnehin schon liegen.

»Keine üble Idee«, sage ich, keuche und schiebe ihn ein Stück von mir weg. »Doch ich meine etwas anderes. Natürlich kannst du als Hotelmanager nicht einfach so ersetzt werden. Aber ich finde, man muss für seine Träume kämpfen und dann können sie auch irgendwann wahr werden. Du hast doch Träume?« Ich mustere ihn. »Was ist dein größter?« Obwohl ich die Antwort bereits kenne, will ich sie noch einmal aus seinem Mund hören.

»Keine Ahnung. Worauf spielst du an, Babe?«

»Denk doch mal nach.« Ich gebe ihm einen Kuss auf die Wange. »Was wärst du gern von Beruf?«

»Koch«, platzt es aus ihm heraus.

»Und was hindert dich daran, Koch des Greifenbergs zu sein?«

»Ganz einfach. Wir haben hier kein Restaurant.«

»Pauline hat aber erzählt, dass hier früher Abendessen angeboten wurde. Und zwar im Frühstücksraum.«

»Das ist Lichtjahre her.«

»Was wäre, wenn wir das ändern würden?«

»Babe ... dann haben wir immer noch nicht genügend Gäste. Und Personal. Außerdem, wer sollte bei uns schon essen? Wenn unser Hotel *Am alten Strom* in Warnemünde liegen würde, wäre es etwas anderes, aber hier draußen in Heiligendamm. Dahin verirrt man sich nicht zufällig. Außer man kommt gezielt hierher.«

Ehrlicherweise muss ich zugeben, dass er recht hat. Zum jetzigen Zeitpunkt würde ein Restaurantbetrieb keinen Sinn ergeben. »Stimmt«, sage ich. »Aber vielleicht solltest du dir diese Option im Hinterkopf behalten.«

***

Bevor am Nachmittag die zweite Personalversammlung stattfindet, ist die Anspannung meiner Kollegen deutlich spürbar. Die Luft in den Gängen scheint förmlich vor unausgesprochener Nervosität zu flimmern.

Als wir uns endlich im Frühstücksraum versammeln, steigt auch mein Puls. Mein Kiefer ist angespannt und meine Hände umschließen fest den Kugelschreiber, den ich vorhin versehentlich an der Rezeption mitgenommen habe.

Pünktlich auf die Minute erscheint Ben und sieht in die Runde. Er schließt die Tür hinter sich; kurz haftet sein Blick auf mir. Ich sehe zur Seite. Nicht, dass die anderen etwas bemerken, wenn sie es nicht ohnehin schon wissen. Schließlich haben die Blicke gestern in der Personalküche für sich gesprochen.

»Danke, dass ihr gekommen seid«, sagt Ben. »Und danke, dass ihr alle noch da seid. Wie ich vorgestern schon erwähnt habe, weiß ich nicht, wie es mit dem Greifenberg weitergeht. Ehrlich gesagt, habe ich keinen Plan, ob und was ich für meine Zukunft möchte. Doch dass ich erst mal nicht will, dass das Hotel bankrottgeht, weiß ich mittlerweile.« Er holt tief Luft. »Ich habe euch ja gebeten, euch Gedanken darüber zu machen, wie man dem Hotel mehr Schwung verleihen könnte. Wie wir es gemeinsam schaffen könnten, neue und alte Gäste anzulocken.« Er verschränkt die Arme vor der Brust und sieht in die Runde.

Warum traut sich niemand, den ersten Vorschlag zu machen? Oder haben sie keinen?

Nach einer gefühlten Ewigkeit der Stille tritt Anne hervor. »Also!« Sie streckt ihren Rücken durch. »Wie ich es schon angedeutet habe, solltest du die grundlegende Organisation dieses Hotels überdenken.«

»Und was genau ist dein Vorschlag?« Ben lehnt an der Wand und legt den Kopf schief.

»Wir müssen unseren Fokus auf die Stammgäste legen. Sie benötigen eine besondere Betreuung. Bei ihrer

Ankunft sollten sie an der Rezeption auf jemanden Vertrauten treffen. Sozusagen auf das Urgestein des Hotels, das dann logischerweise auch für ihr komplettes Wohlbefinden während ihres Aufenthaltes im Greifenberg zuständig wäre.«

»Sie macht es schon wieder«, raunt Pauline mir ins Ohr.

»Ich denke, dein erster entscheidender Fehler war, einem ehemaligen Zimmermädchen die größte Verantwortung zu übertragen. Tut mir leid, Ben, dass ich so deutlich werden muss.«

»Willst du damit unsere Arbeit niedermachen und uns gar als minderwertig abstempeln?«, mault Eliza. Ihre Augen funkeln wütend. »Also wirklich, Anne. Das ist niederträchtig von dir.«

Anne hebt abwehrend die Hände. »Ihr werdet schon sehen, was passiert, wenn ihr nicht auf mich hört. Ich bin ein paar Jährchen älter als ihr und bringe die größte Erfahrung mit.« Sie lächelt selbstgefällig.

»Pauline hat einen Abschluss als Hotelfachfrau in der Tasche und hat mein volles Vertrauen«, sagt Ben. »An ihrer Position ist nicht zu rütteln.«

Anne schiebt ihre Unterlippe nach vorn und tritt zurück.

»Hat noch jemand einen Vorschlag?«, fragt Ben.

»Vielleicht sollte man mit den Preisen runtergehen oder ein Wohlfühlwochenende anbieten.« Pauline zuckt mit den Schultern. »Sämtliche Hotels an der Ostsee sind ausgebucht, aber bei uns herrscht gähnende Leere. Wir müssen uns dringend etwas Reizvolles überlegen.«

Ben nickt. »Ich werde darüber nachdenken. Möglicherweise ist das eine Idee.« Er sieht in die Runde – offensichtlich hat niemand sonst einen brauchbaren Vorschlag.

Soll ich mich zu Wort melden? Nein, besser nicht. Schließlich will ich mich nicht in den Vordergrund drängen. Mein Blick wandert von einem Kollegen zum anderen. Doch warum sagt keiner mehr was?

Auch wenn das, was ich sagen möchte, vermutlich nicht auf breite Zustimmung treffen wird, ringe ich nun innerlich mit mir, meine Idee preiszugeben. Oder ist es klüger, die Klappe zu halten? Zwischen dem Abwägen und auf weitere Vorschläge meiner Kollegen zu warten, hole ich schließlich Luft und setze an.

Annes Blick wandert zu mir und er sagt mir: ›Misch dich nicht ein.‹

Ich verziehe die Augen zu Schlitzen und wende mich von ihr ab. »Ich habe auch einen Vorschlag«, platzt es aus mir heraus. Sämtliche Augenpaare schnellen zu mir herüber. Mit der Zunge fahre ich mir über die trockenen Lippen und reibe die Handflächen aneinander. »Ich denke, wir sollten eine Sundowner-Party veranstalten.«

Verständnislose Blicke treffen mich. Sofort bereue ich, dass ich meinen Vorschlag herausposaunt habe.

»Mit einer Party möchtest du Übernachtungsgäste anlocken?«, fragt Anne spitz und schüttelt den Kopf. Sie braucht es nicht auszusprechen, wie lächerlich sie die Idee findet. Doch das spornt mich an, meine Gedanken weiter auszuführen.

»Der Strand vor dem Hotel ... der gehört doch zum Greifenberg, oder?«

Ben nickt und sieht mich mit einem ganz besonderen Blick, der Wärme ausstrahlt, an.

»Also, wie gesagt, meine Idee ist, dass wir eine Sundowner-Party planen. Auf der Terrasse und im Restaurant bieten wir ein köstliches Barbecue an, auf dem Flügel im Salon wird gespielt und wir engagieren eine Band, die am Strand Musik macht. Außerdem nutzen wir die Strandkörbe, auf denen die Leute mit einem leckeren Cocktail in der Hand den Sonnenuntergang genießen können.« Die Worte purzeln nur so aus mir heraus und neben zustimmendem Nicken ernte ich ebenso ungläubiges Kopfschütteln. »Und an dem Tag sollten wir natürlich alles ansprechend dekorieren.«

»Das klingt ja schön und gut, Franzi. Aber wir suchen eigentlich Übernachtungs- und keine Partygäste«, gibt Oliver zu bedenken, der sich bisher noch nicht am Gespräch beteiligt hat.

»Stimmt«, pflichtet Eliza ihm bei.

»Völliger Quatsch«, sagt nun auch Anne und wirft mir einen vernichtenden Blick zu.

Pauline hakt sich bei mir unter. »Erzähl weiter. Woran hast du noch gedacht?«

Ich räuspere mich. Es ist nicht leicht, mich von den negativen Kommentaren nicht unterkriegen zu lassen. »Oliver, ich gebe dir recht. So eine Veranstaltung lockt eher Partygäste an. Aber es geht doch darum, unser Hotel wieder bekannter zu machen. Alte Stammgäste zurückzuholen und neue zu gewinnen. Wenn das Event ein Erfolg wird, werden weitere folgen. Außerdem generieren wir damit auch Einnahmen. Nur eben in anderer Form.«

»Das klingt nach einem reizvollen Traum«, murmelt Ben. Seine Stimme versetzt mir einen Stich, dass ich zusammenzucke. Gefällt ihm meine Idee etwa nicht? »Ich fürchte nur, dass wir weder das Personal haben, Derartiges aufzuziehen, noch den Background, ein Event professionell zu planen. Eine Eventagentur würde ein Schweinegeld kosten, das ich nicht habe.«

Es ist an der Zeit, meine Trumpfkarte auszuspielen. »Ich habe euch bisher nicht verraten, dass ich ein Studium in Eventmanagement hinter mir habe. Also ... ich habe möglicherweise ein wenig Ahnung von der Materie.«

Binnen einer Nanosekunde starren sämtliche Augenpaare mich an, als hätte ich soeben gestanden, dass ich eine Ausbildung als Kampfpilotin gemacht habe und mein Eurofighter direkt vor dem Hotel auf mich warten würde.

20

»Du bist Eventmanagerin?« Paulines Augen funkeln und sie klatscht in die Hände. »Was für eine geniale Neuigkeit. «

»Was machst du dann hier als Gärtnerin?«, fragt Anne und blickt zu Ben. »Also, wenn du mich fragst, ist an dieser jungen Dame irgendetwas faul. Nicht, dass ich es nicht längst geahnt hätte.«

»Du überraschst mich immer wieder«, sagt Ben mit einem Lächeln auf den Lippen. »Warum du hier als Gärtnerin arbeitest, verstehe zwar selbst ich nicht, aber du machst mich neugierig.«

»Wenn du mir die Chance gibst, dieses Event zu planen, verspreche ich, dass ich alles geben werde. Ich mache Überstunden und werde jedes kleinste Detail ausarbeiten, sodass der Abend ein voller Erfolg wird. Für die Bewirtung müssten wir eine Cateringfirma beauftragen. Das wird zwar einiges kosten, aber ich verspreche, so zu kalkulieren, dass die Einnahmen die Ausgaben deutlich übersteigen werden.«

»Also mir gefällt Franzis Idee«, sagt Pauline und wippt auf ihren Zehenspitzen auf und ab.

»Mir auch«, pflichtet Nala ihr bei.

Die anderen Kollegen nicken ebenfalls. Jeder, außer Anne.

»Das sind doch alles Hirngespinste, die sich nicht umsetzen lassen«, mault sie.

Ich warte auf Bens Reaktion. Voller Spannung beiße ich mir auf die Unterlippe.

»Ich denke, wir haben keine Wahl. Und mit dir als einem Profi spricht nichts dagegen, es auszuprobieren. Mehr als scheitern kann das Projekt nicht. Also ... lasst es uns angehen.«

Zustimmendes Klatschen löst die Anspannung in Luft auf.

»Danke für dein Vertrauen, Ben«, sage ich und ein Kribbeln wandert durch meinen Körper. Dieses Mal nicht seinetwegen, sondern wegen der Vorfreude auf die Sundowner-Party.

Mein erstes Projekt als Eventmanagerin! Ich fasse es nicht. Tatsächlich habe ich den Mut aufgebracht, für meine Idee einzustehen.

»Doch eines musst du mir versprechen. Die Kosten müssen sich in Grenzen halten. Ich habe nicht vor, einen Kredit dafür aufzunehmen. Und am Ende muss in jedem Fall ein Gewinn herausspringen.«

»Selbstverständlich«, sage ich mit zittriger Stimme. »Alles andere würde keinen Sinn ergeben.« Meine Güte, ich drehe gleich durch vor Freude. Nun liegt die Verantwortung tatsächlich auf mir. Hoffentlich enttäusche ich am Ende niemanden.

»Da die Zeit drängt, fände ich einen Termin in vier Wochen ganz gut«, schlägt Ben vor. »Bekommst du das bis dahin hin, Franzi?«

»Wir sind ein Team«, sage ich mit fester Stimme in die Runde. »Wir können es nur zusammen schaffen. Ich kann die Leitung und Planung des Events übernehmen,

Kosten zusammenstellen, die Band buchen und etwaige Sonderausstattung. Aber ich brauche eure Mithilfe.« Kurz suche ich mit jedem meiner Kollegen Blickkontakt und warte auf deren zustimmendes Nicken.

»Du hast meine volle Unterstützung.«

»Ja, von mir auch.«

»Meine auch.«

Ich klatsche in die Hände. »Wunderbar. Wir werden uns schon bald zu verschiedenen Arbeitsgruppen treffen. Das Event muss einzigartig werden.« Ich blicke in strahlende Gesichter.

***

Bereits abends an der Bar – als natürlich mal wieder gähnende Leere herrscht – gehe ich in die erste Planung. Ich tippe in die Notizen-App auf meinem Smartphone alles, was es zu tun gibt. Worum ich mich rasch kümmern muss, ist die Liveband und der Klavierspieler. Selbstverständlich könnte ich selbst spielen, aber ich werde an diesem Tag keine Zeit dazu haben. Ich setze diese Punkte ganz oben auf meine Prioritätenliste. Hoffentlich schaffe ich es, so kurzfristig noch Musiker zu engagieren. Doch was habe ich erst heute Nacht zu Ben gesagt? Er muss an seine Träume glauben, dann können sie wahr werden. Daran werde ich nun selbst festhalten.

Für das Barbecue sollte neben Fleisch auch Gemüse gegrillt werden, um die Vegetarier und Veganer ebenfalls zu begeistern – das muss ich alles mit dem Caterer absprechen.

Die Gedanken purzeln in meinem Kopf durcheinander, wie die Bälle in einem Bällebad. Mir kommen so viele Ideen, die ich gar nicht alle umsetzen kann.

»Na? Feilst du an deiner Strategie?«

Ich schrecke auf.

Ben steht an der Bar und beugt sich über den Tresen.

»Hi, Ben, ich habe dich gar nicht kommen hören«, begrüße ich ihn mit einem Lächeln.

Er geht um den Tresen herum und schlingt von hinten beide Arme um mich. »Du hast ja schon mächtig viel aufgeschrieben«, sagt er, als er über meine Schulter blickt. Als er seinen Kopf zurückzieht, küsst er meinen Nacken.

Sofort werde ich wie Wachs unter seiner Berührung. Was ist das nur zwischen ihm und mir? Ganz sicher bin ich mir noch nicht. Ich weiß nur, dass ich seine Nähe genieße.

Nun drehe ich mich, sodass wir uns gegenüberstehen. Er hat den Griff gelockert und bedeckt meinen Hals mit zärtlichen Küssen. Auch wenn ich am liebsten hier und jetzt mit ihm Sex hätte, befreie ich mich aus seiner Umarmung. »Ich bin im Dienst, Ben«, sage ich mit einem Schmunzeln.

Er lacht laut auf. »Wen störts?«

»Mich. Ich bin nicht scharf drauf, von einem Gast, oder, noch schlimmer, von den Kollegen mit dir zusammen erwischt zu werden. Es weiß doch niemand etwas von uns.« Zumindest nicht offiziell.

»Ich mag es, wenn du von uns sprichst.« Er zwinkert und ich streichle über sein unrasiertes Kinn.

»Sieh mal, was ich mir überlegt habe.« Ich stütze einen Ellenbogen auf der Theke ab und deute auf das Smartphone-Display.

»Nicht schlecht.« Er deutet auf einen meiner Punkte. »Aber das mit dem Klavierspieler wird gestrichen.« Über sein Gesicht zieht ein dunkler Schatten.

»Warum willst du keine Klaviermusik im Salon? Gerade das stelle ich mir herrlich entspannend und besonders vor.«

»Ich habs nicht so gerne, wenn Fremde auf dem Flügel spielen«, sagt er und senkt den Blick.

Mir schießt der Abend durch den Kopf, an dem er mich dort erwischt hat und ziemlich ungehalten war.

»Mein Vater ...« Seine Stimme kippt. Er wendet sich ab und greift nach einer Flasche Gin im Regal.

»Was ist mit ihm?«, frage ich behutsam, während er sich den Gin einschenkt.

Einen Wimpernschlag lang hält er inne. Überlegt er, ob er mir vertrauen kann? Schließlich holt er tief Luft. »Er hat immer darauf gespielt. Als ich ein kleiner Junge war, habe ich unzählige Male neben ihm gestanden und bewundernd zu ihm aufgesehen.« Seine Augen werden trüb und er wendet den Blick ab. »Und eines Tages hat er mich auf seinen Schoß gesetzt und mir ein paar Takte beigebracht. Das waren die glücklichsten Momente meiner Kindheit.« Mit dem Handrücken fährt er sich über die Augen. »Jedes Mal, wenn ich ein Klavierspiel höre, werde ich an ihn erinnert.«

»O nein, das tut mir leid. Ich konnte ja nicht ahnen ...« Wie konnte ich so unsensibel sein und damals einfach auf dem Klavier spielen? Okay, ich wusste nicht, was ich damit auslösen würde. Wenn ich jedoch gewusst hätte, was dahintersteckt, hätte ich es niemals getan. Mein Herz wird schwer. Mit meinem unbewussten Handeln habe ich Gefühle bei Ben hervorgerufen, mit denen ich nicht gerechnet habe. Das Schlimme ist, ich bin seiner Reaktion mit Unverständnis begegnet, dabei wusste ich nicht, was der eigentliche Grund dafür war. Stecken hinter Bens schroffen Worten und ablehnenden Gesten mehr Vergangenheit, als er sich eingestehen will?

»Schon gut«, sagt er und trinkt von seinem Gin. »Also, bitte streiche den Klavierspieler.«

»Wird gemacht.« Ich nicke und setze ein Kreuzchen vor den entsprechenden Punkt auf dem Smartphone-Display.

Einen Moment lang herrscht Stille zwischen uns, bevor Ben sich wieder über meine Notizen lehnt. »Was gibt es noch zu klären?«

»Sollen wir eine Pauschale festlegen, oder findest du es besser, die Leute bezahlen, was sie bestellen?«

»Die einen werden mehr essen, die anderen weniger. Die einen wollen Fisch, die anderen nur Gemüse. Einer trinkt einen Cocktail und wieder ein anderer nur ein Wasser. Ich denke, wir sollten keinen Pauschalpreis machen. Auch wenn das mehr Aufwand für uns bedeutet.«

»Ist notiert.« Ich tippe die Information in das Smartphone.

Er stellt das leere Ginglas auf dem Tresen ab. »Verrätst du mir nun, warum eine Eventmanagerin als Gärtnerin arbeitet?« Unser Blickkontakt reißt nicht ab, während er nach einer Rumflasche greift. »Willst du auch einen Daiquiri?«

»Ich arbeite«, entgegne ich gespielt entsetzt.

Ben wirft einen Blick auf seine Armbanduhr. »Es ist gleich zweiundzwanzig Uhr.«

»Okay, überredet«, stimme ich schließlich zu.

Während er weißen Rum, Limettensaft und Zuckersirup zusammen mit Eiswürfeln in einen Shaker gibt, stütze ich mich mit den Händen am Tresen ab und schwinge meinen Po mit einem Satz darauf.

»Ich habe Anfang des Jahres mein Studium im Eventmanagement abgeschlossen und konnte anschließend ehrlicherweise nicht dort anfangen, wo ich wollte.«

Ben schüttelt den Shaker professionell mit einer Hand.

Ich könnte ihn mir wunderbar als heißen Barkeeper in einer angesagten Location vorstellen. Er würde bestimmt haufenweise Frauen den Kopf verdrehen. Wobei mir natürlich weitaus lieber ist, er verdreht ihn nur mir.

»Du hast keinen Job gefunden? In der heutigen Zeit?«

Ich presse die Lippen aufeinander. »Das ist nicht ganz korrekt«, gestehe ich. »Ich wollte nach dem Studium eigentlich nach Sydney.«

Ben zieht die Augenbrauen in Richtung Stirn.

»Dort gibt es einige angesagte Eventagenturen. Sie bieten Praktika für Berufseinsteiger an. Und dafür habe ich mich leider nicht rechtzeitig beworben, sodass nichts mehr daraus geworden ist.« In diesem Augenblick bringe ich es nicht übers Herz, ihm zu erzählen, dass ich meinen Traum ein Jahr später verwirklichen will.

Er gießt den Cocktail in zwei Coupe-Gläser und dekoriert sie mit jeweils einer Limettenscheibe. »Na zum Glück hat es nicht geklappt.«

Ich nehme eines der Gläser entgegen. »Das sieht ja fantastisch aus.«

Unsere Gläser klirren aneinander.

Ben schiebt seinen Körper zwischen meine Beine, die von der Theke hinunter baumeln. Ich schlinge einen Arm um ihn. Mit der anderen Hand halte ich das Glas mit dem Daiquiri.

»Hmm, der schmeckt ja super«, schwärme ich und lecke mir über die Lippen.

»Hör sofort mit diesem provokanten Verhalten auf, sonst garantiere ich für nichts«, sagt er mit einem Tonfall, der unverschämt sexy klingt.

Ich hebe die Augenbrauen, schlinge die Beine um seinen Po und ziehe in noch näher an mich heran. »Küss mich sofort«, fordere ich und spitze die Lippen.

Ben stellt sein Glas ab, greift mit beiden Händen unter meinen Po und küsst mich leidenschaftlich.

Ich schließe die Augen und träume davon, niemals wieder einen anderen Mann zu küssen.

»Wenn du nicht sofort aufhörst, mich dermaßen anzumachen, Babe, dann nehme ich dich hier und jetzt auf dieser Theke.«

Ich kichere bei der Vorstellung und riskiere einen Blick zur Tür. Draußen ist alles dunkel. Im Prinzip könnten wir ...

Ein Schatten huscht vorbei und ich zucke zusammen.

Anne steht im Halbdunkel im Gang und starrt uns an. Die Eiseskälte, die von ihrem Blick ausgeht, lässt mich erschaudern.

Hektisch schiebe ich Ben von mir.

21

»Anne! Sie beobachtet uns«, rufe ich aus und deute in Richtung Tür.

Ben dreht sich blitzschnell um und sieht gerade noch, wie sie sich mit eiligen Schritten entfernt.

»Willst du ihr nach?«

»Nein.« Er schnaubt verächtlich. »Du glaubst nicht, wie ich es hasse, dass sie ständig die Anstandsdame mimt. Sie ist nicht meine Mutter. Wobei sie die nie sonderlich leiden konnte. Die beiden waren sich zugegeben spinnefeind.«

»Gibt es dafür einen Grund?«

»Keine Ahnung. Ich hab das auch nur in den Ferien mitbekommen. Ansonsten war ich ja ständig in Hamburg im Internat.«

»Du hast in Hamburg gelebt?« Erstaunt öffne ich den Mund. »Zu schade, dass wir uns da niemals begegnet sind.«

»Ich wäre damals sicher nicht dein Typ gewesen, glaub mir.«

»Du warst nicht immer so sexy?«

»Nein.« Er lacht und blickt auf seine Armbanduhr. »Kommst du mit nach oben?« Auf seinen Lippen liegt ein verführerisches Lächeln.

»Sei mir nicht böse, aber ich brauche heute unbedingt mal wieder eine Mütze Schlaf. Die vergangenen beiden Nächte haben ehrlicherweise ziemlich an meinen Kräften gezerrt.«

»Woran das wohl gelegen hat?«, fragt er und zwinkert. »Und wenn ich dir verspreche, dass ich dich schlafen lasse? Ich will nur, dass du neben mir liegst.«

»Versprochen?«

»Versprochen!«

***

Natürlich habe ich heute Nacht nicht die Finger von Ben lassen können. Kaum dass wir in seinem Loft waren, sind wir wie zwei ausgehungerte Löwen übereinander hergefallen. Dennoch starte ich etwas ausgeruhter in diesen Morgen, als das noch vor ein paar Tagen der Fall war.

Die Morgensonne strahlt mit einem warmen Licht auf die Hotelterrasse, als ich den Besen über die Steinplatten gleiten lasse. Die Luft ist von einer kühlen Ostseebrise durchzogen, die salzig duftet. Sowohl im Hotel als auch am Strand ist es ruhig. Nur das Zwitschern der Vögel und das Kreischen von Möwen durchdringen die Stille.

Doch in mir ist es keinesfalls still. Zum einen kreist in einer Tour das anstehende Event durch meinen Kopf und zum anderen blitzt immer wieder Annes Bild in mir auf, wie sie Ben und mich beobachtet hat. Wie ein flüchtiger Schatten, der dort nicht hingehört, hat sie in der Tür gestanden. Ihre trüben Augen haben in der Dunkelheit auf eine seltsame Weise geglänzt, so als würde sie jeden Augenblick zur Seite treten und sich wieder in einen Schatten auflösen. Doch sie ist nicht gegangen. Sie muss uns eine Weile beobachtet haben.

Das Kehrblech klappert leise, während ich die letzten Sandkörner und vertrockneten Blätter der Rotbuche zusammenkehre, die der Wind vom Baum geweht hat.

Wie lange hat sie uns zugesehen? Hat sie von Anfang an dort gestanden und uns beobachtet? Ein leises Seufzen entweicht mir, während ich die Besenborsten gegen die Fugen drücke. Die Sonne wandert allmählich über den Himmel und wärmt meine Arme. Doch in meinem Inneren breitet sich eine Kälte aus, die ich gerne abschütteln würde. Sie hat mir gestern unterstellt, dass an mir etwas faul wäre. Verrückterweise unterstelle ich ihr das Gleiche. Warum ist sie ohne ein Wort gegangen? Sie muss doch bemerkt haben, wie ich in ihre Richtung gesehen habe. Ihr eisiger Blick verursacht mir noch heute eine Gänsehaut.

»Fraaanzi!« Pauline steht mit gebücktem Oberkörper vor mir und ist nun mit meinen Augen auf einer Höhe. »Hörst du nicht, dass ich dich rufe?«

Ich zucke zusammen und richte mich auf »N...ein, sorry, ich war in Gedanken«, antworte ich und stütze mich auf dem Besenstiel ab.

»Ist alles in Ordnung bei dir?«

»Ja!«, lüge ich, obwohl ich Pauline nicht belügen möchte. Sie ist mir hier zu einer wertvollen Freundin geworden. »Nichts ist in Ordnung!«, korrigiere ich mich deshalb. Ich sauge tief Luft durch die Nase. »Es ist in den vergangenen Tagen einiges passiert.«

»Du meinst die drohende Pleite des Hotels? Ja, die nimmt uns alle mit.«

»Ja, das auch. Aber es gibt noch ein paar andere Sachen, die mich ziemlich aufwühlen.«

Sie nimmt mir den Besen aus der Hand und stellt ihn zur Seite. »Magst du es mir erzählen?« In ihrem Blick steckt so viel Wärme und gleichzeitig unausgesprochenes Verständnis, dass ich nicke.

»Aber nicht jetzt. Wollen wir in der Nachmittagspause einen Strandspaziergang machen? Abends muss ich ja wieder an die Bar.«

»Gerne. Lass uns um vier am Hinterausgang treffen.«

***

Pauline und ich streifen unsere Sandalen ab und spazieren vom Holzsteg hinunter auf den Strand. Der Sand unter meinen Füßen ist kühl. Der Wind spielt mit meinen Haaren und verwuschelt Paulines Kurzhaarfrisur. Das Rauschen der Wellen murmelt im Hintergrund.

»Ich liebe dieses Gefühl.« Pauline sieht auf ihre nackten Zehen hinab. »Barfuß im Sand zu sein, fühlt sich immer wie ein kleiner Urlaub an.«

Ich folge ihrem Blick. Die feinen Körner massieren meine Füße auf wohltuende Weise. *Ein kleiner Urlau – wie recht sie hat.*

Wir laufen eine Weile schweigend nebeneinanderher; jede von uns hängt ihren eigenen Gedanken nach. Mein Blick ist auf das Meer gerichtet, das in der Spätnachmittagssonne glitzert. Der Himmel ist fast wolkenlos und spannt ein zartes Blau über den Horizont. Viele der bunten Strandkörbe sind belegt. Urlauber genießen die Sonne, lesen Bücher oder bauen Sandburgen mit ihren Kindern.

»Franzi«, sagt Pauline und bleibt stehen. »Ich werde nicht zulassen, dass du dich noch mehr in trübe Gedanken gräbst. Magst du mir jetzt endlich erzählen, was mit dir los ist?«

»Ja.« Ich spaziere weiter. In Bewegung lässt es sich leichter reden. »Ben und ich sind uns nähergekommen«, sage ich mit dem Blick auf den Sand gerichtet.

»Nein!«, ruft sie aus. Ein breites Grinsen zieht durch ihr Gesicht. »Dann stimmt das Gerücht also doch. Anne hatte etwas angedeutet, was ich zunächst als Unsinn abgetan habe.« Sie klatscht in die Hände. »Aber ich freue mich. Du hattest es ihm von Anfang an angetan. Das habe ich schon am ersten Tag in seinen Augen gesehen, als du mit deinem schicken roten Mantel an der Rezeption gestanden hast.«

»Wirklich?« Ich lächle und mir wird warm.

»Ja. Und außerdem ist er, seit du hier bist, wie ausgewechselt.« Sie schmunzelt. »Gut, manches Mal treibt er uns noch mit seiner Rockmusik in den Wahnsinn, aber ich finde gerade in den vergangenen beiden Wochen, hat er sich in meinen Augen enorm verändert. Er hätte früher nie offen zugegeben, dass es Probleme mit dem Hotel gibt. Okay, so lange ist er noch nicht unser Chef, aber anfangs war er relativ kühl und unnahbar. Das hat sich geändert.«

»Meinst du, dass das an mir liegt?«

»Ganz bestimmt. Es ist auch schon eine Weile her, dass ich andere Frauen mit ihm gesehen habe. Er scheint also echtes Interesse an dir zu haben.«

Ihre Stirn kräuselt sich und sie bleibt erneut stehen. »Aber … warum bist du nicht glücklich? Was belastet dich?« Sie hält mich sachte am Arm fest.

»Gestern Abend ... Ben hatte mich an der Bar besucht. Und dort geküsst.«

»Ja und?«

Ich stocke und mein Herz schlägt unregelmäßig, als das Bild von Anne wieder in meinem Kopf aufblitzt.

»Anne hat uns gestern Abend beobachtet.«

Paulines Augen weiten sich. »Hat sie euch nachspioniert?«

Ich schlinge die Arme um meinen Körper. »Keine Ahnung. Du hättest ihren Blick sehen müssen: Der war richtig unheimlich.«

»Ich weiß genau, was du meinst. Manchmal jagt einem ihr durchdringender Blick einen Schauer über den Rücken.« Sie deutet auf den Eiswagen, der an der Strandpromenade steht. »Lust auf eine Abkühlung?«

»Gerne. Wobei ... wenn ich es mir so recht überlege, wäre mir jetzt ehrlich gesagt eher nach einer leckeren Waffel«, sage ich, als ich den süßen Duft vom Foodtruck neben dem Eiswagen inhaliere. Zahlreiche Strandbesucher stehen dort Schlange.

»Warum nicht Waffel und Eis kombinieren?«, schlägt Pauline vor. »Komm, setz dich schon mal an den Holztisch da vorn. Ich ordere in der Zwischenzeit Waffeln mit Vanilleeis.«

Wenige Minuten später kommt sie mit einem Pappteller zurück, auf dem zwei Waffeln samt Eis liegen.

»Das sieht ja lecker aus.« Mit einer Holzgabel spieße ich den ersten Bissen auf. »Himmlisch!«

Pauline nickt.

»Du hast großes Talent, aus jedem noch so blöden Moment, einen kleinen Lichtblick zu schaffen.«

»Danke, für das Kompliment. Ich freue mich, wenn du das so siehst. Aber jetzt mal im Ernst, Franzi. Wegen Anne solltest du dir keine Gedanken machen.« Sie winkt ab und wischt sich die Eiscreme aus dem Mundwinkel. »Die ist komisch. Schon immer. Du hast ja mitbekommen, wie sie über mich spricht. Offensichtlich hat sie es nicht verwunden, dass sie nach dem Tod von Bens Eltern nicht mehr als Empfangsdame und organisatorische Leitung eingesetzt wurde.«

»Ja, das nagt wahrscheinlich an ihr. Vielleicht fühlt sie sich nicht mehr gebraucht.«

Pauline zuckt mit den Schultern. »Kann sein. Das rechtfertigt jedoch nicht dieses Verhalten, das sie an den Tag legt. Ich habe sie mehrfach dabei erwischt, wie sie hinter der Rezeption herumgeschlichen ist. Und das, wo sie dort doch überhaupt nichts mehr zu suchen hat.«

22

In den kommenden Tagen bin ich in jeder freien Minute mit der Planung unseres Sundowner-Events beschäftigt. Während ich auf die Angebote warte, kalkuliere ich, was das Zeug hält. Ich sitze vor dem Laptop am Schreibtisch hinter der Rezeption. Ben hat mir dort extra einen Arbeitsplatz eingerichtet.

Wo ich erst noch zuversichtlich war, macht sich allmählich Panik in mir breit. Verbissen starre ich auf die Excel-Tabelle, die sich wie ein unüberwindbares Hindernis vor mir ausbreitet. Jede Zahl, die sich dort bewegt, deutet in eine Richtung, die mir gar nicht gefällt.

Ein zartes *Pling* kündigt eine neue E-Mail an. Die Band, die ich angefragt habe, hat sich zurückgemeldet.

»Es ist zum Verrücktwerden! Schon wieder eine Absage.«

Pauline wirft mir von ihrem Computer an der Rezeption einen Schulterblick zu. »Von wem denn?«

»Die Band, die ich angefragt habe, hat abgesagt. Und das ist nicht die Erste.« Ich schnappe nach Luft und schließe die E-Mail, bevor mich die Wut übermannt.

Ich strecke einige ausgedruckte Papiere in die Höhe. »Und das ist das Angebot des Caterers. Es ist locker ein Drittel teurer als das, was er mir am Telefon genannt hat. Und das Sound- und Lichtequipment – unbezahlbar! Es ist zum Verzweifeln.« Ich werfe den Kugelschreiber auf den Tisch. »Das wird nie klappen.« Ich lasse die Schultern hängen.

Pauline lächelt zuversichtlich. »Ach, du schaffst das schon. Wenn du erst mal die richtigen Leute kontaktierst, dann wird das bestimmt.« Sie hängt den Kopf wieder über die Buchungen, ohne zu merken, dass ihre Worte mir momentan nur wenig Trost spenden.

Ich starre erneut auf die Zahlen, die sich vor meinen Augen verschieben, als würden sie sich gegen mich verschwören. Ich finde einfach keine Lösung. Mit dem Handrücken wische ich mir die Stirn ab und nehme einen tiefen Atemzug.

Resigniert lasse ich mich in meinen Stuhl zurückfallen und sehe an die Decke. Ich bin so enttäuscht. Von mir selbst. Warum bekomme ich es einfach nicht hin? Im Moment bin ich völlig überfordert. Ich werde das niemals schaffen. *Was habe ich mir nur dabei gedacht*, frage ich mich im Stillen. Ich wollte etwas Großes, aber jetzt ... jetzt stehe ich kurz davor, alles zum Scheitern zu bringen. Ich lege den Kopf auf dem Schreibtisch ab und vergrabe ihn unter meinen Armen.

»Franzi, was ist los?«, höre ich Ben hinter mir. Ich richte mich auf. Er steht am Eingang seines Büros. Auf seiner Stirn tanzen Sorgenfalten.

»Es ist alles viel zu teuer«, platzt es aus mir heraus. Die Worte kommen wie ein Schwall, den ich nicht stoppen kann. »Die Band, der Caterer, das Equipment. Wenn ich das Event durchziehe, treibe ich das Hotel erst recht in den Ruin.«

Ben schaut mich lange an, seufzt und setzt sich auf die Kante des Schreibtisches. »Es wäre auch zu schön gewesen, wenn dein Plan aufgegangen wäre«, sagt er leise.

Ich nicke. Im selben Moment ist es, als würde ich fallen. »Was soll ich nur tun, Ben? Ich habs einfach nicht im Griff.«

Er sieht mir tief in die Augen. »Hör zu, Franzi. Du bist nicht allein«, sagt er ruhig. »Auch wenn ich in Sachen Eventplanung vermutlich eine Niete bin, unterstütze ich dich, wo ich kann, okay? Und du hast doch erst mit der Planung begonnen.« Er lächelt aufmunternd. »Wenn du noch ein wenig rechnest und feilst, schaffst du es ganz sicher.«

»An den Angebotspreisen lässt sich kaum etwas verändern. Das ist ja das Drama.« *Ich bin einfach unfähig*, füge ich im Geiste hinzu.

In diesem Augenblick betritt Charlotte Beringdorf die Lobby.

Pauline streckt ihren Rücken gerade. »Hallo, Charlotte. Schön, dass du wieder hier bist. Wie war die Anreise?«

Charlotte zieht einen schwarz-glänzenden Hartschalenkoffer hinter sich her und kommt vor der Rezeption zum Stehen.

»Grüß dich, Pauline.« Sie reckt das Kinn. »Hallo, Franzi, hallo Ben.« Sie stöhnt und stützt die Arme auf dem Tresen ab. »Ach, frag mich nicht. Erst eine halbstündige Flugverspätung, dann Probleme bei der Mietwagenabholung und zu guter Letzt ein ewiger Stau auf der Autobahn. Eigentlich wollte ich bereits vor zwei Stunden hier sein.«

»Wir sprechen später weiter«, sagt Ben zu mir und verschwindet wieder in seinem Büro.

Pauline überreicht Charlotte einen Begrüßungssekt, den sie dankend annimmt.

»Meine Rettung«, sagt sie theatralisch.

»Ich würde dir ja gerne eine Wellnessmassage zur Aufmunterung anbieten, aber leider ist unser Spa-Bereich geschlossen.«

Aus dem Augenwinkel heraus sehe ich, wie Charlotte frech grinst. »Wie wäre es, wenn du mich stattdessen massierst?«

Obwohl Pauline mir den Rücken zugewandt hat, kenne ich sie mittlerweile ziemlich gut. Charlottes Frage muss ihr die Röte in die Wangen treiben. Sie kann mit derartigen Anspielungen nicht umgehen.

»I-im Massieren bin ich ganz schlecht«, stammelt sie prompt.

Ich verkneife mir ein Grinsen und konzentriere mich wieder auf meine Zahlen. Was gar nicht so leicht ist.

»Ich programmiere rasch deine Zimmerkarte und dann komme ich mit nach oben, um zu sehen, ob alles passt und du noch etwas benötigst.«

»Das klingt super«, sagt Charlotte und kurz darauf lassen die beiden mich allein.

Als ich erneut auf meine Kalkulation blicke, fahre ich mir durch die Haare. Das Gefühl der Überforderung steigt mit jeder Minute. Was ist nur in mich gefahren, als ich mir so mir nichts, dir nichts dieses Projekt aufgehalst habe? Es übersteigt bei weitem meine Kompetenz. Wie soll ich jetzt noch zurückrudern?

23

»Ich verstehe kein Wort. Du musst lauter reden«, brüllt Kathi, sodass ich das Smartphone von meinem Ohr weghalte. Der Geräuschpegel bei ihr ist enorm hoch. Wie würde es sich wohl anhören, wenn ich direkt neben ihr stünde? Musik dröhnt, Leute schreien und grölen.

»Was ist denn bei dir los?«, rufe ich.

»Junggesellenabschied! Meine Agentur hat seit Wochen nichts anderes getan, als diesen Tag vorzubereiten.« Es knackt. »Warte, ich muss dringend hier raus.« Ich vernehme ein unangenehmes Rauschen, dann Schritte. Allmählich wird es ruhiger und der Lärm ist nur noch aus der Ferne zu hören. »So, jetzt habe ich mich in der Toilette eingesperrt«, sagt sie und kichert. »Ich hab leider nur wenig Zeit, weil ich gleich wieder an die Arbeit muss.«

»Bei euch scheint es ja ziemlich abzugehen.« Ich klemme mein Smartphone zwischen Kinn und Schulter. Nebenbei spüle ich eines der gebrauchten Gläser an der Bar.

»Und wie. Stell dir vor, die Freunde des Bräutigams haben einen Stuntman bei uns gebucht, der ihn jetzt gleich in seine Show einbeziehen wird.«

»Die Leute werden immer verrückter.«

»Wem sagst du das?« Sie kichert. »Sag mir noch schnell, wie es bei dir läuft.«

»Hast du wirklich Zeit, mir zuzuhören? Oder war deine Frage rein rhetorisch?«

»Die Zeit nehme ich mir.« Im Hintergrund klopft es energisch.

»Ich habe tatsächlich meinen ersten Auftrag als Eventmanagerin ergattert. Ich plane ein Sundowner-Event im Hotel.«

»Cool. Das klingt toll.«

»Doch es läuft nicht alles so, wie ich es mir vorgestellt habe.«

Das Klopfen im Hintergrund wird energischer. »Tut mir leid«, ruft Kathi, »ich muss auflegen. Hier muss jemand mal dringend. Außerdem warten die draußen sicher bereits auf mich. Die Stuntshow beginnt gleich.«

»Ich muss auch Schluss machen.« Charlotte hat den Salon betreten. »Tschüss, Kathi!«

Charlottes Augen erhellen sich. »Habe ich das richtig mitbekommen? Ihr plant ein Event?«

»Ja«, antworte ich und mache ihr wie immer einen Gin-Tonic. »Und wie war dein Tag?« Ich werde mich hüten, Geschäftliches vor einem Gast auszuplaudern. Auch wenn Charlotte ein wirklich angenehmer Stammgast ist. Sie wird noch früh genug davon erfahren – sofern unser Event jemals stattfinden wird.

»Gut, gut.« Sie beugt sich über den Tresen. »Aber ich würde viel lieber mehr über dieses Event wissen.«

Kurz wäge ich ab. Soll ich sie einweihen? Besser nicht. »Wir werden ganz bald die Infos dazu rausgeben und natürlich freue ich mich, wenn du dann auch dabei bist.« Hoffentlich gibt sie sich mit meiner Antwort zufrieden.

***

Die Zeit läuft unaufhaltsam, aber meine Planung dreht sich im Kreis. Als ich heute in den frühen Abendstunden wiederholt den Laptop anstarre, kommt Ben aus dem Büro und sieht mir über die Schulter.

»Du brauchst eine Pause, Franzi«, sagt er in bestimmendem Tonfall.

»Dafür habe ich keine Zeit.« Mein Blick haftet weiterhin auf dem Bildschirm. »Außerdem muss ich nachher an die Bar, und bis dahin brauche ich jede Minute zum Nachdenken.«

Ben greift nach meiner rechten Hand, die die Computermaus so krampfhaft im Griff hat, dass sie schmerzt. Er führt den Mauszeiger über den Bildschirm und schließt die geöffnete Excel-Tabelle. Danach schiebt er meine Hand, die die Maus weiterhin fest umklammert hält, in die linke untere Ecke des Monitors und fährt den Computer herunter.

»Was tust du?«

Er zieht mich vom Stuhl nach oben. »Ich habe dir versprochen, dass ich dir helfe, wo ich kann. Und jetzt verhelfe ich dir zu einer Pause. Komm mit, ich habe eine Überraschung für dich.«

Ich kräusle die Stirn. »Aber ... ich kann doch nicht einfach ...«

»Und an die Bar musst du heute nicht. Pauline übernimmt.«

Was hat er vor? Warum gibt er mir frei? Sein spitzbübisches Lächeln macht mich zwar neugierig, aber eigentlich habe ich jetzt keinen Kopf für eine Überraschung.

»Hol dir eine Jacke. In zehn Minuten treffen wir uns am Hinterausgang.«

»Wird gemacht, Boss«, erwidere ich. Jede Widerrede ist ohnehin zwecklos. Normalerweise dürfte ich meine Zeit für nichts anderes als für die Eventplanung verwenden. Trotzdem freue ich mich, dass Ben mir eine kurze Pause verschaffen will. Dann muss ich eben in der Nacht weiterarbeiten.

In meinem Zimmer tausche ich Hoodie gegen Bluse und lege mir etwas Make-up auf. Die Lippen schminke ich in einem zarten, glänzenden Rosa und schnappe meine Windjacke, so wie Ben es mir aufgetragen hat.

Kurz bevor ich in den Garten hinaustrete, treffe ich auf Ben, der sich mit Anne unterhält. Als sie mich erblickt, sieht sie mich mit hochgezogenen Augenbrauen an. Ich grüße knapp, will mich an den beiden vorbeischieben und so tun, als wäre ich allein auf dem Weg nach draußen.

»Wo willst du hin?«, fragt Ben und hält mich an der Hand zurück.

»Ich ... Ich wollte ...«, stammle ich.

»Mit mir an den Strand?« Demonstrativ verschränkt er seine Finger in meinen und gibt Anne damit ein klares Zeichen. »Du siehst, wir müssen los.«

Sein offizielles Bekenntnis vor ihr lässt mein Herz warm werden. Ich ignoriere ihren starren Blick.

Wir spazieren Hand in Hand nach draußen und ehrlicherweise muss ich sagen, dass es sich ungewohnt anfühlt – aber auch richtig gut. An seiner Hand könnte ich Luftsprünge machen.

Auf unserem kurzen Spaziergang am Strand genieße ich die warmen Sonnenstrahlen auf meiner Haut. Wir erreichen ein kleines Restaurant. Ob wir dort einkehren werden? Gerade will ich in Richtung Tür marschieren, da hält Ben mich zurück.

»Da entlang.« Er deutet auf die Rückseite des Hauses, wo eine Fahrradrikscha mit einem cremeweißen Baldachin-Dach auf uns wartet.

Mir fällt die Kinnlade nach unten. »Ist die für uns?«

Ben nickt.

»Wie toll ist das denn?«, schwärme ich und schlage die Hände zusammen. »Mit so etwas bin ich noch nie gefahren.«

Voller Vorfreude nehme ich neben Ben auf dem weichen Sitzpolster Platz. Ich bewundere den seitlichen Metallrahmen, der mit einer bunten Girlande geschmückt ist.

Kurzentschlossen hole ich mein Smartphone aus der Jackentasche und halte es eine Armlänge ausgestreckt. Ben lehnt sein Gesicht an meines und wir grinsen in die Kamera. Unser erstes, gemeinsames Selfie. Ich kann meinen Blick gar nicht davon losreißen. Soll ich es als Bildschirmhintergrund einrichten?

Ein Mann steigt vorn ein und die Rikscha setzt sich in Bewegung.

Ich verstaue mein Smartphone in der Handtasche.

Ben legt den Arm um mich.

Liebevoll lächle ich ihn an und lehne meinen Kopf an seine Schulter.

Wir fahren in gemütlichem Tempo am Deich entlang. Ein leichter Wind trägt den Duft von Blüten herbei, und ich entspanne mich. In meinen Augen viel zu früh kommt das Gefährt wieder zum Stehen.

Ben reicht mir die Hand und ist mir beim Aussteigen behilflich. »Wir müssen da runter«, erklärt er und deutet auf den Strand, an dem sich so weit draußen nur vereinzelte Menschen verirrt haben. »Komm, wir ziehen unsere Schuhe aus.«

Barfuß schlendern wir Hand in Hand durch den Sand, der von der Sonne erwärmt ist.

Nach einem kurzen Spaziergang erreichen wir zwei Strandkörbe, die allein vor der Steilküste platziert sind. Dazwischen steht ein Bistrotisch, auf dem geräucherter Fisch, kleine Brötchen, Obst und andere Leckereien angerichtet sind. Eine Flasche gekühlter Weißwein vervollständigt das Ensemble.

»Wahnsinn!« Ich schlage die Hand vor den Mund. Ob meine Augen noch mehr leuchten als die brennenden Fackeln, die dem Ganzen eine romantische Atmosphäre verleihen? »Ein Candle-Light-Dinner, nur für mich?«

»Für uns«, korrigiert Ben mich mit einem sanften Lächeln. »Nachdem du in einer Tour an dieses große Event denkst, sollst du zwischendurch mal ein kleines genießen.«

Ich lasse mich in einen der beiden Strandkörbe sinken; die Anspannung in meinen Schultern lässt augenblicklich nach. »Das ist ... wunderschön«, flüstere ich, während ich die Atmosphäre in mir aufnehme. Die

Wellen plätschern sanft gegen den Strand. Kerzen tauchen den beginnenden Abend in ein warmes Licht.

Ben nimmt mir gegenüber im anderen Strandkorb Platz. »Aber nach dem Essen komme ich zu dir rüber«, sagt er und zwinkert.

»Darauf bestehe ich.« Ich lache, nehme mir eine Weintraube und schiebe sie mir in den Mund.

Er schenkt den Wein ein und reicht mir ein Glas. »Ich dachte, wir könnten heute mal abschalten. Nicht über Budgets, Bands oder Catering sprechen.«

»Das war eine grandiose Idee.« Ich nehme einen Schluck Wein, der kühl und fruchtig schmeckt. »Das ist genau das, was ich heute gebraucht habe.«

Wir essen die Leckereien und unterhalten uns in einer Leichtigkeit, die ich mir vor einigen Wochen definitiv nicht mit Ben hätte vorstellen können.

»Du bist so anders ... anders, als ich dich kennengelernt habe«, sage ich nachdenklich.

Er reibt sich das Kinn. »Ehrlich gesagt, erkenne ich mich auch kaum wieder. Irgendetwas hast du mit mir gemacht.« Sein Blick wird streng. »Bist du etwa eine Fee, die mich verzaubert hat?«

Ich pruste los. »Möglicherweise.«

»Was ist das mit uns, Franzi?«

»Sag du es mir«, hauche ich.

Ben schweigt. In seinem Blick kann ich die Antwort nicht lesen.

Nachdem keiner von uns etwas sagt, wechsle ich das Thema. »Hast du nie mehr daran gedacht, wieder als Koch zu arbeiten?«

»Klar.« In Bens Augen liegt ein trauriger Ausdruck. »Doch leider haben Träume wenig mit der Realität zu tun.«

»Ich bin da ganz anderer Meinung. Ich würde meine Träume niemals loslassen.«

Bens Augen blicken ins Unergründliche. »Welche Träume hast du denn?«

»Australien!«, platzt es aus mir heraus. »Ich träume davon, dort zu leben.« Ich erzähle von unserem Auslandssemester dort und den damaligen Erlebnissen. »Ich liebe dieses Land mehr als jedes andere.« Ich sehe auf den Ostseestrand. »Hier ist es zwar auch wunderschön, jedoch nicht mit dem *Bondi Beach* zu vergleichen. Kathi und ich haben viele Wochenenden dort verbracht. Nicht nur die Surfkultur dort ist einmalig, sondern auch der *Bondi to Coogee Walk.*« Meine Stimme überschlägt sich vor Begeisterung.

Ben hebt die Augenbrauen.

»Das ist ein Küstenwanderweg, der den Bondi Beach mit dem Coogee Beach verbindet. Der Weg führt entlang spektakulärer Klippen, durch kleine Buchten und vorbei an mehreren Stränden.«

»Das klingt richtig gut. Und du strahlst förmlich, wenn du davon erzählst.«

»Ja! Doch gleichzeitig tut es mir weh, dass ich nicht dort sein kann. Ich würde gerne wieder ...«

»Jetzt bist du hier und das ist alles, was zählt.« Sein tiefer Blick geht mir durch und durch. Er steht auf, setzt sich neben mich in den Strandkorb und küsst mich. »Und was hast du noch für Träume?«, fragt er und sein Gesicht ist wenige Millimeter von meinem entfernt.

Ich überlege. »Ich möchte frei sein. Unabhängig«, antworte ich schließlich.

»Das klingt gut. Davon träume ich auch.«

Ich zwinkere und erwidere seinen Kuss. »Siehst du. Damit haben wir unsere erste Gemeinsamkeit gefunden.«

»Da muss es doch noch mehr geben.« Er lehnt sich zurück und legt die Stirn in Falten. »Erzähl mir von deinem Vater. Ist er streng?«

Ich lache auf. »Ich erinnere mich kaum an ein böses Wort, das jemals aus seinem Mund gekommen ist.« Mir wird warm, wenn ich an ihn und seine unerschütterliche Gutmütigkeit denke. »Und dein Vater? Wie war der?« Wage ich mich mit dieser Frage zu weit vor?

Ben atmet tief ein und starrt in den Himmel. »Ich weiß nicht, ob ich ihm jemals etwas recht machen konnte. Sein einziger Trost war, dass ich nach einigen Umwegen schließlich beim Hotelmanagementstudium gelandet bin ...«

»Was du abgebrochen hast.«

»Das wiederum hat er nicht mehr mitbekommen.« Er fährt sich durch die Haare. »Mittlerweile mache ich mir mehr und mehr Vorwürfe, dass ich nicht ehrlich zu meinen Eltern war. Ich hätte für meine Träume kämpfen und ihnen klarmachen müssen, was ich wirklich möchte.«

Ich rücke ein Stück näher zu ihm und nehme seine Hand. »Wir machen nicht immer alles richtig im Leben. Wichtig ist nur, dass wir uns Fehler eingestehen und danach richtig handeln.«

Er seufzt. »Du hast recht.«

Ich folge seinem Blick in den Himmel. »Bestimmt lächelt dein Vater dir jetzt in diesem Augenblick zu und bestärkt dich, deinen Weg zu gehen.«

Im Schein der brennenden Fackeln presst Ben die Lippen aufeinander und nickt.

Um diesen Abend für immer in Erinnerung zu bewahren, schieße ich zum Abschluss noch ein paar Selfies von uns.

»Irgendwie ist dieser Abend magisch«, schwärme ich. »Und weißt du: Je länger ich hier mit dir sitze, desto mehr erkenne ich, dass ich gar nicht viel brauche, um glücklich zu sein.« Ich blicke auf das rauschende Meer. »Diese atemberaubende Kulisse, das sanfte Licht der Kerzen und ...« Es durchzuckt mich, wie bei einem Stromschlag, und ich starre Ben an.

»Was ist los?« Er springt auf. »Hat dich etwas gestochen?«

Energisch schüttle ich den Kopf. »Nein ... aber ich habe gerade eine geniale Idee.«

»Jetzt bin ich gespannt.«

»Warum muss das Event, das wir planen, pompös und teuer sein? Sieh dich doch um.«

Er betrachtet eingehend die Umgebung um uns herum. »Ich verstehe, was du meinst. Die Stimmung ist wichtig.« Er deutet auf das Meer und den Himmel. »Und das, was die Natur uns ohnehin bietet.«

»Genau! Eine intime Atmosphäre, die die Gäste entspannen lässt, vielleicht ein DJ, der im Hintergrund leise Musik spielt, statt der Band, die aufgrund der Lautstärke vermutlich noch bis Warnemünde zu hören ist.

Und nicht zu vergessen die Kerzen, die den Abend magisch machen.« Ich tippe mit dem Finger gegen seine Brust. »Und du natürlich.«

Statt einer Antwort gibt er mir einen langen, innigen Kuss.

24

Der gestrige Abend mit Ben hat meinen Akku wieder aufgeladen – und die Nacht hat ihn bis zum Rand gefüllt.

Mit einem leisen Summen auf den Lippen mache ich mich heute an die Gartenarbeit, bis ich am Nachmittag endlich mit dem Bilden der Arbeitsgruppen für unser Sundowner-Event starten kann.

Wie bei den vergangenen Personalversammlungen haben wir uns im Frühstücksraum versammelt.

Heute führe ich das Wort. »Es tut mir leid, Leute, dass ich euch nicht eher zusammengetrommelt habe.« In meiner Stimme liegt ein Hauch Nervosität. »Doch ich musste zunächst einmal meine Gedanken sortieren und einsehen, dass das, was mir eigentlich im Kopf herumgeschwirrt hat, sich erstens aus Kostengründen nicht umsetzen lässt und zweitens ein Event wie viele andere geworden wäre.«

Alle Augenpaare sind auf mich gerichtet. Meine Kollegen sind mucksmäuschenstill.

»Ich habe erkannt, dass es nicht immer das Teuerste sein muss, um etwas Außergewöhnliches zu bieten. In erster Linie ist die Atmosphäre wichtig.« Ich blicke kurz zu Ben, der mir zuzwinkert. »Und die will ich unseren

Gästen schaffen. Ich habe mir überlegt, keinen Caterer zu beauftragen.«

»Warum nicht?«, wirft Eliza ein und weitet den Blick.

»Statt des Caterers würde ich gerne einen grandiosen Koch engagieren, der sich um ein schmackhaftes Barbecue mit leckeren Salaten kümmert.«

Ben schiebt die Hände in seine Hosentaschen und sieht zu Boden. Bestimmt ahnt er, von welchem Koch ich spreche. Die Idee kam mir erst vorhin, und ich hatte noch keine Gelegenheit, ihn zu fragen. Ich zähle an den Fingern ab. »Ein einzelner Koch ist günstiger und – seien wir doch mal ehrlich – weiß man bei einem Cateringservice nie, wie das Zeug schmeckt. Wir umgehen damit das Risiko einer absoluten Pleite.«

»Im wahrsten Sinne des Wortes«, raunt Anne spitz.

Ich ignoriere sie und fokussiere mich auf das, was ich sagen will. »Statt teurem Mietequipment für die Lichtshow werden wir Lichterketten in die Bäume hängen. Am Strand werden wir Fackeln in den Sand stecken, sodass alles wunderbar beleuchtet sein wird.« Einen Atemzug lang erinnere ich mich an den gestrigen romantischen Anblick während des Candle-Light-Dinners.

»Das klingt fabelhaft«, sagt Nala und applaudiert. »Schade, dass ich an dem Tag nicht selbst Gast sein kann.« Sie zieht zum Spaß eine beleidigte Schnute.

»Und statt der geplanten Band wird es einen DJ geben, von dem ich vorhin die Zusage erhalten habe.«

»Tolle Idee«, ruft Oliver, der sich an einen der Tische gelehnt hat.

»Und was ist mit dem Partyzelt?«, fragt Pauline. »Wir müssen bedenken, dass es regnen könnte.«

»Die Miete für ein Zelt in der Größe, in der wir es bräuchten, ist unbezahlbar.« Ich blicke in die Runde. »Wir müssen an dem Tag einfach für gutes Wetter beten. Und wenn es dennoch regnen sollte, lassen wir uns etwas einfallen, wie wir das Fest ins Haus verlagern könnten. Immerhin haben wir den Salon, den Frühstücksraum und die Lobby.«

Am Ende meiner Ausführungen ernte ich Beifall. Nur Anne rümpft die Nase.

»Und was ist nun unser Part dabei?« Eliza legt den Arm um eine ihrer Kolleginnen.

»Es gibt einige Punkte, die noch nicht geklärt sind. Zum Beispiel stelle ich mir diese genialen Holzliegestühle vor, die mit Stoff bespannt sind.«

Die anderen nicken.

»Die würde ich gerne direkt vor den Strandkörben aufstellen. Wenn jemand von euch eine Ahnung hat, wo es die günstig zu kaufen gibt, meldet euch bei mir.«

»Ich kann mal im Baumarkt danach sehen«, bietet Oliver an.

»Super!« Ich notiere seinen Namen auf meiner Liste.

»Wer kann sich um die Fisch-, Fleisch- und Gemüsesorten kümmern, die wir beim Barbecue anbieten könnten?«

Bens Hand schnellt in die Höhe. »Ich mache das.«

»Perfekt! Du bist hiermit zum Küchenchef ernannt«, sage ich und zwinkere.

»Hattest du überhaupt schon mal ein Schälmesser in der Hand?«, sagt Eliza neckend.

Wenn die wüsste, denke ich mir und verkneife mir ein Grinsen.

»Fakt ist, dass wir mit unserem Event auffallen müssen. Werbung ist das A und O. Wer kann sich darum kümmern? Wir brauchen Plakate, Internetwerbung und Pipapo.«

»Das würde ich gerne übernehmen«, ruft Pauline.

Ich notiere ihren Namen. »Was noch ganz wichtig ist, ist, dass ich eure uneingeschränkte Arbeitskraft an dem Tag benötige. Und wenn ihr Freunde habt, die uns unter die Arme greifen können, kontaktiert sie bitte. Wir brauchen dringend jemanden für die Bar, Leute für den Service und natürlich in der Küche.« Ich deute auf Oliver. »Und du musst sicherstellen, dass die Technik den kompletten Abend läuft, die Musik in angenehmer Lautstärke ist und so weiter.«

»Wir kümmern uns zwischendurch um die Toiletten und das Geschirr«, sagt eines der Zimmermädchen und zeigt auf sich und ihre umherstehenden Kolleginnen.

»Wunderbar.«

Jetzt stellt Ben sich neben mich. »Ich danke dir, Franzi. Und ich danke euch. Danke, dass ihr mit ganzem Herzen bei der Sache seid.« Er starrt kurz zu Boden; abwartende Blicke sind auf ihn gerichtet. »Das konnte ich von mir bis vor einigen Wochen leider nicht behaupten.« Mit einem Lächeln legt er den Arm um mich. »Ich glaube, mit Franzi haben wir einen guten Fang gemacht.«

Erneuter Beifall ertönt.

»Kommt, Leute«, fordere ich meine Kollegen auf. »Alle mit der linken Hand in die Mitte.«

Nach und nach legen alle ihre Hände übereinander und plappern munter durcheinander. Ich rufe in das Stimmengewirr hinein. »Wir sind ein Team.«

»Wir sind ein Team«, brüllen alle im Chor. Gelächter bricht aus, als sämtliche Arme in die Höhe schnellen.

»Gemeinsam schaffen wir alles.«

»Ja, wir schaffen das!«

25

Der Himmel über der Ostsee ist strahlend blau. Wir hätten es nicht besser mit dem Wetter treffen können – was für ein Glück.

Die Vorbereitungen für unser Sundowner-Event heute Abend sind in vollem Gang. Wir haben die Werbetrommel gerührt und sind zuversichtlich, dass zu *dem Event des Jahres*, wie wir die Veranstaltung insgeheim nennen, genügend Gäste kommen werden. Doch eine Restsorge bleibt. *Was, wenn es doch ein Reinfall wird?*

Sämtliche Mitarbeiter laufen wie wildgewordene Hühner hin und her. Die Stimmung ist trotz der allgemein herrschenden Hektik ausgelassen.

Ein überdimensional großer Barbecue-Grill, den wir uns ausgeliehen haben, steht bereits an seinem Platz. Als Generalprobe brät Ben gerade den ersten Fisch darauf.

»Hmm, das duftet köstlich.« Ich wedle mir den Duft mit der Hand zu und nehme einen tiefen Atemzug.

Ben schenkt mir ein warmes Lächeln. Mit seiner weißen Schürze, der schwarzen Hose und dem Hemd sieht er aus wie ein Vier-Sterne-Koch.

»Ist es klug, jetzt schon deine Kleidung für den Abend zu tragen?«

»Ich habe noch eine zweite Garnitur im Schrank.« Er deutet auf den Grill. »Aber das hier ist ja bereits die Generalprobe. Da will ich wissen, wie es sich anfühlt, hier als Koch des Hauses zu stehen. Und dazu gehört für mich auch die angemessene Kleidung.«

Verstohlen werfe ich ihm eine Kusshand zu und prüfe im Anschluss, ob bei Oliver alles glattläuft. Er ist dabei, eine lange Lichterkette zwischen den Bäumen im Garten und der Terrasse zu befestigen. Anne und Nala decken die Tische, die wir auf dem weitläufigen Gelände aufgestellt haben.

»Denkt ihr bitte daran, auf den Strandkörben die Preislisten für das Barbecue und die Getränke zu verteilen?«

»Klar«, sagt Nala und wischt sich mit dem Handrücken über die Stirn. »Puh, da haben wir uns wirklich einen Berg an Arbeit aufgehalst.«

Der DJ macht den ersten Soundcheck.

»Bitte die Lautstärke etwas dämmen«, rufe ich.

Als ich einen Blick auf mein Klemmbrett werfe, sieht Pauline mir über die Schulter. »Na, wie läufts?«

»Momentan alles nach Plan.« Ich tippe mit dem Kugelschreiber auf das Brett.

»Warum nutzt du nicht dein Smartphone für Notizen? Wäre das nicht einfacher, als mit diesem riesigen Ding rumzulaufen?«

Meine Wangen werden heiß, weil meine Entscheidung für das Klemmbrett etwas Persönliches ist. Etwas, das möglicherweise kitschig klingt. »Das hat was mit meinem Lieblingsfilm zu tun«, flüstere ich ihr ins Ohr und reibe mir über die Wangen. »Da hat eine Hochzeitsplanerin sämtliche Details ihrer geplanten Feste auf einem nostalgischen Klemmbrett festgehalten. Sie hatte es von ihrer Großmutter geerbt und war überzeugt davon, dass es ihr Glück bringen würde. Weil ich die Geschichte so zauberhaft gefunden habe, habe ich mir geschworen, selbst ein Klemmbrett zu benutzen, sollte ich jemals ein Event planen.« Meines ist zwar weder aus Holz noch nostalgisch, sondern mit Kunststoff überzogen, aber egal.

Pauline grinst. »Süße Geschichte.«

Ich haste zurück zu Oliver.

Pauline folgt mir.

»Hast du an die batteriebetriebenen Lichterketten an den Strandkörben gedacht?«, frage ich ihn.

»Natürlich«, ruft er und zieht am Kabelbinder, den er gerade um einen Ast geschlungen hat.

Pauline eilt ihm zu Hilfe und nimmt den Kampf mit der widerspenstigen Lichterkette auf, die sich immer wieder verheddert. »Dieses Mistding macht mich wahnsinnig«, raunt sie, nachdem sie erfolglos versucht hat, das Knäuel zu entwirren.

Ich lege mein Klemmbrett zur Seite und helfe ihr.

Nala wuselt um uns herum.

Ich halte sie auf. »Ach ja, bevor ich es vergesse. Die Schilder mit den Cocktailangeboten müssen noch an der Bar aufgestellt werden.«

Sie fährt sich durch ihr krauses Haar. »Jaha«, singt sie. »Entspann dich mal, Franzi. Ich hab alles, was du mir aufgetragen hast, hier drin.« Sie tippt sich an die Stirn. »Und wenn ich die hundert anderen Dinge erledigt habe, werde ich mich darum kümmern. Aber nachdem wir die Tische fertig gedeckt haben, müssen die Getränke umgelagert werden und ...«

»Hilf mir mal«, ruft Anne und schon ist Nala wieder verschwunden.

Nachdem die Lichterkette endlich entwirrt ist, bewundere ich unsere Sundowner-Bar, die Oliver gezimmert hat. Er hat sie so gebaut, dass man sie jederzeit auf- und abbauen kann. Zudem hat er sie in Weiß gestrichen, sodass sie ein harmonisches Ensemble mit unseren Strandkörben bildet.

Aus der Ferne vernehme ich das Klackern von Absätzen auf den Brettern des Holzstegs. Ich drehe mich um und entdecke Charlotte. Sie zückt ihr Smartphone und dreht sich so, dass unsere Vorbereitungen sowie ihr Gesicht im Display zu sehen sind.

»Warum filmt Charlotte hier?«, frage ich Pauline.

Sie zuckt mit den Schultern und grinst.

»Los, sag schon.«

Sie wendet ihren Blick von Charlotte ab und flüstert. »Also gut, ich verrate es dir. Sie wird auf Instagram und TikTok Werbung für uns machen.« Ihre Augen funkeln. »Du hast doch gesagt, die Werbung ist mein Part. Und daraufhin habe ich Charlotte ganz nebenbei von unserer anstehenden Party berichtet. Sie fand die Idee richtig toll und wollte uns unbedingt helfen.«

»Und du hast sie wirklich dazu überreden können?«

»Siehst du doch.« Mit dem Kinn deutet sie in Richtung der Reisebloggerin.

Ich stöhne auf. »Hoffentlich hast du dafür nicht ein Vermögen investiert.«

Sie winkt ab. »Ach was, Charly macht das umsonst für uns.«

»Charly?« Ich ziehe die Augenbrauen nach oben.

Pauline schießt die Röte in die Wangen. »Ich meinte, Charlotte.« Sie kichert. »Ich nenne sie heimlich Charly. Natürlich nur in meinem Kopf.« Wie zum Beweis klopft sie mit dem Zeigefinger gegen ihre Stirn.

Charlotte spricht irgendetwas in ihre Smartphone-Kamera, was wir nicht verstehen, bevor sie eine Drehung macht und den Fokus auf den Grill richtet. Wie aus einem skurrilen Drehbuch springt in diesem Augenblick eine Katze auf den Fischteller neben dem Grill. Erst schwankt er bedrohlich, bevor er mit einem Klirren zu Boden rauscht. Die Katze stürzt sich auf den Fisch, so als hätte sie tagelang hungern müssen.

»Du meine Güte«, rufe ich aus und laufe zu Ben hinüber.

Er verscheucht die Katze liebevoll, obwohl ich es ihm kaum übel nehmen könnte, wenn er sich über das Tier ärgern würde.

Stattdessen lacht er laut auf. »Ich hätte nicht vermutet, dass die erste Ladung Fisch dermaßen schnell rausgeht.« Die Anspannung der Mitarbeiter um uns herum scheint sich in diesem Augenblick in Luft aufzulösen. Alle lachen.

»Wir haben noch genügend Fisch in der Küche«, ruft Nala. »Also Leute, bleiben wir entspannt.«

»Genau«, pflichtet Oliver ihr bei. »Ist es nicht üblich, dass bei der Generalprobe immer etwas schiefgeht?« Er blickt in die Runde.

»Stimmt«, sage ich. »Dafür wird die Aufführung dann umso besser.«

Charlotte hebt ihr Smartphone in die Höhe. »Ich habe die Story im Kasten«, ruft sie triumphierend.

»O nein!«, platzt es aus mir heraus.

»Natürlich habe ich im Video erwähnt, dass der Fisch vom Boden nicht mehr verkauft wird.« Sie grinst. »Oder sollen wir ihn als Sandfisch verkaufen?«

»Untersteh dich«, sagt Pauline und boxt ihr in die Seite.

»Glaubt mir, meine Follower lieben Videos über Pannen. Das macht euch nahbarer und sympathischer.«

Ich sehe mich um. »Mist! Wo ist mein Klemmbrett? Hat es jemand von euch gesehen?« Mit eiligen Schritten gehe ich durch den Garten und über den Strandabschnitt. Nirgends ist es zu finden. »Verdammt! Eben hatte ich es doch noch.«

»Brauchst du es unbedingt?«, fragt Pauline.

»Ja. Darauf sind all meine Notizen.« Mein Blick huscht rastlos über die Tische und die Wiese. Es ist, als wäre mein sämtliches Wissen und Können von diesem Brett abhängig. »Ohne Klemmbrett bin ich aufgeschmissen.«

Pauline nimmt mich zur Seite. »Entspann dich, Franzi. Du hast alles bestens im Griff.«

»Aber nur, weil ich mir jedes Detail aufgeschrieben habe«, jammere ich. Erneut mache ich mich auf die Suche, aber es bleibt nach wie vor verschwunden.

»Franzi, kommst du bitte mal?« Der DJ starrt auf sein Pult. »Wir haben ein Problem mit dem dritten Lautsprecher. Ich bekomme auf dem Kanal nichts raus. Vermutlich liegt es an einem der Kabel.« Nacheinander hält er drei Kabel in die Höhe.

»Nicht auch noch das.« Ich sause zu Oliver.

»Kannst du bitte dem DJ helfen? Wir haben ein Problem.« Hoffentlich bekommen die beiden es zusammen hin.

Mittlerweile bin ich nass geschwitzt. Bevor es später losgeht, muss ich unbedingt noch einmal duschen.

Gerade als ich zum DJ laufen will, steht Ben mit einem Tablett voll Gläser vor mir.

»Einen Augenblick, bitte. Ich muss erst ...«

»Stopp! Stopp!«, ermahnt er mich. »Das, was du jetzt musst, ist mal kurz runterkommen. Sonst brichst du uns hier zusammen, bevor das Event beginnt.«

Ben hat recht. Eine kleine Pause würde mir guttun. Doch der Druck nimmt zu. In meinem Kopf herrscht ein einziges Durcheinander aus Sekunden, Minuten und unerledigten Dingen. Werden wir alles rechtzeitig auf die Reihe bekommen? Zumal mein Klemmbrett nach wie vor verschwunden bleibt. Doch einen Nervenzusammenbruch kann ich mir nicht leisten. Es heißt: weiterkämpfen.

Ben hält mir eines der Gläser entgegen, das ich dankend annehme. »Hmm, was ist das?«, frage ich nach dem ersten Schluck.

»Cranberry-Limonade. Wir haben außerdem Granatapfel, Holunder und Waldbeere zur Auswahl.«

»Mega lecker«, schwärme ich nach dem zweiten Schluck. »Und die hast du gemacht?«

Mit einem Lächeln nickt er.

»Es liegt an diesem Kabel. Wir brauchen Ersatz«, grätscht Oliver dazwischen. Er hält das Alte zwischen seinen Fingern. »Ich fürchte, dafür müssen wir bis nach Rostock.«

»Ach du sch...«, rutscht es mir heraus. »Dazu bleibt keine Zeit mehr.« Mit meiner feuchten Hand fahre ich mir durch die Haare.

»Vielleicht kann ich das erledigen.« Eine vertraute Stimme dringt an mein Ohr.

Ich drehe mich um und mache große Augen. Nach einem kurzen Augenblick der Schockstarre falle ich unserem ehemaligen Barkeeper in die Arme.

»Jakob!«

Weitere Kollegen stürmen herbei und begrüßen ihn überschwänglich.

Pauline blinzelt kurz, dann lacht sie. »Das ist ja eine Überraschung. Woher wusstest du ...?«

Der Blick, den er Ben zuwirft, gibt uns die Antwort.

Ben reibt sich am Kinn. »Wenn ihr es genau wissen wollt, habe ich mich bei Jakob dafür entschuldigt, dass ich immer so ruppig mit ihm umgegangen bin.«

Jakob nickt. »Ja, und als ich gefragt habe, wie es bei euch läuft, hat Ben mir von eurem Sundowner-Event erzählt. Und da ich heute nichts Besseres vorhatte ...« Er grinst und seine roten Sommersprossen funkeln.

Pauline legt ihm den Arm um die Schultern. »Es ist so genial, dass du hier bist.«

»Hast du mich vermisst?«, fragt er und sieht ihr tief in die Augen.

»Natürlich.« Sie hakt sich bei ihm unter und gibt ihm einen Kuss auf die Wange.

»Also, wenn ihr wollt, fahre ich nach Rostock wegen des Kabels und später bin ich euer Barmann.«

»Juhu«, ruft Nala. »Toll, Ben, dass du ihn zurückgeholt hast.«

»Zurück bin ich nicht. Aber für heute Abend bin ich euer Mann.« Er fährt sich durch seine roten Haare.

***

Nach einer erfrischenden Dusche lege ich Make-up auf und drehe mich nach rechts und links. »Wer bist du, schöne Frau?«, flüstere ich meinem Spiegelbild zu und mustere mein dunkelrotes Sommerkleid, das eine harmonische Einheit mit meinen offenen Haaren bildet. Bevor ich das Zimmer verlasse, schenke ich mir ein strahlendes Lächeln. Dieser Abend wird perfekt werden. Mit einem freudigen Gefühl im Bauch schreite ich auf meinen schwarzen High Heels durch die Lobby.

Als Ben mich entdeckt, hält er in seiner Bewegung inne. Er starrt mich wortlos an.

»Was ist los?«, rufe ich ihm entgegen und beschleunige meinen Schritt.

26

Ben starrt mich weiterhin an und schüttelt in Zeitlupentempo den Kopf.

»Ich hab dich gefragt, was los ist.« Ich rüttle ihn mit beiden Händen und wanke auf meinen High Heels.

»Du ... Du siehst umwerfend aus«, sagt er und hält sich am Rezeptionstresen fest. »Du bist die schönste Frau, der ich je begegnet bin.«

»Ist das der Grund, weshalb dein Gesichtsausdruck so wirkt, als stünde dir ein Schwächeanfall bevor? Oder ist da noch etwas, was passiert ist?«

Er lächelt unverschämt sexy. »Nein. Nur du bist es, die mich aus dem Gleichgewicht bringt«, antwortet er und zieht mich in seine Arme. Mit einem leidenschaftlichen Kuss besiegelt er seine Worte.

Wir gehen nach draußen, wo die Sonne bereits tief am Horizont steht. Zugegebenermaßen war es nicht die klügste Entscheidung, High Heels zu tragen. Schließlich werde ich den ganzen Abend auf den Beinen stehen. Doch ich wollte bei meinem Debüt als Eventmanagerin unbedingt perfekt aussehen. Außerdem sind die Schuhe überraschend bequem.

Draußen mache ich einen letzten Rundgang und checke, ob alles passt. Begeistert blicke ich um mich.

Ben heizt den Grill an und meine Kollegen stehen in Reih und Glied. Bereit, unsere Gäste zu empfangen.

Keine halbe Stunde später treffen die ersten ein und füllen das Hotelgelände mit Leben.

Pauline steht neben mir und hakt die Reservierungen ab. »Es sieht so aus, als würde unser Plan aufgehen.«

»Nachdem du mir gesteckt hast, dass Charlotte seit zwei Wochen fleißig auf TikTok und Instagram die Werbetrommel für uns gerührt hat, habe ich vermutet, dass wir damit deutlich mehr Leute erreichen als mit herkömmlichen Plakaten. Und es scheint geklappt zu haben.«

Sie deutet auf eine Schar junger Leute. »Meinst du, die sind dank Charlotte gekommen?«

»Ich schätze schon. Aber sieh, dort drüben kommen auch einige ältere Herrschaften.«

Sie klatscht in die Hände. »Das sind unsere Stammgäste.« Ein Strahlen erhellt ihr Gesicht. »Die haben sich schon so lange nicht mehr hier blicken lassen. Ob sie momentan in einem anderen Hotel nächtigen? Es muss so sein.« Sie legt die Hand auf meinen Oberarm. »Ich muss nachher unbedingt mit ihnen sprechen.«

Ich nicke. »Gute Idee! Ich mache jetzt mal einen Rundgang und checke, ob alles wie abgesprochen läuft.«

Die Ostsee glitzert im goldenen Licht der Abendsonne, während die Wellen an den Strand rollen. Der Duft des gegrillten Fisches liegt in der Luft. Zufrieden beobachte ich das Geschehen. Noch immer ist ein Hauch von Anspannung in meinen Schultern, aber Freude und Aufregung überwiegen. Ich sehe zu Ben, der so routiniert am Grill steht, als hätte er in seinem Leben nichts anderes gemacht. Mit dem Salatbuffet hat er sich definitiv übertroffen. Darauf sind Salate zu finden, von denen ich noch nie gehört habe. Der Zucchinisalat mit Knoblauch – der aussieht, wie grüne Spagetti – ist der absolute Wahnsinn.

Ich spaziere über den Holzsteg bis zur Sundowner-Bar. Unsere Gäste plaudern angeregt miteinander und nehmen vor dem Essen einen Aperitif zu sich.

Jakob ist voll in seinem Element. »Möchtest du Eiswürfel in deinem Martini?«, fragt er einen Mann, der aus einer Runde jüngerer Leute hervorgetreten ist.

Er gräbt barfuß seine Zehen in den Sand und nickt.

Die Frauen der Gruppe tragen dünne Sommerhosen, die im warmen Abendwind flattern. Sie lachen und ihre Gesichter strahlen. Das Klirren von Gläsern dringt an mein Ohr. Die Musik des DJs trifft mit einem entspannten Mix aus Sommerhits und Chillout-Beats genau die richtige Stimmung.

Je später der Abend, desto mehr Gäste strömen herbei. Manche Gesichter kommen mir bekannt vor und andere sehe ich zum ersten Mal. Ich staune nicht schlecht, als der Besitzer der Beachbar zusammen mit einer seiner Mitarbeiterinnen auftaucht.

»Hey, habt ihr heute Abend geschlossen?«, frage ich ihn.

Er schiebt die Hände in die Hosentaschen. »Nachdem ihr uns alle Gäste weggenommen habt, ist uns gar nichts anderes übriggeblieben.«

Ein schlechtes Gewissen überkommt mich. Bis zu dem Moment, wo er lauthals loslacht.

»Kein Problem. Wir sind hier, um mitzuhelfen. Oliver hatte vor ein paar Wochen bei uns angefragt, ob wir eventuell am späteren Abend einspringen könnten, wenn es um das Geschirr und den Getränkeservice geht.«

Immer wieder staune ich, was meine Kollegen im Hintergrund gemanagt haben. Jedem liegt etwas an unserem Fest, was mein Herz vor Freude hüpfen lässt.

Ich muss dringend zur Toilette und gehe ins Haus. An der Rezeption treffe ich Pauline, die mit geröteten Wangen und schweißnassen Haaren hinter dem Bildschirm steht. Sie presst die Zähne auf ihre Unterlippe.

»Verdammt!«, flucht sie.

27

»Was ist los?«, frage ich Pauline, die mit angespannter Mimik auf den Bildschirm starrt. Gleichzeitig fällt mein Blick auf das Klemmbrett, welches ich seit dem Nachmittag vermisst habe. Ich deute darauf. »Hast du es gefunden?«

Pauline schnaubt. »Nein. Keine Ahnung, wie es hierhin gekommen ist.« Sie reibt sich über das fahl wirkende Gesicht. »Du hast vorhin doch mit den Müllers gesprochen«, sagt sie mit einem seltsamen Unterton.

»Mit wem?« Ich habe den Namen noch nie gehört.

»Unsere Stammgäste. Die, die in einem anderen Hotel untergebracht sind.«

»Ach, die meinst du. Wirklich nette Leute. Ich finde es toll, dass sie trotz aller Unstimmigkeiten zu unserem Sundowner-Event gekommen sind.«

»Ja, finde ich auch.« Sie pustet Luft durch den offenen Mund.

»Aber irgendetwas scheint nicht zu stimmen.« Ich lege den Kopf schief und betrachte Pauline eingehend.

Sie wandert mit ihrem Blick durch die Lobby. »Franzi, bei dem, was ich dir jetzt erzähle, wirst du glauben, ich fantasiere«, sagt sie mit gedämpfter Stimme. Sie reibt sich die Stirn und schüttelt den Kopf. »Vorhin, als die Party gut lief und sämtliche Gäste, die heute gebucht hatten, eingecheckt haben, habe ich mich kurz zu den Müllers gesetzt. Ich wollte sie überzeugen, wieder einmal bei uns zu übernachten. Doch was ich dann herausgefunden habe, hat mir komplett die Sicherungen durchgebrannt.«

»Was ist passiert?«

»Hast du gewusst, dass sie eigentlich bei uns wohnen wollten?«

»Wann? Heute?«

»Nicht nur heute. Nein, sie hatten sogar vor, ganze zwei Wochen bei uns zu nächtigen. So wie jeden Sommer.« Sie lässt langsam die Luft durch den offenen Mund entweichen.

»Aber warum macht dich das so wütend? Das klingt doch großartig.«

»Die Müllers haben felsenfest behauptet, dass wir ihre Buchungsanfrage abgelehnt hätten. Und zwar aus dem Grund, weil unser Hotel den kompletten Sommer über ausgebucht wäre.«

Ich ziehe die Augenbrauen nach oben. »Haben wir denn ein automatisches Antwortsystem, das versehentlich falsche Nachrichten versendet hat?«

»Quatsch! Es sieht so aus, als hätte jemand mit voller Absicht Absagen verschickt.« Sie ballt ihre Hände zu Fäusten.

»Aber wer sollte so etwas Niederträchtiges tun?«

Pauline zuckt mit den Schultern und lässt sie im Anschluss hängen. »Keine Ahnung, Franzi. Das ist es ja, was mich seit einer halben Stunde so verrückt macht. Ich habe unzählige gesendete E-Mails überflogen.«

»Hast du schon im Papierkorb nachgesehen?«

Sie wirft mir einen strafenden Blick zu. »Natürlich. Ich bin doch nicht doof.«

Ich stütze meine Ellenbogen auf dem Tresen ab und starre auf den Computerbildschirm. »Lass mich mal überlegen.«

»Das habe ich auch schon versucht.« Sie lacht sarkastisch.

Wie war das noch mal in meinem Computerkurs? *Mist!* Wenn ich mich nur daran erinnern könnte. »Darf ich mal?« Ich nehme Pauline die Computermaus aus der Hand und öffne verschiedene Raster in Outlook.

»Wonach suchst du?«

»Irgendwo muss es eine Möglichkeit geben, gelöschte E-Mails wiederherzustellen.«

Pauline seufzt. »Wenn sie erst einmal im Papierkorb gelandet sind und der gelöscht wurde, sind sie weg.«

»Eben nicht.« Nervös trommle ich mit den Fingern auf den Tresen. Ich klicke eine gefühlte Ewigkeit im Programm herum, doch erziele nicht den gewünschten Erfolg. Allmählich sollte ich wieder nach draußen. Hektisch sehe ich auf die Uhr. Doch ich kann Pauline jetzt nicht hängen lassen. Kurzentschlossen öffne ich die Suchmaschine und gebe ein: *Gelöschte E-Mails wiederherstellen.* »Da! Hier ist eine Anleitung.« Eingehend studiere ich die einzelnen Punkte. »So, dann wollen wir doch mal sehen.« Mit ein paar Klicks stelle ich tatsächlich die gelöschten E-Mails wieder her. »Das war leichter, als ich vermutet habe.« In Sekundenschnelle füllt sich das Postfach.

»Juhu!«, jubelt Pauline. »Jetzt wird es spannend.«

Gebannt fixieren wir beide den Bildschirm. »Darf ich sie öffnen?«, frage ich Pauline, bevor ich auf die erste E-Mail klicke.

»Nur zu.«

Einen Wimpernschlag später kreische ich auf. »Da! Hier ist eine Buchungsabsage.« Unruhig wippe ich mit den Füßen auf und ab.

»Scroll mal runter«, sagt Pauline. Sie deutet auf den Bildschirm. »Rezeption Hotel Greifenberg«, liest sie vor und senkt den Kopf. »Der Übeltäter hat seinen Namen nicht dazugeschrieben.«

»Klug von ihm. Oder ihr.« Die Anzahl der Absagen ist nach dem ersten Überblick beachtlich.

»Wer macht so etwas?« Pauline presst die Lippen aufeinander.

»Nachdem in sämtlichen E-Mails die Hotelrezeption in der Signatur steht, könnte es jeder Mitarbeiter gewesen sein, der sich hier Zugriff verschafft hat. Möglicherweise auch ... Ben!« Als ich seinen Namen ausgesprochen habe, läuft es mir eiskalt den Rücken hinab. Es wäre naheliegend. Immerhin hat Ben seinen Job noch bis vor Kurzem gehasst und es lag ihm nicht allzu viel an dem Hotel.

»Das glaube ich nicht«, sagt Pauline mit einer Bestimmtheit, die mein klopfendes Herz ein wenig beruhigt.

Ich sehe auf die Uhr, deren Zeiger sich in den vergangenen Minuten in rasantem Tempo vorwärtsbewegt hat. So empfinde ich es zumindest.

»Ja, ich weiß, wir müssten längst wieder nach draußen«, sagt Pauline.

»So ist es.« Ich seufze und klicke noch ein paar E-Mails durch. »Wir müssen morgen weitermachen.«

»In Ordnung. Lass es gut sein.«

»Da!«, kreische ich und schlage mir die Hand vor den Mund. »Eine Absage an Tyler McCarthy aus Irland und hier ...«, meine Stimme überschlägt sich, »sieh dir die Grußformel an.«

»Anne!«, rufe ich gleichzeitig mit Pauline im Chor.

Die Deutlichkeit, mit der wir ihren Namen aussprechen, gleicht einem Messer, das mit scharfer Klinge durch einen Apfel schneidet, sodass dieser in zwei Teile auseinanderfällt.

»Ich fasse es nicht.« Paulines Augen werden trüb. »Doch es wundert mich auch nicht.«

Ich sauge Luft durch die Zähne. »Das ist unglaublich.« Zum Glück hat sich mein kurzzeitiger Verdacht, dass Ben diese Nachrichten versendet haben könnte, nicht bestätigt. »Warum hat sie so etwas gemacht? Ist Anne nicht am längsten von allen hier? Sie und das Hotel müssen doch *so* miteinander sein.« Ich verknote meine beiden Zeigefinger ineinander.

»Hältst du es für möglich, dass sie, nur um mir eins auszuwischen, zu solch niederträchtigen Mitteln greift? Ihr muss doch bewusst gewesen sein, dass sie damit das Hotel in den Ruin treiben kann.«

»Keine Ahnung.« Ich deute auf das Klemmbrett. »Das hat sie bestimmt auch mitgenommen. Sie scheint es darauf anzulegen, dass alles hier schiefläuft.« Ich wende mich zum Gehen. »Wir müssen Ben darüber informieren.«

»Franzi, warte!« Pauline hält mich zurück und sieht mich eindringlich an. »Es stimmt, Ben muss Bescheid wissen. Doch nicht heute Abend. Wenn wir jetzt rausgehen und einen Aufstand machen, endet die Sundowner-Party im Chaos.«

Unruhig fahre ich mir durch die Haare. »Du hast recht. Aber vielleicht solltest du ein paar der E-Mails und vor allem die eine ausdrucken, die das Ganze belegen.«

»Ja, das mache ich sofort.« Sie seufzt. »Geh du wieder nach draußen. Wir klären die Sache morgen.«

Ich beiße die Zähne zusammen und blicke auf die großen Glastüren. Mit gestrafften Schultern trete ich hinaus. Die Tische sind bereits abgeräumt und Ben hat das Grillen eingestellt.

Nachdem ich mich versichert habe, dass alles weiterhin wie geplant läuft, gehe ich über den Holzsteg in Richtung Ostsee. Dort versinkt die Sonne gerade als orange leuchtender Ball am Horizont. Das Bild, das sich mir bietet, ist wie gemalt. Gäste sitzen schwatzend mit Cocktails in den Strandkörben oder genießen den Sonnenuntergang in den Liegestühlen. Alles scheint perfekt. Alles, außer das, was sich im Hintergrund abgespielt hat. Während ich versuche, die Gedanken an Anne beiseitezuschieben, schlendere ich zum Herzstück unseres Events, zur Sundowner-Bar. Jakob ist voll in seinem Element. Mit Lichterketten umwoben, die im sanften Abendlicht leuchten, ist die Bar der absolute Gästemagnet. Routiniert mixt Jakob die Cocktails und plaudert mit den Gästen. »Lust auf einen Ostsee-Spritz?«, fragt er eine junge Dame, die seine volle Aufmerksamkeit hat.

Mein Blick fällt auf Charlotte, die von einer Schar von Leuten umgeben ist. Lachend drehen sie gemeinsam ein Video und Charlotte gackert dabei in die Kamera. Solche Momente sind bestimmt genau das, was ihre Fans an ihr lieben. Sie gibt sich nahbar und agiert nicht von oben herab. Sie ist wirklich ein Schatz. Wie selbstlos sie für unser Event Reklame gemacht hat. Dass ihre Fans nun auch noch zu den Gästen zählen, ist die Krönung.

Ich entdecke Anne, die einige Gläser abräumt. Die Wut brodelt in meinem Magen und ich presse die Lippen zusammen. Auf keinen Fall darf ich mir von ihr die Party verderben lassen.

Eine Hand legt sich auf meine Schulter. Ich drehe den Kopf zur Seite. »Ben! Na? Bist du zufrieden mit dem Abend?«

»Das Gleiche wollte ich dich fragen«, sagt er mit einem breiten Grinsen. »Doch ich glaube, wir sind uns einig, dass diese Party nicht besser sein könnte.«

»Das stimmt«, pflichte ich ihm bei und verbanne Anne erneut energisch aus meinem Kopf. »Unfassbar, dass so viele Leute gekommen sind.«

»Pauline hat mir vorhin erzählt, dass eines von Charlottes Videos vierhunderttausend Views auf Instagram bekommen hat. Und die anderen kamen auch enorm an.« Er sieht sich um. »Ich denke, die Mehrzahl der Gäste haben wir ihr zu verdanken.« Ben nimmt meine Hand. »Für heute hast du genug gearbeitet.« Er zieht mich in den Sand, wo eine Vielzahl an Gästen tanzen und ihre Cocktails genießen.

»Meine Schuhe«, kreische ich und kichere. Meine Hacken versinken im Sand.

»Zieh sie aus.«

Kurzentschlossen streife ich sie ab und stelle sie neben einen freien Strandkorb.

Mit sanfter Intensität zieht Ben mich an sich und küsst meine Stirn.

»Aber die Leute«, stammle ich und blicke mich unsicher um. Prompt entdecke ich einige Kollegen, die in unsere Richtung sehen.

»Die sind mir piepegal.« Nun küsst er mich.

Mir wird ganz schwummrig und die sanfte Musik tut ihr Übriges dazu.

»Meinetwegen darf jeder wissen, dass ich die tollste und schönste Frau an meiner Seite habe.«

Mein Herz hüpft vor Freude.

Seine Worte legen sich wie ein sanfter Goldregen um meinen Körper. Bens warme Hände gleiten an meinem Rücken hinab und wir bewegen uns geschmeidig im Takt der Musik.

Der Sand unter meinen Füßen ist kühl, doch mein Innerstes brennt. Für Ben. Die rhythmischen Klänge legen sich wie ein flatternder Schleier über die Geräusche der Wellen und das Gelächter der Feiernden. Während wir aneinandergeschmiegt tanzen, ist es, als stünde die Zeit still.

Immer wieder verfangen sich unsere Blicke ineinander und ich blende alles aus, was mich in den vergangenen Wochen gestresst hat. In diesem Augenblick existieren nur Ben, ich und der sanfte Takt der Musik. Sein Arm hält mich fest und gibt mir Sicherheit. Seine Augen blicken tief, als wolle er mir etwas sagen, was keiner Worte bedarf.

Erneut küsst er mich. Meine Beine geben nach und mein Herz schlägt schneller.

28

Obwohl heute alle mit dem Aufräumen und dem Beseitigen der Spuren des gestrigen Abends beschäftigt sind, scheint der vergangene Tag eine Leichtigkeit zurückgebracht zu haben. Meine Kollegen wuseln gut gelaunt herum und bringen das Hotel sowie den Außenbereich in ihren ursprünglichen Zustand.

Am Nachmittag klopfen Pauline und ich an die Bürotür, hinter der Ben so oft mit den Beinen auf dem Tisch in seinem Smartphone scrollt. Doch heute sitzt er konzentriert am Schreibtisch und blättert in den Unterlagen aus dem Ablagekorb.

Ich lächle zufrieden. Als mir wieder der Grund unseres Anklopfens in den Sinn kommt, versteift sich mein Körper. Ich räuspere mich. »Ben, wir müssen etwas mit dir besprechen.«

»Hat das nicht bis morgen Zeit? Ich muss gleich noch ...«

»Nein«, unterbricht Pauline ihn bestimmt.

»Na gut, dann kommt rein.«

Wir treten ein und ich setze mich an den Schreibtisch gegenüber.

Pauline lehnt sich an die geschlossene Tür.

Ich warte, bis Ben mir seine volle Aufmerksamkeit schenkt. »Nun ...« Meine Finger klopfen unruhig auf die

Tischkante, während ich nach einer passenden Formulierung suche. »Um es kurz zu machen: Wir haben gestern herausgefunden, dass Anne haufenweise Absagen an potentielle Gäste per E-Mail verschickt hat.«

Bens Gesichtsausdruck versteift sich. »Bitte, was?«

»Anne hat im Namen des Greifenbergs Buchungsanfragen abgelehnt«, bestätigt Pauline.

Bens Blick schnellt zwischen uns hin und her; seine Kinnlade klappt nach unten.

»Hier, das ist eine der E-Mails, die sie verschickt hat.« Ich schiebe ihm den Computerausdruck über den Schreibtisch.

»Das gibt es doch nicht«, murmelt er, während das Blut aus seinem Gesicht weicht. »Seid ihr ganz sicher?«

Ich nicke. »Die meisten ihrer Absagen hat sie anonym versendet. Wir haben jedoch ein paar E-Mails gefunden, in denen sie versehentlich ihren Namen eingefügt hat.«

»Ich wünschte, ihr würdet euch irren.« Zerknirscht sieht er zu Pauline. »Ich weiß ja, dass ihr nicht die besten Freundinnen seid und dass Anne dir oft das Leben schwer macht, aber das ...« Er reibt sich das Kinn. »Wenn das wahr ist, wäre es der Wahnsinn.«

»Das ist Wahnsinn«, sage ich mit Nachdruck.

Ben lehnt sich im Schreibtischstuhl zurück. »Ich hätte nie für möglich gehalten, dass es jemanden unter meinen Mitarbeitern gibt, der mir ... und dem Hotel bewusst schaden will.« Er schluckt und wischt sich über die Augen.

Pauline seufzt. »Diese Art von Niederträchtigkeit hätte selbst ich ihr niemals zugetraut.«

Ben erhebt sich und hastet auf und ab. »Ich muss mit ihr reden.« Er sieht Pauline an. »Hol sie bitte.«

Sie nickt und verlässt den Raum.

»Du wirst das Richtige tun«, sage ich und trete hinaus in die Lobby.

»Warte!«, ruft er mir nach.

Ich drehe mich um und stecke den Kopf durch die Tür.

»Ich will, dass ihr beide beim Gespräch dabei seid. Immerhin habt ihr sie entlarvt.«

Wenige Minuten später rauscht Anne mit erhobenem Kinn und einem süffisanten Grinsen an mir vorbei und betritt das Büro.

Pauline und ich folgen ihr.

»Setz dich, Anne«, sagt Ben monoton. Er deutet auf den Platz, an dem ich zuvor gesessen habe.

Anne mustert uns mit einem irritierten Gesichtsausdruck, fragt jedoch nicht nach, warum wir ebenfalls hier sind.

Ben räuspert sich und knetet seine Hände. »Nun, Anne. Ich frage dich das nur einmal und ich erwarte absolute Ehrlichkeit von dir.«

»Natürlich, Ben. Ich war immer aufrichtig zu dir«, säuselt sie.

»Hast du im Namen des Hotels Greifenberg Absagen für Buchungsanfragen an unsere Kunden verschickt?«

Anne wird blass um die Nase. »Wie kommst du auf diese absurde Idee? Hat sie etwa ...?« Sie verdreht die Augen und deutet auf Pauline.

Ben schlägt mit der Hand auf den Schreibtisch, sodass wir alle zusammenzucken.

»Nein, hat sie nicht«, blafft er. Er springt von seinem Stuhl auf, schnappt sich ein Papier vom Schreibtisch und knallt es vor Anne auf den Tisch. »Hier, lies das.«

Annes Finger zittern, als sie die E-Mail zur Hand nimmt. Das Blut schießt in ihre Wangen. »Aber, Ben ... Ich wollte doch nicht ...«

»Was? Mir schaden?« Er fährt sich mit der Hand über das Gesicht, als wolle er die Enttäuschung fortwischen, bevor er ihr mit müder Stimme antwortet: »Wolltest du das wirklich tun?«.

»Könnten wir das bitte allein besprechen?«, fragt sie jammernd.

»Nein«, schießt es aus ihm heraus. »Ich will augenblicklich die Wahrheit von dir wissen.« Drohend hebt er den Zeigefinger. »Und wage nicht, mir eine weitere Lüge aufzutischen.«

Anne senkt den Kopf und schnäuzt. »Ist ja schon gut. Ich werde ehrlich zu dir sein.«

Ich halte die Luft an.

»Du musst mir glauben, ich wollte das alles nicht.«

Ben schnaubt.

»Doch seit ich in den Service abgeschoben worden bin, habe ich mich minderwertig gefühlt.« Ausdruckslos sieht sie zu Pauline. »So, als würde ich nicht mehr gebraucht werden.«

Ben kratzt sich am Kinn. »Und dann kam dir die absurde Idee, dass du dem Hotel zunächst schaden könntest, um es hinterher zu retten?«

»Ja, so ähnlich«, haucht sie mit gesenktem Kopf.

»Deshalb hast du auch mehrfach angeboten, Paulines Job wieder zu übernehmen, richtig? Um es so aussehen zu lassen, dass du die Retterin seist, die das Hotel vor dem Ruin bewahrt.«

»So ist es.«

Ben schlägt die Hände auf seine Oberschenkel. »Unfassbar! Wenn Franzi und Pauline dir nicht zufällig auf die Schliche gekommen wären ...«

»Das wäre nicht auszudenken gewesen«, flüstert Pauline in mein Ohr.

»Und ich dachte schon, ich wäre so unfähig, dass ich alle Gäste vergraule«, sagt Ben kopfschüttelnd.

»Bei einigen hat er sicher seine Finger im Spiel gehabt«, flüstere ich zurück.

Anne schnieft. »Es tut mir leid, Ben. Ich hätte längst gehen sollen. Schon damals, als dein Vater und ich ...«

Ben hebt eine Augenbraue.

»Du weißt es vermutlich nicht, aber dein Vater und ich hatten vor fast dreißig Jahren eine Affäre.«

Er reißt die Augen auf.

Ich schlucke. Ben ist achtundzwanzig. Ist sie etwa seine Mutter? Seinem verzerrten Gesichtsausdruck entnehme ich, dass er das Gleiche denken muss. Er öffnet den Mund und schließt ihn wieder.

»Damals war dein Großvater Chef dieses Hotels und dein Vater sollte es übernehmen. Statt sich darum zu kümmern, hatte er mehr Interesse an mir als an seiner Arbeit.« Über ihre Augen huscht ein Leuchten. »Damals war ich Empfangsdame und Mädchen für alles. Wir hatten eine wunderbare Zeit. Doch dann ...«, sagte sie und ihr Blick trübt sich, »... hat er deine Mutter kennengelernt. Sie tauchte wie aus dem Nichts auf. Ab diesem Zeitpunkt war ich bei ihm abgeschrieben.« Tränen schießen in ihre Augen. Hat sie den alten Schmerz noch immer nicht überwunden? »Offensichtlich war ich in all der Zeit nicht mehr als eine willkommene Abwechslung im tristen Hotelalltag für ihn.« Anne sieht mich an, als wolle sie mir ihre Worte ins Bewusstsein hämmern.

Eine Gänsehaut rauscht über meinen Rücken. Ich suche Blickkontakt mit ihm, doch er hat seine volle Aufmerksamkeit auf Anne gerichtet.

Sie zieht ein Papiertaschentuch aus ihrer Rocktasche und knetet es in ihren Händen. »Zunächst hatte ich die Hoffnung, dass dein Vater doch noch zu mir zurückkehren würde. Doch je länger er mit deiner Mutter zusammen war, desto weniger hatte er für mich übrig. Außerdem wurde sie schon nach einem Jahr ihrer Beziehung mit dir schwanger.«

Ben atmet schwer. »Warum hast du das alles über dich ergehen lassen und nie gekündigt?« Er verschränkt die Arme vor der Brust. »Das wäre doch das Naheliegendste gewesen.«

»Das Hotel war und ist mein Leben. Ich habe mir nie vorstellen können, jemals woanders zu arbeiten.« Unter Schluchzen erzählt sie weiter. »Ich habe also meinen Schmerz hinuntergeschluckt und die Arbeit verbissener erledigt als je zuvor.« Sie zuckt mit den Schultern. »Und irgendwann habe ich den Zeitpunkt übersehen, wo ich von der liebenswerten Empfangsdame zur Furie geworden bin.«

Sprachlos lausche ich dem Gespräch.

»Das ist die Geschichte.« Sie verstaut das Taschentuch wieder in ihrer Rocktasche, bevor sie ihre Hände ineinander verschränkt, nur um sie im Anschluss gleich wieder zu lösen.

»Gibt es noch etwas, was du mir sagen willst?«, fragt Ben.

Sie schüttelt den Kopf. »Nein, das war alles.«

Ben steht auf. »Es tut mir leid, Anne, dass du in deinen Jahren im Greifenberg vieles durchmachen musstest. Ich habe keine Ahnung gehabt. Doch verstehe, dass ich dein Verhalten – egal welche Gründe es hat – nicht billige. Du bist hiermit gekündigt.«

»Was?«, rutscht es Pauline heraus.

Anne nimmt Bens Worte erstaunlich gefasst hin. Sie schnäuzt sich erneut und steht auf. »Ich verstehe das, Ben. Bitte verzeih mir.«

»Ich werde dich noch zwei weitere Monate bezahlen. Du bist jedoch ab sofort freigestellt.«

»Das ist sehr fair von dir«, haucht sie.

Mein Herz zieht sich zusammen. Anne tut mir leid. Nachdem ich die Hintergründe kenne, warum sie so gehandelt hat, hätte ich mir ein milderes Urteil für sie gewünscht. Andererseits musste Ben konsequent sein. Anne muss mit den Folgen ihres Handelns zurechtkommen und manchmal gibt es im Leben eben kein Zurück.

»Ich werde dir ein gutes Zeugnis ausstellen lassen. Immerhin hast du viele Jahrzehnte hervorragende Arbeit für das Greifenberg geleistet. Auf Wiedersehen, Anne.«

Sie verlässt mit schlurfenden Schritten das Büro.

Ben sackt in seinen Stuhl zurück. »Was für ein Tag.« Er presst die Lippen aufeinander. »Danke, dass ihr geholfen habt, Anne zu entlarven.«

Ich schlinge von hinten die Arme um seine Schultern. »Du hast richtig gehandelt.«

Er dreht sich zu mir. »Würdest du Pauline und mich kurz allein lassen?«

Die Bestimmtheit in seinen Worten versetzt mir einen Stich.

29

»Na? Was wollte Ben gestern von dir?«, frage ich Pauline. Sieht sie die tausend Fragezeichen auf meiner Stirn tanzen? Ertappt drehe ich mich zur Seite.

»Ach, nichts Besonderes«, entgegnet sie und steckt ihren Kopf in die Tagespost.

Ich würde meinen Allerwertesten darauf verwetten, dass ihr meine Frage unangenehm war. Warum nur? *Es geht dich nichts an*, flüstert eine Stimme in mir. Doch was kann ich dafür, dass mich ihr Schweigen enorm wurmt? Ist das, was Ben mit ihr besprochen hat, so persönlich, dass ich nichts davon wissen darf?

Auch wenn es mir schwerfällt, die Sache nach ihrer Abfuhr abzuhaken, lenke ich meine Gedanken auf die Gewinnsumme der Sundowner-Party. Stolz betrachte ich die Zahlen und spaziere damit zu Ben ins Büro.

»Voilà! Hier ist unsere Bilanz.« Ich lege ihm den Ausdruck meiner Excel-Tabelle auf den Schreibtisch.

»Wow!« Er nickt anerkennend und zieht mich zu sich heran. »Mit einem derart guten Ergebnis hätte ich nicht gerechnet.«

Ich befreie mich aus seiner Umarmung und tippe auf die Tabelle. »Und da sind noch nicht die Einnahmen der Übernachtungsgäste enthalten.«

»Geschweige denn die der Gäste, die demnächst wieder bei uns nächtigen und deren Buchungen nicht storniert werden.« Seinem verzerrten Gesichtsausdruck entnehme ich, dass ihm die Sache mit Anne ziemlich zu schaffen macht. »Pauline wird alle Gäste anrufen, die Absagen erhalten haben. Sie wird sich für einen Systemfehler entschuldigen und ihnen auf den nächsten Aufenthalt einen Rabatt gewähren.«

»Das klingt nach einem tollen Plan.« Ist es das, worüber die beiden gestern gesprochen haben? Ich beiße mir auf die Zunge und wechsle das Thema. »Hast du das Gefühl, dass du zu hart zu Anne warst?«, frage ich und presse die Lippen aufeinander.

»Nein«, antwortet er klar. »Sie hat monatelang Zeit gehabt, ihr Handeln zu überdenken. Doch sie hat es skrupellos durchgezogen und dem Hotel bewusst geschadet. Wenn mein Vater davon wüsste ...« Er legt die Stirn in Falten. »Glaubst du, er hat die Affäre mit Anne fortgeführt, als er bereits mit meiner Mutter zusammen war?« Auch wenn Anne das gestern vor ihm verneint hat, scheint ihn diese Frage zu beschäftigen.

»Das kann ich mir nicht vorstellen«, antworte ich sanft. »Er hat sich doch ganz bewusst für deine Mutter entschieden, wenn ich Anne richtig verstanden habe.«

»Ja, aber warum hat er Anne damals nicht gekündigt und sie weiterhin um sich haben wollen? Je mehr ich darüber nachdenke, desto weniger ergibt das für mich einen Sinn.« Er schüttelt den Kopf.

»Ich dachte, dass dein Großvater damals der Chef war. Vielleicht war ihm die Affäre seines Sohnes gar nicht bekannt.«

»Möglicherweise. Ob meine Mutter von Anne wusste?«

Ich verziehe die Lippen zu einem Strich. »Mach dir nicht so viele Gedanken. Das Grübeln führt zu nichts. Es ist vorbei.« Ich beuge mich zu ihm herab und drücke ihn.

»Auf ganzer Linie«, sagt er melancholisch. »Ich habe mir vorhin mal die von ihr getätigten Stornierungen angesehen. Sie hat uns zwar erheblichen Schaden zugefügt, aber allein war sie an der ausbleibenden Gästezahl nicht schuld – wie ich bereits vermutet habe.«

»Ja, das hatte Pauline mir auch schon gesagt. Deshalb habe ich mir weitere Gedanken gemacht.«

»Worüber?«

»Darüber, wie wir dem Hotel weiterhin neuen Schwung verleihen könnten. Was hältst du davon, wenn wir ab sofort mehr kleinere und größere Events planen? Ich habe super viele Ideen.«

»Meinetwegen gerne.« Drohend hebt er den Zeigefinger. »Aber nur so lange, wie wir damit Gäste anlocken.«

Ich lache auf. »Natürlich. Sobald wir den ersten vergrault haben, hören wir auf. Versprochen.«

Wir werden durch den eindringlichen Klingelton von Bens Smartphone unterbrochen. Er sieht auf das Display und ein seltsamer Ausdruck huscht über sein Gesicht.

»Hallo?«, meldet er sich. Es herrscht kurz Stille. »Was willst du?«, fragt er rau.

Ich hebe die Augenbrauen. Doch er weicht meinem Blick aus.

Nachdem ich mir Sorgen mache, trete ich noch näher und will ihm gerade die Hand auf die Schulter legen, als er mich mit einer wedelnden Handbewegung bittet, das Büro zu verlassen.

Das war deutlich. Ich kaue auf meiner Unterlippe, gehe nach draußen und ziehe die Tür hinter mir zu.

Eine gefühlte Ewigkeit später öffnet Ben sie wieder. Über seinen Augen liegt ein dunkler Schatten.

»Was ist passiert?«, frage ich, als ich eintrete.

Er wehrt mit der Hand ab und setzt sich wieder an seinen Schreibtisch. »Ach, nichts.«

»Nach nichts hat das eben nicht ausgesehen.«

»Franzi ... lass es gut sein, okay?« Warum ist er so gereizt?

»Wie du meinst«, entgegne ich und verschränke die Arme vor der Brust. Jetzt bin ich es, die ihn düster ansieht.

»Also, wo waren wir vorhin stehen geblieben?« Ich fasse es nicht. Er will allen Ernstes einfach so an unser Gespräch von eben anknöpfen? Na gut, wenn er meint, dann reden wir halt nicht über das, was ihn offensichtlich belastet. In meinem Magen grummelt es.

Ich setze mich auf die Schreibtischplatte. »Was hältst du davon, wenn wir einmal pro Woche einen kulinarischen Themenabend anbieten?« Die Euphorie, die noch vor wenigen Minuten in mir geherrscht hat, ist verschwunden.

Er zieht die Augenbrauen zusammen.

»Wir haben immerhin einen großartigen Koch in diesem Hotel«, sage ich mehr sachlich als begeistert.

»Ich weiß nicht, von wem du sprichst.« Mit einem Schulterblick sieht er sich um und bemüht sich sichtlich, die Leichtigkeit von eben wiederherzustellen.

»Du weißt genau, wen ich meine«, sage ich. »Ich bekomme heute noch weiche Knie, wenn ich an dein fantastisches Abendessen denke, dass du mir ...«

»Die weichen Knie hast du bekommen, weil ich dich in dieser Nacht verführt habe.« Herausfordernd sieht er mich mit seinen dunklen Augen an, sodass ich mich an der Tischplatte festkralle. Der Schatten über seinen Augen ist verschwunden. Habe ich eben überreagiert?

»Das vielleicht auch«, sage ich grinsend. »Aber in dir stecken Talente, die ausgepackt werden müssen. Einmal pro Woche sollte das doch machbar sein, oder nicht?«

»Möglicherweise«, weicht er mir aus. »Lass mich darüber nachdenken, okay?« Er beugt sich zu mir. »Jetzt muss ich dauernd an unsere erste Nacht denken. Das hast du nun davon.« Seine Hand umschließt meinen Nacken. Mit sanfter Intensität küsst er mich.

Ich seufze. »Wir müssen arbeiten«, hauche ich.

»Das können wir auch später noch«, erwidert er heiser.

»Ich würde liebend gerne jetzt hier mit dir all das tun, was wir schon ein paar Tage nicht mehr gemacht haben, aber ...« Ich ziehe mein über den Bund gerutschtes Shirt wieder nach unten. »Wir müssen uns ranhalten. Wir haben nämlich noch viel Arbeit vor uns.«

***

»Ich habe eine Überraschung für dich«, sage ich Mitte der Woche zu Ben und nehme ihn in der Abenddämmerung an der Hand.

»Wo willst du mit mir hin? Nach oben?« Er zwinkert. »Ich mag es, wenn Frauen wissen, was sie wollen.«

»Komm einfach mit.« Lachend ziehe ich ihn nach draußen, wo wir bald den Hinterausgang erreicht haben.

»Was ist denn da los?« Ben deutet auf die blinkenden Lichter am Strand. Leises Stimmengewirr weht zu uns herüber.

Sein Blick wandert zu meiner eigentlichen Überraschung – zur Sundowner-Bar.

»Wo kommt die denn her? Oliver hat sie doch nach der Party abgebaut.«

»Stimmt, aber nun hat er sie wieder aufgebaut«, erkläre ich mit einem Grinsen.

Wir streifen unsere Schuhe ab und laufen barfuß über den kühlen Sand. Um die Bar herum stehen Urlauber sowie Einheimische aller Altersklassen. Sie quasseln durcheinander und genießen die Drinks von der Bar.

Ich deute auf das bunte Treiben. »Der reinste Publikumsmagnet, wie du siehst.«

»Und wen hast du als Barkeeper engagiert? Ist das nicht eigentlich dein Job?« Irritiert blickt Ben in das Innere des Holzverschlags und seine Kinnlade klappt nach unten. »Jakob!«

Der grinst uns mit einem spitzbübischen Lächeln an und reicht uns zwei Ostsee-Spritz.

»Was machst du denn hier?«, fragt Ben verdattert und nimmt den Drink entgegen.

»Hattest du mir nicht angeboten, dass ich jederzeit zurückkommen könnte?«

Ben reibt sich das Kinn. »Ja, Mann! Das habe ich. Und … Mann! Ich freue mich.« Er schlägt in Jakobs Hand ein, beugt sich über den Tresen und drückt ihn. »Ich bin echt sprachlos.«

Drohend hebt Jakob den Finger. »Aber ich sag dir eins, mein Freund: Reiß dich zukünftig zusammen, sonst bin ich genauso schnell wieder weg, wie ich gekommen bin.«

»Keine Sorge«, versichert Ben. »Ich werde alles daransetzen, dass du dieses Mal für immer bleibst.« Sein Blick schweift über die Besucher der Strandbar zu mir herüber. »Dass wir da nicht früher draufgekommen sind.«

»Hauptsache, wir sind vor allen anderen draufgekommen. So eine Bar gibt es nirgends hier in der Umgebung. Ich wette, demnächst hat sie sich bis nach Lübeck herumgesprochen.« Mit dem Kinn deute ich auf das Hotel. »Die Bar im Salon würde ich an den Tagen schließen, an denen es draußen so warm ist. Bist du damit einverstanden?«

»Natürlich.« Er küsst mich und stößt sein Glas an meines.

Wir lassen uns in zwei Liegestühlen nieder, die etwas abseitsstehen. »Und ich habe noch so viele andere Ideen.«

Ben schmunzelt. »Na, da bin ich ja mal gespannt.«

»Nachdem das Sundowner-Event so ein großer Erfolg war, sollten wir unbedingt in den kommenden Wochen mit einem weiteren Event nachlegen.«

»Woran hast du gedacht?«

»Wie wäre es zum Beispiel mit einem Public-Viewing?«

»Aber es steht doch keine Fußball-Weltmeisterschaft oder Ähnliches an. Was willst du auf der Leinwand zeigen? Fernsehballett?«

Ich lache auf. »Nein, aber zum Beispiel Filme, die kurz zuvor noch im Kino waren. Dazu brauchen wir kaum Personal, nur eine Leinwand und eine Lizenz.«

»Gute Idee, darauf wäre ich gar nicht gekommen. Also, warum nicht?«

»Und könntest du dir vorstellen, dass wir einmal die Woche Yoga-Sessions direkt am Strand anbieten?« Ich sehe aufs weite Meer hinaus. »Ich bin mir sicher, es tut Körper und Seele gut, den Morgen genau hier mit Yoga zu beginnen und danach das leckerste Frühstück aller Zeiten zu genießen. Vielleicht könntest du zu dem Zweck in der Küche mithelfen, damit dieses Frühstück auch außergewöhnlich wird und über den Standard hinausgeht.«

Ben zählt an den Fingern ab. »Wenn ich richtig gerechnet habe, hast du mich nun bereits zweimal pro Woche in die Küche verdonnert.«

Ich nehme einen Schluck von meinem Ostsee-Spritz. »So ist es«, antworte ich und zucke mit den Schultern. »Allerdings müsste ich noch nach einem Yoga-Lehrer Ausschau halten, der einmal pro Woche Zeit hätte.«

»Dann mach das. Irgendwie klingt das richtig gut.«

»Und ich habe noch eine Idee.«

Ben schlägt mit einem Grinsen im Gesicht die Hände über den Kopf zusammen. »Lass uns doch erst mal eins nach dem anderen planen, und nicht alle auf einmal.«

»Nur noch dieses eine Event«, bettle ich. »Darf ich dir zeigen, woran ich gedacht habe?«

»Vorher bekomme ich keine Ruhe, stimmts?« Er lacht.

Ich stelle mein leeres Glas in den Sand und reiche ihm die Hand. Mein Blick ist bestimmt und voller Zärtlichkeit. Wortlos ziehe ich ihn an der Hand ins Haus. Wir steigen in den Aufzug und kaum sind die Türen geschlossen, presse ich ihn an die kühle Aufzugwand und lege meine Lippen auf seine.

30

»Stellt euch vor, Charlotte hat eine Ausbildung als Yoga-Lehrerin«, erzählt Pauline am Frühstückstisch.

»Sie entpuppt sich mehr und mehr als Überraschungspaket«, antworte ich zwischen einem Löffel Müsli und einem Schluck Kaffee.

»Anscheinend hat sie die Ausbildung in Bangkok in einer renommierten Schule absolviert.«

»Hat sie dir das rein zufällig erzählt?«

»Nein, sie hat mich neulich an meinem freien Tag damit überrascht.«

»Mit der Tatsache, dass sie Yogalehrerin ist?«, fragt Oliver und schiebt seinen Stuhl zurück.

»Nein«, druckst sie herum. »Sie wollte sich bei mir bedanken, weil ich ihr jederzeit unterstützend zur Seite stehe, wenn sie als unser Gast mal wieder Sonderwünsche und -anfragen hat. Da hatte sie den Einfall, gemeinsam mit einer Yoga-Session am Strand in den Tag zu starten. Natürlich habe ich mitgemacht.«

»Wow!«, sage ich und kann mir vorstellen, wie umwerfend Charlotte in einem Sportoutfit aussieht und nebenbei noch Yoga macht.

»Hast du abgecheckt, ob sie eure Verrenkungen hinterher auf Instagram gepostet hat?« Oliver lacht kehlig und geht zur Tür.

Pauline verdreht die Augen. »Natürlich hat sie das nicht getan.« Sie blickt in die Runde. »Leute, ich sags euch. Nach dieser Stunde habe ich mich wie neu geboren gefühlt. Und als krönenden Abschluss hatte sie einen Picknickkorb dabei, in dem sich ausschließlich gesunde Lebensmittel befanden.« Sie hebt den Zeigefinger. »Und eins leckerer als das andere.«

»Also für mich wäre das nichts.« Oliver zwinkert. »Das Essen schon, aber nicht diese mörderischen Verrenkungen. Untersteht euch, mich auf die Teilnehmerliste zu setzen.« Mit diesen Worten verlässt er den Raum.

Alle lachen. Der Gedanke, Oliver auf einer Yogamatte zu sehen, ist wirklich absurd. Er mag ein guter Handwerker sein, aber beim herabschauenden Hund kann ich ihn mir in der Tat nicht vorstellen.

Pauline wendet sich mir zu. »Und weil du mir von deiner Idee erzählt hast, habe ich sie gefragt, ob sie Lust hätte, ein paar Stunden für unsere Gäste anzubieten.«

»Und? Was hat sie gesagt?« Ich weite die Augen. Nebenbei rutsche ich von meinem Stuhl und stelle die Müslischale in die Spülmaschine.

»Sie hat erzählt, dass sie die Ausbildung eigentlich nur für sich gemacht und niemals daran gedacht hat, Yoga zu unterrichten. Aber dann hat sie darüber nachgedacht und ja gesagt.« Ihre Augen leuchten genauso wie das neongelbe Shirt, das sie heute trägt. Ich fürchte, ich muss sie nachher dezent darauf hinweisen, dass diese Farbe ihr Gesicht bleich erscheinen lässt. Wobei sie sicher gleich in ihr Arbeitskostüm schlüpfen wird.

»Das wäre wirklich fantastisch, und ich glaube, Charlotte wäre mit ihrem Charme genau die Richtige dafür.«

Doch dann kräusle ich die Stirn. »Aber wir möchten das ja regelmäßig anbieten, damit die Leute sich darauf einstellen können. Charlotte ist dieses Mal nur zwei Wochen hier.«

»Sie hat überlegt, hierherzuziehen«, antwortet Pauline.

»Wirklich? Gefällt es ihr hier so gut?«

»Als Reisebloggerin kann sie an jedem Ort arbeiten.« Sie errötet. »Und bis sie eine eigene Wohnung gefunden hat, habe ich ihr angeboten, dass sie in der Zwischenzeit auch in meinem Zimmer mitwohnen kann.«

Könnten meine Augen aus dem Kopf fallen, würden sie das mit Sicherheit genau in diesem Augenblick tun. »Und was hat sie dazu gesagt?«

»Dass sie es sich überlegt.« Dass Pauline mit einer solchen Selbstverständlichkeit Charlotte bei sich aufnehmen würde, überrascht mich wirklich. Zumal ihr Zimmer kaum größer ist als meines. Doch die beiden scheinen sich echt prima zu verstehen. Beinahe bin ich ein wenig eifersüchtig – was ich nicht sein sollte. Denn schließlich hat das nichts mit unserer Freundschaft zu tun. Charlotte ist mega lieb. Sie ist der Goldschatz, der uns hier gefehlt hat. Was für ein Glück, dass sie seit ihrem ersten Besuch bei uns vom Greifenberg begeistert ist. Und warum sollte sich zwischen ihr und Pauline keine Freundschaft entwickeln? Das ist völlig legitim. Nur Abstand zu halten, weil sie ein Gast ist, ist doch heutzutage komplett überholt.

***

Charlotte muss nur mit dem Finger schnippen und schon kommen nicht nur Yoga- sondern auch Charlotte-Begeisterte angerannt. Sie hat unser Angebot einfach über ihre Social-Media-Kanäle angekündigt, und die erste Yoga-Session war innerhalb einer Stunde ausgebucht. Wir mussten bei unseren Hotelgästen überhaupt keine Werbung dafür machen. Zwei Frauen haben sich sofort auf die Teilnehmerliste setzen lassen, kaum dass wir die Flyer auf den Frühstückstischen verteilt hatten.

Und das Wetter könnte für die erste Yogastunde nicht besser sein.

Mit Matten ausgerüstet und einigen Kannen Zitronen-Ingwerwasser begleite ich Pauline und Charlotte in den frühen Morgenstunden an den Strand.

Wie gerne würde ich selbst daran teilnehmen. Doch ich muss wieder zurück. Zum einen benötigt der Garten meine Pflege und zum anderen ist das Angebot nicht für die Angestellten. Außer für Pauline, die die Teilnehmerliste abhakt und Charlotte den Rücken freihält.

Während meiner Arbeit werfe ich immer wieder einen Blick vom Hinterausgang auf die Gruppe. Die Yogamatten sind auf dem feinen Sand ausgerollt. Vor der Weite der Ostsee breitet sich der Strand endlos aus. Das sanfte Rauschen der Wellen im Hintergrund schafft eine beruhigende Geräuschkulisse. Der Himmel über Heiligendamm erstreckt sich in dezenten Pastelltönen und die Meeresbrise trägt den Duft von Salz und Freiheit mit sich.

Die Teilnehmer blicken auf Charlotte, strecken ihre Arme in die Höhe und beugen die Oberkörper nach hinten. Es sieht so entspannt aus. Charlotte gibt Hilfestellung, wo es nötig erscheint. Die synchronen Bewegungen fließen von einer Pose in die nächste. Die Sonne, die sich auf der Wasseroberfläche spiegelt, verleiht dem Moment eine magische Aura. Spaziergänger bleiben stehen und betrachten voller Ruhe die Kombination aus Natur, Bewegung und Achtsamkeit. Seufzend widme ich mich wieder meiner Arbeit.

Ich kehre die Terrasse, auf der Nala im Anschluss den Tisch für die Yogagruppe deckt. Bald stehen Kaffeekannen, heißes Wasser und Teebeutel in verschiedenen Sorten von Ingwer bis Frauenpower bereit. Nala hat sich eine Dekoration aus Vasen mit Sand und darin liegenden Muscheln einfallen lassen, die in meinen Augen perfekt zu den naturbegeisterten Yogis passt. Kleine Zweige, die mitten auf dem Tisch liegen, vervollständigen das Bild.

Als die Gruppe sich später gutgelaunt niederlässt, servieren Ben und Nala das Frühstück. Jeder Teller ist mit zwei Scheiben Dinkeltoast belegt, auf dem frische Avocados mit Nüssen, Erdbeeren, Heidelbeeren und Brombeeren angerichtet sind. Dekoriert wird das Ganze mit gehackten Cashewkernen, einem Hauch Honig und einer roten Fruchtsoße.

Charlotte schiebt sich den ersten Bissen in den Mund und verdreht die Augen. »Wow! So etwas leckeres habe ich in meinem ganzen Leben noch nicht gegessen.«

»Ich auch nicht«, pflichtet eine zierliche Frau ihr bei.

Eine weitere deutet auf die Soße. »Die ist der Hammer.«

Pauline, die ebenfalls am Tisch sitzt, steht auf und kommt zu uns herüber. »Jetzt mal im Ernst, Ben.« Tadelnd sieht sie ihn an. »An dir ist ein Vier-Sterne-Koch verlorengegangen.« Sie schüttelt den Kopf, als könnte sie es nicht fassen.

Ich muss Pauline recht geben. Allein optisch ist das Frühstück der Wahnsinn. Wenn man den begeisterten Aussagen der Gäste Glauben schenkt, schmeckt es genauso.

»Hast du das auf Bali gelernt?«, frage ich, weil offiziell hier niemand davon weiß, dass Ben eine Ausbildung als Koch abgeschlossen hat.

»Nein.« Er lacht. »Ich habe mal ein Praktikum im Hotel Rosenborg in Kopenhagen gemacht.«

Ich lasse die Kinnlade fallen. »Du warst im Rosenborg?«

Er hebt eine Augenbraue. »Ja, kennst du es?«

»Ja. Ich habe dort mal eine Nacht mit meinen Eltern verbracht, als wir in Dänemark Urlaub gemacht haben. Ein wahnsinnig imposantes und zudem luxuriöses Hotel. Ich erinnere mich noch gut an den schwarz gefliesten Pool und den grandiosen Panoramablick, den man von der Dachterrasse aus genießen konnte. Ich bin mir dank des Glanzes und Glamours wie eine Prinzessin vorgekommen.«

»Vielleicht waren wir sogar zur selben Zeit dort und haben es nicht bemerkt«, sagt er zwinkernd und legt den Arm um mich.

»Ben, kommst du bitte mal?«, ruft Eliza von der Tür, die in den Garten hinausführt. Ihre Wangen sind gerötet und ihr Blick verheißt nichts Gutes.

»Was ist los?«

»Ronja Becker möchte dich sprechen.«

Sein Gesichtsausdruck wandelt sich binnen einer Nanosekunde in ein einziges Fragezeichen. Mit eiligen Schritten verschwindet er im Hotel.

31

Kurz darauf betritt Eliza den Garten. Ihre Wangen sind noch immer gerötet.

»Wer ist diese Ronja Becker, die Ben sprechen möchte?« Fragen spuken durch meinen Kopf. *Warum haben Eliza und er eben so seltsam geguckt?*

Eliza nimmt mich zur Seite und flüstert hinter vorgehaltener Hand. »Frau Becker ... Sie ist Bens ...«, murmelt sie und zuckt mit den Schultern. »Wie soll ich's sagen ... Sie ist seine Ex.«

Ich mache große Augen. »Seine Ex? Was bedeutet das?« Hat Ben überhaupt *die eine* Ex oder handelt es sich um eine seiner unzähligen Affären? Irgendetwas an Elizas Blick gefällt mir nicht. Mein Herz pocht unregelmäßig. War sie es, mit der Ben neulich telefoniert hat?

»Sie ist vorhin hier hereinspaziert, als gehörte ihr das Hotel höchstpersönlich. Die Nase war hier oben.« Sie streckt ihren Hals, sodass ich es mir bildlich vorstellen kann. »Ich hab sie sofort wiedererkannt. Vor einigen Monaten war sie hier Dauergast.« Sie reibt sich die Augen. »Ich habe es zuerst gar nicht glauben können, dass sie es ist.«

»Wieso nicht?«

»Soweit ich das mitbekommen habe, sind die beiden damals nicht im Guten auseinandergegangen. Und ich glaube, Ben hat die Trennung damals etwas zugesetzt.«

»Aber das kann doch gar nicht so lange her sein.« Ich zucke mit den Schultern. »Ben ist schließlich noch nicht so lange hier der Chef.«

»Ja, es war in seiner Anfangszeit.« Sie macht eine abwehrende Handbewegung.

»Du glaubst nicht, wie seltsam er eben auf sie reagiert hat. Er kam mit angespannter Miene in die Lobby und hat erst mal gestutzt, als sie mit dem charmantesten Lächeln der Welt vor ihm stand. Dann hat er die Augen zusammengekniffen, als wäre sie eine Fata Morgana. Dabei hab ich sie doch angekündigt.«

»Und dann?«

»Dann hat er sie begrüßt, aber ohne jegliches Lächeln. Seine Mimik wirkte jedoch besorgt, zumal sie ...« Sie hält inne und betrachtet mich prüfend.

Warum bekomme ich ein ganz ungutes Gefühl bei Elizas Blick? Obwohl ich unbedingt wissen möchte, was sie mir noch zu sagen hat, wird der Teil in mir, der die Geschichte nicht hören will, immer größer.

Sie formt mit beiden Händen eine Kugel vor ihrem Bauch.

Mir dreht sich im selben Moment sprichwörtlich der Magen um. »Also wenn du mich fragst, ist die gute Dame schwanger«, spricht sie das aus, was ich eine Nanosekunde zuvor dank ihrer Handbewegung bereits realisiert habe.

Mir wird übel. Automatisch fasse ich mir an den Hals. »Nein«, wispere ich. Eliza jetzt zu fragen, ob Ben der Vater ist, spare ich mir. Schließlich kann sie es nicht wissen. Oder liegt es auf der Hand? Warum ist sie sonst hier?

»Tut mir leid, dass ich dich so knallhart damit konfrontiert habe.«

»Schon gut«, krächze ich.

»Das mit euch ist was Ernstes, oder?«, fragt sie vorsichtig.

Ich nicke. »Glaube, ja.«

»Na dann hoffen wir mal, dass er nicht der Vater des Ungeborenen ist.«

Wortlos lasse ich sie stehen und gehe ins Haus. Ich muss mit Ben sprechen. Nur er kann mir jetzt Antworten auf meine Fragen geben. Ich haste durch die Lobby und finde ihn nicht. Er ist auch nicht in seinem Büro. Auch im Frühstücksraum und im Salon sehe ich nach. Selbst vor dem Haus und im Garten, wo ich eigentlich herkomme, ist er nicht. *Verdammt!* Wo hat er sich versteckt?

Auch diese Ronja ist nicht hier. Bestimmt hätte ich diese Schönheit, wie Eliza sie beschrieben hat, sofort erkannt.

Für mich steht es fest: Die beiden sind gemeinsam fort. Doch wo sind sie hin? Ich gehe erneut in Richtung des Gartens und remple an der Tür wieder mit Eliza zusammen.

»Wo sind die beiden?«, frage ich. »Weißt du es?«

Ein Schatten huscht über ihre Augen. »Ich glaube, er hat sie mit in sein Loft genommen.«

Ich schlage die Hand vor den Mund. »Nein!«

Eliza sieht mich mitfühlend an. »Es erschien mir beinahe so, als wolle Ben sie wegschaffen. Weg von den Blicken und Fragen anderer.«

»Vor meinen?«

»Kann sein. Aber möglicherweise will er auch nur in Ruhe mit ihr reden. Ihr Anliegen, sagte sie und blickte auf ihren Bauch, lässt sich bestimmt nicht in einer Hotellobby besprechen.« Eliza zuckt mit den Schultern.

»Bist du ganz sicher, dass sie schwanger ist? Ich meine ... es gibt doch haufenweise Leute, die einfach zu viel gegessen haben und deshalb etwas kräftiger wirken.«

»Franzi, ich weiß es nicht. Aber ich glaube nicht, dass ich mich irre. Ich fürchte, du musst abwarten, was passiert.«

Das versuche ich: abzuwarten. Alle zehn Minuten sehe ich in den kommenden Stunden auf die Uhr. Nur, um festzustellen, dass nichts passiert. Ben ist wie verschollen. Natürlich könnte ich in den dritten Stock fahren und an die Tür seines Lofts klopfen. Doch was dann? Öffnet *sie* mir dann etwa die Tür? Mir wird schlecht bei der Vorstellung, dass ich dort auf Ben treffen könnte, der womöglich nur mit einem Handtuch um die Hüften aus der Dusche kommt und völlig überrascht ist, dass ich ihm nachstelle. Nein, diese Peinlichkeit will ich uns allen ersparen. Dass ich absoluten Bullshit denke, ist mir auch klar. Doch was kann ich dafür, wenn mir die verrücktesten Gedanken durch den Kopf schießen? Ich bin dagegen machtlos.

Ich sollte dem Ganzen nicht allzu viel Bedeutung beimessen. Schließlich bin ich Bens Freundin. Okay, wir haben diese Tatsache noch nie offiziell ausgesprochen.

Allerdings verbringen wir beinahe jeden Abend zusammen. Das sagt doch wohl genug aus. Je mehr ich darüber nachdenke, desto klarer wird mir, dass es keinen Grund gibt, jetzt nicht zu ihm zu gehen.

Kurzentschlossen steige ich in den Aufzug und stehe Minuten später vor Bens Loft. Mit der Faust klopfe ich an der Tür.

Von drinnen ist nichts zu hören. »Ben? Bist du da?«, rufe ich. Ich presse mein Ohr gegen die Tür. Auf meinem Smartphone tippe ich auf Bens Nummer. Nach zweimal Läuten hebt er ab. »Hi, Franzi«, meldet er sich.

»Wo bist du, Ben?«

»Ich melde mich später bei dir, okay?«

Ohne meine Antwort abzuwarten, legt er auf. Ich starre auf das Display. Hat er mich wirklich gerade abgewürgt? In meinem Magen grummelt es.

***

Als ich am späten Abend – ohne Lebenszeichen von Ben – im Bett liege, scrolle ich noch ein wenig in meinem Smartphone. Ich öffne das E-Mail-Postfach und eine eingegangene E-Mail. »Nein«, kreische ich und setze mich kerzengerade auf. *Oh, mein Gott! Da ist sie! Die E-Mail, auf die ich so lange gewartet habe.* Mein Herz rast im Galopp, während ich Wort für Wort lese.

»Franzi, bist du da?« Ein Klopfen lässt mich zusammenzucken. »Franzi?«, vernehme ich Bens Stimme.

Mit einem Wimpernschlag befinde ich mich wieder in der Realität. Ich lege das Smartphone zur Seite und springe aus dem Bett. Mein Herz pocht auf Anschlag, während ich die Tür öffne. Ich versuche, in Bens dunklen Blick die Antworten auf all meine Fragen zu lesen, aber leider verstehe ich seine stumme Sprache nicht.

»Darf ich reinkommen?«, fragt er und sieht kurz nach rechts und links, als wolle er sichergehen, dass ihn niemand beobachtet.

Ich öffne die Tür ganz und lasse ihn herein.

Er setzt sich auf mein Bett und zieht mich zu sich heran.

Ich befreie mich aus seiner Umarmung. Glaubt er wirklich, er kann mit mir umgehen, wie er will? Demonstrativ verschränke ich die Arme vor der Brust.

»Tut mir leid, dass ich heute keine Zeit für dich hatte.« Er senkt den Blick. »Aber ich musste mich um eine private Angelegenheit kümmern.«

»Ach ja? Und was bin ich? Eine berufliche Angelegenheit?« Ich kann den Zorn in meiner Stimme nicht verbergen. »Ich habe schon mitbekommen, dass deine private Angelegenheit ...«, ich setze mit den Fingern Anführungszeichen in die Luft, »... Ronja heißt.« Mein Herz rast.

»Du weißt von ihr?«, fragt er überrascht.

»Sämtlichen Mitarbeitern ist ihr Besuch nicht entgangen. Außerdem ... hier bleibt nichts geheim. Eliza kennt Ronja wohl noch von damals, als du und sie ...«

Er presst die Lippen aufeinander und atmet schwer. »Ich habe nicht erwartet, sie jemals wiederzusehen.«

»War sie es, mit der du neulich telefoniert hast?«

Er nickt. »Ich dachte, wir könnten die Sache telefonisch klären. Dass sie heute hier aufgetaucht ist ...«

»Die Sache?« Ist ihre Schwangerschaft für ihn etwa eine Sache? »Ist dieses Kind ...« Als ich es ausspreche, drückt eine imaginäre Hand meine Kehle zu. »Ich meine ... ist es von dir?«

»Nein!«, antwortet Ben zu meiner Überraschung.

Die unsichtbare Hand lockert ihren Griff. »Ist es nicht?«

»Nein«, bestätigt er erneut mit einem Lächeln.

»Aber warum hast du dann mit ihr telefoniert? Und vor allem, warum ist sie hier?« Ich setze mich neben Ben auf das Bett und verschränke meine Hand in seiner.

»Weil sie nicht weiß, wo sie momentan hin soll. Sie ist vor Kurzem mit dem Vater des Ungeborenen zusammengezogen. Offensichtlich entpuppt sich dieser mehr und mehr als launisch. Er hat sie auch bedroht. Das hat sie mir neulich schon am Telefon erzählt. Gestern Abend hat er sie so laut angeschrien, dass sie befürchtet hat, er würde handgreiflich werden. Sie hatte Angst. Um sich und das ungeborene Baby.«

»Oh, mein Gott, das ist ja furchtbar.«

»Ja, das ist es. Sie hat dann nur die Nacht abgewartet und als er am Morgen zur Arbeit aufbrach, hat sie das Nötigste eingepackt und ist hierhergefahren. Sie wohnt in Rostock, hatte es also nicht weit.«

»Eliza hat gesagt, ihr wärt damals nicht im Guten auseinandergegangen«, sage ich vorsichtig. »Warum kommt sie dann ausgerechnet zu dir?«

Ben schüttelt den Kopf. »Was die Leute immer meinen zu wissen.« Er stößt einen tiefen Laut aus. »Die Erklärung ist: Es hat zwischen uns nicht gepasst. Ronja hat eine Beziehung gesucht und ich eine Affäre.« Er deutet mit dem rechten Daumen auf eine Seite und mit dem Linken auf die andere, bevor er weiter an den Fingern abzählt. »Sie hatte es auf einen reichen Mann abgesehen. Ich suchte im Gegenzug keine Frau, die Angst hat, dass bei der kleinsten Tätigkeit einer ihrer Fingernägel ruiniert wird.«

»Hatte sie dir das so knallhart gesagt?«

Er lacht. »Das mit den Fingernägeln?«

»Nein, ich meine, die Tatsache, dass sie sich mehr für deinen Reichtum interessiert als für dich.«

»Nein, das musste sie gar nicht erwähnen. Ich habe an ihrem Lifestyle erkannt, wie viel Wert sie auf Geld legt. Außerdem hat sie mich mehrfach auf das eine oder andere Schmuckstück hingewiesen, welches ihr gefallen würde.« Er verzieht die Lippen zu einem Strich. »Dabei war von Anfang an klar, dass zwischen uns nicht mehr laufen würde als Sex.«

Als Ben es ausspricht, versetzt es mir einen Stich.

»Weil du Frauen lange Zeit nur als Spielzeug betrachtet hast.« Bin ich wirklich mehr als das für ihn? Ob er sich tatsächlich geändert hat?

»Also, noch mal zurück zu deiner Frage, ob wir im Guten auseinandergegangen sind. Ja, das sind wir. Ich weiß, dass ich ihr damals damit wehgetan habe, als ich ihr deutlich gemacht hatte, dass ich nicht an einer Beziehung interessiert war. Ich hatte ihr jedoch versichert, dass sie jederzeit auf mich zählen könnte, wenn sie Hilfe braucht.«

»Und nun ist sie hier.« Ich starre auf meine Füße, die vom Bett hinunter baumeln. »Wird sie länger bleiben?«

»Keine Ahnung! Ich habe ihr vorhin ein Zimmer gegeben und versprochen, dass sie hier wohnen kann, solange sie möchte.« Er sieht mich bittend an. »Kannst du dich auch ein wenig um sie kümmern?«

»Was verlangst du da von mir? Du willst allen Ernstes, dass ich mich um deine Ex kümmere?« Unverständnis und ein Hauch von Groll keimen in mir auf. »Wie soll ich ihr bitte schön morgen unbefangen gegenübertreten? Soll ich so tun, als wäre ich super happy, der Frau zu begegnen, die mit meinem Freund geschlafen hat?«

32

Am Vormittag bin ich nach dem Gießen des Federgrases auf dem Weg in den Garten.

Auch wenn wir mittlerweile einige Übernachtungsgäste haben, erkenne ich Ronja sofort, als sie in einer unaufgeregten Anmut über den Gang schreitet. Sie ist um Welten attraktiver, als ich sie mir in meiner schlaflosen Nacht vorgestellt habe. Auch wenn ich nicht auf Frauen stehe, zieht sie selbst mich in ihren Bann. Sie trägt ein zartes, cremefarbenes Leinenkleid mit floralen Mustern, das wie eine Brise um ihren schwangeren Körper weht. Der Stoff fließt über ihre Hüften bis hinunter zu den Knöcheln. Auch ihr Gesicht erscheint makellos. Die Haut strahlend, als würde sie vom Licht des Sommermorgens geküsst werden. Ihre Augen leuchten in einem tiefen, warmen Braun, in denen kein Schatten ihrer Erlebnisse der vergangenen Tage zu erkennen ist.

»Guten Morgen«, sagt sie mit einem süßen Lächeln, die Hände auf ihrem Bauch ruhend.

»Hallo«, stammle ich und schiebe mich an ihr vorbei, nicht bereit, mich mit ihr zu unterhalten. *Ich kann nicht, sorry, Ben*, flüstere ich in Gedanken. Schon in der ersten Sekunde unseres Aufeinandertreffens war jegliches Selbstbewusstsein aus meinem Körper geflohen. Neben Ronja kann ich einpacken. Ich stehe optisch nicht mal auf der Stufe unter ihr. Nein, ich möchte beinahe sagen, wenn sie auf der Dachterrasse steht, hocke ich im Keller.

»Entschuldige bitte«, ruft sie mir hinterher.

Ich bleibe abrupt stehen. Im Zeitlupentempo drehe ich mich um. »Ja?«

»Bist du nicht ...?« Sie mustert mich eingehend. »Sorry, Schätzchen. Ich habe deinen Namen vergessen. Aber wenn ich Bens Beschreibungen traue, müsstest du es sein.«

Ich nicke stumm. Warum nennt sie mich *Schätzchen*? Das ist herablassend. Ob sie es auch so meint? Trotzdem gebe ich mir innerlich einen Ruck und setze ein Lächeln auf. »Ich bin Franzi. Und du bist ... Ronja?« Widerwillig strecke ich die Hand nach ihr aus. »Entschuldige, ich war eben total in Gedanken, dass ich gar nicht registriert habe, wem mein Gruß gegolten hat.« Das war zwar eine glatte Lüge, aber was hätte ich bitte schön tun sollen? Alles in mir sträubt sich, mit ihr zu sprechen.

Sie winkt ab. »Macht ja nichts. Sag mal, weißt du, warum der Zimmerservice nicht reagiert? Ich habe vorhin bestimmt fünfmal die Nummer gewählt und niemand ist rangegangen. Eigentlich wollte ich mein Frühstück im Zimmer zu mir nehmen. Jetzt muss ich mich in meinem Zustand unter die mit Bakterien verseuchten Gäste mischen.«

Warum der Zimmerservice nicht reagiert hat, kann ich ihr sagen: weil wir wegen Personalmangel gar keinen haben. Doch ich bleibe stumm. Was soll ich ihr denn antworten? Ich denke an Bens Bitte, mich um sie zu kümmern. »Wenn du noch eine halbe Stunde wartest, ist der Frühstücksraum leer.« Ich werfe einen Blick auf die Uhr. »Das offizielle Frühstück geht nur bis zehn. Wenn du willst, sorge ich dafür, dass du dir später noch etwas bestellen kannst.«

»Wirklich?« Sie strahlt mich an. »Das ist ja toll. Ich hatte in meiner Verzweiflung vorhin bei Ben geklopft und gehofft, dass ich bei ihm frühstücken kann. Aber leider war er nicht in seinem Loft.«

Ruhig bleiben, ganz ruhig bleiben. Ich schiebe die Hände in die Hosentaschen und balle sie zu Fäusten. »Ben ist wahrscheinlich schon am Schreibtisch«, sage ich. Mittlerweile nimmt er es mit dem Job als Hotelchef wirklich ernst. Noch vor ein paar Wochen hätte sie ihn sicher in seiner Shorts und zudem oberkörperfrei in seinem Loft angetroffen. Ich wage nicht, mir auszumalen, wie sie dann über ihn hergefallen wäre. Nicht einen Millimeter traue ich ihr über den Weg. Sie wirkt unehrlich. Oder bilde ich mir nur ein, dass sie auf mich herabsieht? Okay, sie ist auch etwas größer als ich.

***

»Ich mag sie einfach nicht«, gestehe ich Pauline am Abend, als wir gemeinsam auf dem Weg zur Beachbar sind. Es weht ein starker Ostwind und es nieselt. Aus diesem Grund hat unsere Sundowner-Bar heute geschlossen und Jakob steht hinter der Bar im Salon.

»Mir ist Ronja auch etwas überheblich rübergekommen. Keine Ahnung, was Ben damals an ihr gefunden hat. Möglicherweise hatte sie andere Qualitäten.« Erschrocken hält sie sich die Hand vor den Mund. »Entschuldige bitte, Franzi. Wie taktlos von mir.«

»Ach, schon gut. Ich denke ja selbst darüber nach, was Ben an ihr gefunden hat. Vermutlich ist sie wirklich eine Granate im Bett gewesen.« Ich hake mich bei ihr unter. »Lass uns über etwas anderes reden. Zum Beispiel über den weltbesten Halloumi-Burger, auf den ich mich jetzt freue.«

Nach wenigen Minuten Fußmarsch sind wir da und betreten die Beachbar.

»Hey, Ladys.« Der Kellner winkt uns zu. »Sieht man euch auch mal wieder? Wo sind Oliver und Nala?«

»Keine Ahnung. Entschuldige, dass wir so lange nicht da waren. Bei uns war richtig viel los.«

Er lacht. »Verstehe schon. Nachwehen eures Events.« Mit einem feuchten Tuch wischt er über einen frei gewordenen Tisch. »Wollt ihr euch da hinsetzen?«

»Gerne«, sagt Pauline. Wir stecken kurz den Kopf in die Karte, obwohl ich ohnehin weiß, was ich essen will.

Der Kellner nimmt die Bestellung auf und serviert bald darauf die duftenden Burger.

»So lecker«, sage ich mampfend und wische mir die Honig-Senf-Soße aus dem Mundwinkel, deren Zutaten die Angestellten der Beachbar niemals preisgeben würden.

»Wie soll ich nur mit Ronja umgehen?«, frage ich Pauline und seufze. »Erstens kenne ich diese Frau überhaupt nicht. Und zweitens: Sie ist so unsympathisch.«

»Wenn ich einen Gast habe, den ich nicht mag, lächle ich meine Abneigung einfach weg«, sagt Pauline. »Gäste kommen und gehen. Bestimmt bleibt sie nicht lange.«

»Hoffentlich. Wenigstens ist sie nicht von ihm schwanger. Das wäre die reinste Katastrophe gewesen.«

Sie nippt an ihrem Eistee. »Ehrlich gesagt, kann ich mir Ben auch nicht als Vater vorstellen.«

»Ich mir schon«, platzt es aus mir heraus. Meine Wangen werden heiß. »Na ja, irgendwann zumindest«, füge ich rasch hinzu und reibe mir über die Backen.

»Bist du schwer verliebt in ihn?«, fragt sie und legt den Arm um mich.

Ich nicke und seufze. »Ja, schon.«

»Irgendwie war das alles nicht geplant. Am Anfang, da habe ich ihn echt fürchterlich gefunden. Seine ganze Art und so. Aber ehrlicherweise muss ich sagen, dass mich trotzdem vom ersten Tag an irgendetwas an ihm magisch angezogen hat. Verrückt! Und dann hat er immer wieder mit mir geflirtet. Solange, bis ich wie ein zappelnder Fisch in seinem Netz hing.« Ich lache auf.

»Witziger Vergleich. Aber ich verstehe, was du meinst. Manchmal kann man sich nicht gegen die Liebe wehren, obwohl der Verstand es gerne würde.«

»Ist es dir auch schon mal so gegangen?« Ich lehne mich im Stuhl zurück.

»Ja«, murmelt sie. Ihre Finger spielen mit dem Saum ihres Blusenärmels.

»Und was ist daraus geworden?«

»Ich weiß es noch nicht.« Ihre Lippen pressen sich aufeinander.

Ich mache große Augen. »Wie meinst du das? Hast du gerade etwas am Laufen, von dem du mir bisher nichts erzählt hast?«

Sie hebt eine Augenbraue und rutscht auf dem Stuhl hin und her. »Möglicherweise.«

Jetzt bin ich sprachlos. Dass Pauline neben der Arbeit datet, hätte ich nicht für möglich gehalten. »Ist es jemand vom Personal?«

Entrüstet verschränkt sie die Arme vor der Brust. »Nein!« Ihre Augen verengen sich und sie starrt ins Leere. »Ich werde es dir bald verraten, okay?«

»Aber lass mich nicht zu lange warten«, entgegne ich kichernd und boxe sie in die Seite.

»Versprochen.«

»Ich muss dir auch noch etwas erzählen. Ich habe gestern eine E-Mail bekommen.«

Sie legt den Kopf schief. »Von wem?«

»Von einer Eventagentur aus Sydney!«

33

Meine Fingerspitzen kribbeln, so sehr brenne ich darauf, Pauline von meinem großen Traum zu erzählen. Meine Hände sind feucht, während ich ihr über die gestrige E-Mail berichte.

»Und nun habe ich es tatsächlich geschafft. Ich darf für ein Jahr bei einer renommierten Eventagentur in Sydney ein Praktikum absolvieren. Diese Agentur war mein absoluter Favorit unter allen, die zur Auswahl gestanden sind. Sie organisieren nämlich die legendäre *Australian Fashion Week*.«

»Das sind ja überraschende Neuigkeiten. Puh!« Sie fasst sich an die Stirn. »Natürlich finde ich es traurig für mich, wenn du uns verlässt«, sagt sie betrübt, bevor sich ihr Gesicht erhellt. »Aber ich freue mich für dich. Mensch, du drehst sicher vor Freude durch, nicht wahr?«

Ich nicke und grinse breit. »Und wie. Tut mir leid, dass ich bei der Einstellung nichts davon erwähnt habe. Aber ich hatte befürchtet, dass ihr mich nicht nehmen würdet, wenn ihr von meinen Plänen erfahrt.«

Sie nickt. » Ja, zugegeben hätte das sein können. Möglicherweise hätten wir dir abgesagt.« Sie greift nach meiner Hand. »Ehrlich gesagt, bin ich ganz glücklich darüber, dass du es verschwiegen hast.« Sie zwinkert verschwörerisch.

»Ich auch. Sonst hätte ich Ben niemals kennengelernt.« Beim Gedanken an ihn wird mir warm ums Herz.

»Aber sag mal, ziehst du nicht in Erwägung zu bleiben? Wegen Ben? Dass aus euch etwas werden würde, konntest du ja zuvor nicht ahnen.«

Ich gehe kurz in mich und überlege. »Darüber habe ich auch schon nachgedacht. Da ist auf der einen Seite Ben, dem ich von Tag zu Tag näherkomme, auch emotional. Und dann ist da mein großer Traum. Wahrscheinlich würde ich es irgendwann bereuen, wenn ich ihn jetzt platzen lassen würde.«

Sie seufzt. »Ja, vermutlich hast du recht. Du musst es tun.« Theatralisch verzieht sie das Gesicht. »Aber ich werde dich schmerzlich vermissen.«

***

Als wir am späten Abend ins Hotel zurückkehren, verabschiedet Pauline sich in Windeseile von mir, so als hätte sie noch etwas vor. Bestimmt will sie mit ihrem Lover telefonieren oder hat noch ein heimliches Date mit ihm. Ich schmunzle beim Gedanken an ihre Geheimniskrämerei.

Ob ich um die Uhrzeit noch bei Ben vorbeisehen soll? Irgendwie liegt seit Ronjas Ankunft eine dunkle Wolke zwischen uns. Den ganzen Tag über habe ich sie nicht beiseiteschieben können. Warum hat Ben es zugelassen, dass sie uns nun das Sonnenlicht raubt?

Als ich Jakob im Salon zuwinke, entdecke ich Ben. In vertrauter Zweisamkeit sitzt er neben Ronja an einem der Tische abseits der Bar. Vor ihnen brennt eine Kerze, als wäre das ein romantisches Date. Gut, so sieht es abends immer bei uns aus, aber ich ertrage den Anblick nicht. Es fühlt sich wie eine schallende Ohrfeige an. Ich schlucke.

Die beiden haben mir den Rücken zugewandt.

Da sieht Ronja kurz wie zufällig nach hinten in meine Richtung. Hat sie mich entdeckt? Mein Mund ist augenblicklich trocken; wie gebannt starre ich die beiden an. Jetzt beugt Ronja sich zur Seite und schlingt ihren Arm um Bens Schultern. Lachend schüttelt sie den Kopf. Und er? Er lässt sich das Ganze gefallen, als wäre es das Normalste der Welt, dass seine Ex-Affäre sich an ihn heranschmeißt. Fühlt er sich etwa geschmeichelt? Ich schnaube und in meinem Magen grummelt es.

Mit stampfenden Schritten gehe ich auf die beiden zu. Soll ich wirklich eine Szene machen? Doch nun ist es zu spät, um jetzt noch darüber nachzudenken. Ich stehe bereits direkt vor ihrem Tisch.

»Franzi!«, sagt Ben in einem Tonfall, als wäre es ein Wunder, dass wir uns in diesem Hotel über den Weg laufen. Er schiebt Ronja von sich. »Wir haben gerade ...«

Sie lächelt süß und bringt mich damit noch mehr in Rage.

Ich stemme die Hände in die Hüften. »Es interessiert mich nicht, was ihr gerade habt. Das, was mich interessiert, bist du. Warum lässt du es dir gefallen, dass eine andere sich an dich ranschmeißt?« Mit dem Kinn deute ich auf Ronja.

»Du verstehst das falsch.« Er wechselt Blickkontakt mit Ronja.

»Was ist an eurer Vertrautheit bitte schön falsch zu verstehen?« Mit den Fingern fuchtle ich zwischen den beiden hin und her.

»Ronja ist mittlerweile eine gute Freundin geworden. Wir unterhalten uns nur.«

»Nur?«, antworte ich schrill. »Dann lass nicht zu, dass sie ihren Kopf an deine Brust lehnt. Denn reden kann man auch ohne Körperkontakt.« Meine Worte sind so scharf wie die Klinge eines frisch geschliffenen Messers.

Ich richte meinen Rücken gerade und verlasse den Raum.

Schritte hallen hinter mir über den Boden. Ben läuft mir nach. »Franzi, versteh doch ...«

Ich bleibe ruckartig stehen und blitze ihn an. »Nein, ich verstehe nicht. Und ich akzeptiere auch nicht. So gehst du nicht mit mir um.«

Sprachlos verlangsamt er seinen Schritt und bleibt schließlich stehen.

Ohne ihn weiter mit meinen Worten zu bombardieren, laufe ich durch die Lobby. Kaum bin ich im Gang, der zum Personaltrakt führt, lasse ich die Schultern hängen und schlurfe in mein Zimmer. Ich traue Ronja nicht über den Weg. Irgendetwas hat sie vor. Will sie Ben für den Vater ihres ungeborenen Kindes gewinnen? Oder was soll dieser Mist mit der plötzlichen Vertrautheit?

Kaum bin ich in meinem Zimmer, klopft es an der Tür. Es ist Ben. Offensichtlich haben ihn meine Worte nicht davon abgehalten, mir dennoch nachzugehen.

»Was willst du?«, frage ich mürrisch, obwohl ich es ihm insgeheim hoch anrechne, dass er noch einmal das Gespräch mit mir sucht.

»Mit dir reden«, sagt er zerknirscht.

»Ich will allein sein.« Demonstrativ wende ich mich ab.

»Möchtest du nicht«, sagt er liebevoll.

Mist! Er kennt mich wohl doch schon zu gut.

»Komm her.« Aus dem Augenwinkel sehe ich, wie er die Arme ausbreitet.

Ich seufze, wäge ab, was ich tun soll, und schmiege mich schließlich an ihn.

Sanft streichelt er über meinen Rücken und küsst mein Haar. »Es tut mir leid, Franzi, wenn du da etwas missverstanden hast.«

Mein Kopf schnellt in die Höhe. Bevor ich den Mund öffnen kann, spricht er weiter.

»Okay ... ich gebs ja zu. Die Situation muss für dich beschissen gewesen sein. Doch ich habe mir nichts bei der Umarmung gedacht. Und dafür könnte ich mich ohrfeigen. Ich wollte für Ronja da sein, weil sie gerade einiges durchmacht. Dabei habe ich übersehen, dass ich dich mit meinem Handeln verletze.« Er hebt sanft mein Kinn. »Verzeihst du mir?«

»Du verstehst also, dass das keine prickelnde Situation für mich war, euch so vertraut zu sehen?«

»Ja!«, sagt er bestimmt. »Absolut. Ich habe es nur nicht rechtzeitig gerafft. Es wird nicht wieder vorkommen.«

»Danke, Ben!« Ich lächle ihn an. »Danke, dass du mich verstehst.« Ich recke meinen Hals und gebe ihm einen langen, innigen Kuss.

***

Als am nächsten Tag die Sonne wieder vom Himmel scheint, bin ich froh, dass sich auch die dunkle Wolke zwischen Ben und mir aufgelöst hat. Mit einem Lächeln auf den Lippen denke ich an unseren gestrigen Versöhnungssex. Möglicherweise sollten wir öfter streiten.

Den Vormittag verbringe ich hinter der Rezeption am Laptop. Ich ordne Reservierungen für unsere erste kulinarische Ostseereise, wie wir unser Abendevent genannt haben. Als ich damit fertig bin, besuche ich Ben in der Küche, der bereits die ersten Vorbereitungen trifft.

»Na, wie läuft's?«, frage ich und schiebe meinen Kopf über eine Gemüsepfanne auf dem Herd.

Ben ist ganz in seinem Element und hastet zwischen den Töpfen mit geschmorten Hähnchen mit Rotweinsauce und Lammkeule hin und her. »Von meiner Seite aus ist alles gut. Und bei dir? Wie viele Anmeldungen sind für heute Abend eingegangen?« Er schnappt sich ein Messer und schnippelt weiteres Gemüse, das er in die Pfanne gibt.

»Wir sind ausgebucht«, verkünde ich stolz. »Wir sollten ernsthaft überlegen, ob wir Charlotte bei uns einstellen.« Ich lache auf. »Sie schnippt einmal mit den Fingern und schon reißen ihre Follower sich um unsere Angebote.«

»Du hast recht: Sie ist ein echter Glücksgriff für das Greifenberg.«

»Aber es sind auch ein paar Anmeldungen von Leuten eingegangen, die bereits beim Sundowner-Event da waren oder die den Flyer an der Sundowner-Bar entdeckt haben. Das bedeutet, wir bekommen allmählich unsere eigene Stammkundschaft.«

Ben legt das Messer zur Seite und umschließt mich mit beiden Armen. »Auch wenn Charlotte uns momentan enorm hilft, wäre das alles ohne dich nicht möglich.« Er gibt mir einen Kuss. Wie konnte ich nur Zweifel an seinen Gefühlen mir gegenüber hegen? Dass er Ronja gestern einfach hat stehen lassen und zu mir gekommen ist, rechne ich ihm hoch an.

»Du darfst nie wieder von hier weggehen, hörst du?«, sagt er gespielt drohend.

Ich schlucke. Jetzt ist der Zeitpunkt gekommen, ihm von Sydney zu erzählen. Gerade lege ich mir passende Worte zurecht, da wendet Ben sich wieder seinen Vorbereitungen zu.

»Ich muss leider jetzt weiter machen, sonst werde ich nicht fertig.«

Erleichterung mischt sich mit Unbehagen. »Schon gut«, entgegne ich, gebe ihm einen Kuss und gehe wieder nach draußen. Mein Herz ist schwer, wenn ich an das denke, was mir wirklich etwas bedeutet: Ben und Australien! *Verdammt!* Warum kann ich nicht beides haben?

»Was ist denn mit dir los?«, fragt Pauline, als ich sie an der Tür zum Garten treffe.

»Ben! Er hat mir gesagt, dass ich nie wieder weggehen darf«, jammere ich und reibe mir mit beiden Händen übers Gesicht.

Sie klatscht. »Aber das ist doch wunderbar.« Sie beugt sich an mein Ohr. »Das bedeutet schließlich auch, dass er nicht oder zumindest nicht mehr auf diese Miss Sunshine steht.«

Ich kichere. »Guter Name. Hätte von mir sein können.« Dann kräusle ich die Nase. »Behältst du bitte für dich, was ich dir gestern erzählt habe? Er weiß es noch nicht.«

»Dass du demnächst nach Australien gehst? Klar! Bei mir ist dein Geheimnis bestens aufgehoben«, verspricht sie und deutet mit den Fingern das Verschließen ihres Mundes an, so als hätte sie einen Schlüssel in der Hand. »Doch zögere es nicht zu lange hinaus, es ihm zu beichten.«

»Nein, mache ich nicht. Ich wollte es ihm eigentlich gerade sagen, aber ich fürchte, ich muss auf einen günstigen Moment warten.«

Pauline verschwindet im Haus.

Und ich treffe im Garten prompt auf Miss Sunshine. Auf einer unserer gepolsterten Liegen streckt sie ihren makellosen Körper der Sonne entgegen. Ihr geblümter Bikini bietet einen wunderbaren Kontrast zu ihrer gebräunten Haut und der Wölbung ihres Bauches. Wüsste ich es nicht besser, würde ich annehmen, sie würde gerade einen Werbespot für Schwangerschaftsbademode drehen.

Ich betrachte sie eine Weile und suche krampfhaft nach einem Fehler an ihrem perfekten Äußeren. Doch ich finde keinen.

Gerade als ich mich abwenden will, entdeckt sie mich. Sie schiebt ihre Sonnenbrille auf die Stirn. »Hallo. Wie war noch mal dein Name?«

»Franziska«, sage ich. Gleichzeitig grummelt es in meinem Bauch. Wieso kann sie sich meinen Namen nicht merken, zumal sie ihn sowohl von Ben als auch von mir erfahren hat?

»Bist du so lieb und bringst mir ein Ingwerwasser? Ich habe schrecklichen Durst.« Als sei sie kurz vor dem Dehydrieren, fasst sie sich mit einer gequälten Miene an die Stirn.

Hol's dir selbst, will ich maulen, halte mich jedoch zurück. »Natürlich«, sage ich und laufe in die Küche.

Ben rührt in einer Soße, die den kompletten Raum in einen würzigen Sahneduft einhüllt.

»Ich hol nur schnell für Ronja etwas zu trinken.«

»Danke, dass du dich um sie kümmerst«, ruft er mir zu und widmet sich erneut der Soße.

Mit dem Glas in der Hand marschiere ich wieder nach draußen und überreiche es ihr.

Sie japst: »Merci. Ich war dem Verdursten nahe.«

Gerade will ich mich abwenden, da hebt sie den Zeigefinger. »Richtest du bitte noch die Lehne nach oben?«

Zähneknirschend erfülle ich ihren Wunsch.

»Herrlich, wie sich alle hier um mich kümmern«, flötet sie.

Am liebsten würde ich mich erkundigen, wen sie außer mir noch zu ihrem Sklaven ernannt hat, aber beiße mir auf die Zunge. »Kann ich sonst noch etwas für dich tun?«, frage ich übertrieben freundlich und schmunzle innerlich über mein Schauspieltalent.

»Das könntest du in der Tat«, sagt sie und hebt eine ihrer perfekt gezupften Augenbrauen in die Höhe. »Halte dich von Ben fern.«

34

Ich kneife die Augen zusammen, bevor ich Ronja anstarre, unfähig auf ihre Worte zu reagieren. Habe ich richtig gehört? Ich soll mich von Ben fernhalten?

Die Wut kocht in mir hoch. Ich stemme die Hände in die Hüften und öffne den Mund, nur um ihn im Anschluss gleich wieder zu schließen.

»Was glotzt du mich so an, wie ein Stier, dem man ein rotes Tuch vor die Nase hält?« Ein spöttisches Lächeln umspielt ihre Lippen, während ihre Augen amüsiert aufblitzen.

Ich schnaube. »Was erlaubst du dir eigentlich?« Am liebsten würde ich sie an ihren perfekt gestylten Haaren packen, sie zu Boden reißen und ihr das Make-up von den Wangen kratzen. »Ich habe dir eine Frage gestellt!«, brülle ich, weil sie nur belustigt mit ihren Mundwinkeln zuckt.

»Du möchtest wissen, was ich mir erlaube?« Sie gähnt, als wäre das die langweiligste Frage aller Zeiten. »Gar nichts. Ich will dir klarmachen, dass Ben sich nicht mehr für dich interessiert. Vielleicht hat er es dir noch nicht so deutlich gesagt. Vermutlich möchte er dich nicht verletzen. Was ihn wirklich ehrt. Doch ich versichere dir, seit ich hier aufgekreuzt bin, hat er nur Augen für mich.«

»Hat er dir das gesagt?«, frage ich scharf.

»Dass er nur Augen für mich hat?« Sie lacht auf.

»Nein«, raune ich. »Ich meine, dass er sich nicht mehr für mich interessiert.«

»Das muss er nicht sagen, Schätzchen. So etwas spürt eine Frau wie ich.« Sie mustert meine abgetragenen Turnschuhe. »Hast du schon Mal was von *In Blicken lesen* gehört? Oder lernt man das nicht in der Baumschule?« In ihren Augen blitzt Spott.

Was für eine Frechheit. Wie kann sie so mit mir reden? Ich hebe den Finger und mache ein paar Schritte auf sie zu. »Mir hat Ben zumindest gesagt, dass er dich nur aus Mitleid hier wohnen lässt.«

Sie hebt die Augenbrauen. »So? Hat er das? Das hat sich gestern Abend ganz anders angehört ... angefühlt.« Provokant streichelt sie mit ihren feingliedrigen Händen an den Armen auf und ab.

»Er war nach eurem Treffen im Salon noch bei mir. Also erzähl mir hier keinen Schwachsinn«, schreie ich in einer Lautstärke, die vermutlich im gesamten Garten zu hören ist.

»Ach ja?« Sie zieht die Augenbrauen in Richtung Stirn. »Dann habe ich mich wohl im Tag geirrt.« Sie fährt sich mit der Hand über den Bauch und macht einen Schmollmund. »Wenn erst einmal das Kind da ist ...«

»Es ist nicht euer Kind«, brülle ich und zittere vor Wut.

»Habe ich das behauptet?«

Bevor weitere verletzende Worte aus ihrem Mund sprudeln, drehe ich mich um und haste mit Tränen in den Augen ins Haus. Dort bleibe ich auch für die kommenden Stunden. Auf keinen Fall will ich diesem falschen Luder noch einmal über den Weg laufen. Was bildet sie sich ein?

***

Unsere kulinarische Ostseereise kommt enorm gut bei den Gästen an. Ben hat sich ganz nach meinen Erwartungen als hervorragender Koch erwiesen. Er hat ein fantastisches Menü gezaubert, sodass einige der Gäste sich sofort für das folgende Event in der kommenden Woche angemeldet haben.

Als ich am späten Abend zusammen mit Nala und Pauline in der Küche die letzten gespülten Gläser in den Schrank räume, plappern meine Kolleginnen munter durcheinander. Nur ich schaffe es nicht, mich am Gespräch zu beteiligen. Mir schwirrt noch das Streitgespräch vom Nachmittag mit Ronja im Kopf herum. Nachdem Ben sich mir gegenüber weiterhin wie mein Freund verhält, gehe ich davon aus, dass sie absichtlich gegen mich arbeitet. Natürlich könnte ich ihm von der Unterredung berichten, aber ich will darüberstehen. Schließlich hat Ben mir gestern Abend klipp und klar gesagt und gezeigt, dass ich seine Nummer eins bin und er Ronja nur aus Mitleid hier wohnen lässt.

Ich puste Luft durch den offenen Mund. Wenn sie nur wieder von hier verschwinden würde und wir unser altes Leben zurückbekämen.

***

In den kommenden beiden Tagen gehe ich Ronja bewusst aus dem Weg. Wie ein Dieb schleiche ich durch die Gänge oder den Garten und halte die Augen nach ihr offen. Das Wetter ist zu kühl, um im Bikini draußen zu liegen. Manchmal braucht es eben etwas Glück. Und das ist heute auf meiner Seite.

»Hey, Franzi, hast du Pauline gesehen?« Charlotte steht mit einem schicken weißen Hosenanzug an der Rezeption, wo ich gerade neue Eventideen ausarbeite.

»Nein, leider nicht.« Ich sehe auf die Uhr, als Pauline um die Ecke kommt.

Sie lächelt, als sie Charlotte sieht. »Grüß dich. Wie gehts?«

»Alles in bester Ordnung«, erwidert Charlotte mit einem Zwinkern. »Hast du mal eine Minute?« Sie blickt über Paulines Schulter, so als wäre es ihr unangenehm, ihr Anliegen vor mir auszusprechen.

»Warte, ich komme mit nach draußen«, schlägt Pauline vor.

Ich wende mich wieder meiner Arbeit zu. Ben sitzt im Büro hinter der Rezeption und pfeift. So kenne ich ihn gar nicht. Irgendwie werden alle hier immer merkwürdiger.

Eine Parfümwolke schwebt um die Ecke, gefolgt von Ronja. »Hallo, Franziska! Sag Ben, dass ich ihn sprechen will.« Von oben sieht sie auf mich herab.

Ich ringe nach Worten und möchte sie ignorieren.

»Worauf wartest du?«, keift sie.

Ich atme tief ein, werfe ihr einen *Wenn-Blicke-töten-könnten-Blick* zu und gehe zu Ben ins Büro. »Ronja will dich sprechen.«

Sofort springt er auf, so als hätte er den ganzen Tag auf ein Lebenszeichen von ihr gewartet.

Einatmen. Ausatmen. Ruhig bleiben.

»Ronja, was gibts?« Er schlendert mit einem Lächeln auf sie zu. Die Vertrautheit zwischen den beiden schmerzt wie ein Nadelstich.

Ich will nicht lauschen und höre doch jedes Wort.

»Hast du Lust, heute Nachmittag mit mir einen Kinderwagen auszusuchen?«

Mein Kopf schnellt in die Höhe.

Mit einem süßen Lächeln, bei dem ich einen Würgereiz unterdrücke, sieht sie ihn an. Über seine Schulter hinweg wirft sie mir einen vielsagenden Blick zu.

Ich sehe rasch weg und gebe vor, in meine Arbeit vertieft zu sein. In Wirklichkeit ist jede Faser meines Körpers angespannt. Nun antwortet Ben. Er murmelt so leise vor sich hin, als dass ich es verstehen könnte.

»Weißt du, ich kann es kaum erwarten, dass dieser kleine Mensch in unser Leben tritt.« Sie plappert in einer Lautstärke, als würde sie es darauf abzielen, dass man sie selbst vor dem Hotel noch hören kann.

Mein Blick schnellt erneut zu den beiden hinüber. Alles in mir brodelt, droht jeden Moment überzukochen. Um nicht laut loszubrüllen, greife ich nach einem leeren Papier und zerknülle es.

Ronja streichelt über ihre Wölbung, bevor sie Bens Hand nimmt und ebenfalls auf ihren Bauch legt.

Ich werfe das Papier mit voller Wucht auf die Schreibtischplatte, was nahezu geräuschlos bleibt und einzig und allein dazu dient, mich abzureagieren.

»Ronja, bitte lass das!«, sagt Ben scharf. »Halte dich etwas zurück.«

Ich atme auf. Endlich weist er sie in die Schranken.

»Aber nicht doch. Das Kleine kann dich hören«, säuselt sie. »Laute Töne tun dem Baby nicht gut.«

Ich kann mir das nicht länger geben und stürme ins Büro. Ben sagt irgendetwas, doch ich vernehme nur Wortfetzen, die ich nicht zusammensetzen kann. Die Bürotür fällt hinter mir ins Schloss. Hektisch reiße ich das Fenster auf und schnappe nach Luft. Ich fasse es nicht, wie Ronja alles dafür tut, Ben einzuwickeln. Was, wenn sie es eines Tages doch schafft? Ob Ben überhaupt bemerkt hat, dass ich ebenfalls an der Rezeption war?

Wenn er jetzt hier hereinkäme und fragen würde, was los sei, würde ich ihm womöglich den Tacker an den Kopf knallen.

Resigniert sacke ich auf den Drehstuhl und lasse die Schultern hängen. Warum ist Ronja nur hier aufgetaucht? Es war doch gerade alles so perfekt. In meinem Kopf schwirren so viele Fragen herum. Wie soll es mit Ronja in seinen Augen weitergehen? Wird sie hierbleiben, wenn das Baby da ist? Soll Ben den liebenden Daddy spielen, egal ob er es ist oder nicht?

Hat Anne sich ebenfalls so gefühlt, als Bens Vater sich gegen sie entschieden hat? War seine Mutter möglicherweise bereits mit Ben schwanger und der Vater hat sich deshalb von Anne getrennt?

Meine Fragen werden immer mehr und ich habe das dringende Bedürfnis, sie zu klären. Mit einem Satz springe ich von meinem Stuhl auf. Ich werde Ben und Ronja jetzt gemeinsam zur Rede stellen. Egal, wie die Antwort lauten wird, ich muss endlich Klarheit haben.

Das ist das Einzige, was mir helfen kann, aus dem Gedankenkarussell auszusteigen.

Energisch reiße ich die Tür auf.

35

Ich treffe weder Ben noch Ronja in der Lobby an. Stattdessen ist Pauline wieder an der Rezeption und hat ein seltsames Lächeln auf den Lippen.

»Wo ist Ben?«, frage ich scharf.

»Ich glaube, er ist mit Ronja in die Tiefgarage. Ich bin den beiden gerade begegnet, als ich ...«

»Ich fasse es nicht«, schnaube ich und schlage die Fäuste auf den Tresen.

Paulines Lächeln erstirbt und sie legt mir die Hand auf die Schultern. »Beruhige dich, Franzi.«

»Wie soll ich mich bitte schön beruhigen, wenn Ronja offensichtlich alles daransetzt, Ben und mich auseinanderzubringen?« Ich reiße die Hände in die Höhe. »Oder zumindest versucht, ihn zurückzugewinnen?« Drohend fuchtle ich mit dem Finger in der Luft herum. »Ich sags dir, die Geschichte wiederholt sich gerade.«

»Wovon redest du?« Paulines Augenbrauen ziehen sich zusammen, aber sie setzt sofort wieder ihr Lächeln auf, als zwei Urlauber die Lobby betreten. Während Pauline mit ihnen spricht, wippe ich unruhig mit den Füßen auf und ab und zähle die Minuten. Als die beiden in ihr Zimmer verschwinden, klingelt das Telefon und Pauline nimmt eine Reservierung entgegen.

Na wunderbar, denke ich, obwohl es genau genommen großartig ist, dass die Gästezahlen allmählich wieder steigen.

Endlich legt Pauline auf. »Wo waren wir stehen geblieben?«

»Ich habe gesagt, dass die Geschichte sich gerade wiederholt.«

Pauline kräuselt die Stirn.

»Die Geschichte von Anne.« Ich tippe mir mit dem Zeigefinger auf die Brust. »Nur, dass ich nun Anne bin. Anne hat damals alles für das Hotel gegeben, als sie in Bens Vater verliebt war. Und jetzt ... jetzt bin ich an der Reihe. Ich habe mir den Allerwertesten aufgerissen, damit die Gästezahlen wieder steigen.« Tränen schießen in meine Augen und ich blinzle sie weg. »Es ist, als hätte ich alles gegeben, wäre bei einem zweihundert Meter Sprint auf der Zielgeraden und dann ... Dann stolpere ich und falle auf die Schnauze. Jetzt, wo Ronja hier hereinspaziert ist und so tut, als wäre sie die Chefin höchstpersönlich, fühlt es sich so an, als sei hier kein Platz mehr für mich.«

Pauline legt den Arm um meine Schultern. »Wie bei Anne.«

»Ja! Auch sie war abgeschrieben, als Bens Vater seine Mutter kennengelernt hat.« Ich wische mir die Tränen aus dem Gesicht. »Ben gibt sich zwar Mühe. Doch warum verbringt er dann ständig Zeit mit Ronja?« In mir herrscht das blanke Chaos.

»Du bist eine selbständige und starke Frau, Franzi.«

»Ich weiß. Doch warum fühle ich mich so schwach?«

»Solche Momente haben wir alle mal.« Sie reicht mir ein Papiertaschentuch aus der Box unter dem Tresen.

Ich versuche, positiv zu denken und klammere mich an all das, was ich aus eigener Kraft geschafft habe: Ein großartiges Event auf die Beine zu stellen; den begehrten Praktikumsplatz in Sydney zu ergattern. Nun muss ich mein Ziel weiterverfolgen, unabhängig von den Menschen, die mir meinen Weg erschweren oder mich in den emotionalen Abgrund werfen wollen. Ich darf nur nicht an das denken, was mein Herz in Stücke reißt.

Pauline ist mit weiteren Gästen beschäftigt.

Ich vervollständige in der Zwischenzeit die Gästeliste für die kommende kulinarische Ostseereise. Heute herrscht hier ein Treiben wie auf dem Jahrmarkt. Wir kommen nicht dazu, unser Gespräch fortzusetzen.

Wenn Ben zurück zu Ronja geht, war er es nicht wert, dass ich ihm mein Herz geschenkt habe. So viel steht fest. Ich will ihm gar nicht unterstellen, dass er es nicht versucht hat, sich von einem Player in einen treuen Boyfriend zu verwandeln. Doch vermutlich kann niemand sich von Grund auf ändern.

Seufzend fahre ich nach getaner Arbeit den Computer herunter und winke Pauline zu, als ich die Rezeption verlasse.

In meinem Zimmer setze ich mich an den Tisch und lese mir die Einladungs-E-Mail aus Sydney noch einmal ganz durch. Im nächsten Schritt muss ich mich um das Visum kümmern.

Ich stütze meinen Kopf in die Hände und sehe aus dem Fenster – direkt auf den Müllcontainer. Obwohl dieser Anblick genau zu meiner aktuellen Stimmung passt, schließe ich die Augen. Ich sehe mich im Geiste am Hamburger Flughafen stehen, mit zwei dicken Koffern im Schlepptau. Mama schenkt mir eine letzte Umarmung, bevor ich die Reise nach Australien antrete. Allein bei dem Gedanken daran, wie ich am Kingsford Smith International Airport in Sydney aus dem Flugzeug steigen und australische Luft einatmen werde, kommen Glücksgefühle in mir auf. Mein neues, aufregendes Leben liegt vor mir. Ich werde angesagte Modeschauen und die *Australian Fashion Week* mitorganisieren. Ein Lächeln wandert über meine Lippen. Meine Vorfreude könnte nicht größer sein. Darauf will ich mich nun konzentrieren. Das allein zählt. Das triste Leben hier an der Ostsee hat schließlich nichts mit meinem Traum von der weiten Welt zu tun. Das hier ist nur eine Zwischenstation. Mehr nicht.

Ich öffne die Augen und blicke auf meine To-do-Liste. Nachdem ich sie durchgelesen und geprüft habe, was ich vor meiner Abreise erledigen muss, mache ich mich auf einen Spaziergang. Die Hoffnung, dass Ben sich heute noch mal bei mir meldet, habe ich aufgegeben. Denn mittlerweile ist es zwanzig Uhr. Bestimmt sitzt er gerade mit Ronja in einem Restaurant und bespricht die gemeinsame Zukunft. Oder schlimmer: Sie sind in seinem Loft und genießen die sanfte Musik, die Ben zur Beruhigung des ungeborenen Babys auf Spotify herausgesucht hat. Und dann kommen wie aus dem Nichts verloren geglaubte Gefühle bei ihm auf.

Ich atme schwer und schiebe alle negativen Gedanken energisch beiseite.

Mit einer leichten Jacke über den Schultern gehe ich durch die halbdunkle Lobby. Pauline ist nicht mehr an der Rezeption.

Ich verlasse das Hotel, nehme den Weg in Richtung des Strandes bis zum sandigen Dünenpfad. Mit einem kräftigen Atemzug sauge ich die Meeresbrise tief in meine Lungen. Der Wind weht mir mit einer angenehmen Kühle um die Nase, während ich die Hände in den Jackentaschen vergrabe. Als ich an der Beachbar vorbeikomme, leuchten mir die bunten Lampions entgegen. Mit energischen Schritten lasse ich sie hinter mir zurück.

Ich komme an dem Restaurant vorbei, wo Ben damals die Fahrradriksha für uns ausgeliehen hat. Wehmütig schlendere ich um das Haus herum. Und tatsächlich steht sie einsam und verlassen da, als würde sie auf uns warten.

Die Erinnerungen schmerzen in meinem Inneren. Eine nach der anderen rauscht durch meinen Kopf, als wollten sie mich quälen.

Das Smartphone klingelt. Ich ziehe es aus der Jackentasche und sehe aufs Display. Es ist Ben. Ich klicke ihn weg. Immerhin hat er es in den vergangenen Stunden auch nicht für nötig gehalten, ein Lebenszeichen von sich zu geben. Es ist gleich zwanzig Uhr dreißig. Wenn er mich jetzt anruft, bedeutet das wahrscheinlich, dass Ronja nicht mehr bei ihm ist. Erleichtert atme ich auf. Oder wollte er mir nur mitteilen, dass er heute Abend keine Zeit mehr hat? Sollte ich ihn zurückrufen?

Da ploppt eine WhatsApp-Nachricht auf:

Wo bist du?

Ohne darüber nachzudenken, antworte ich:

Ich bin unterwegs. Wir sehen uns morgen.

Ich stelle das Smartphone auf lautlos.

Mit den Händen in den Jackentaschen spaziere ich am Dünenpfad entlang. Je weiter ich mich von Heiligendamm entferne, desto weniger Spaziergänger begegnen mir.

Am Strand entdecke ich ein Pärchen, das Hand in Hand an der Wasserkante steht und auf die Ostsee sieht. Ihr gemeinsam ausgerichteter Blick hat für mich etwas Symbolisches. Wie wunderbar muss es sich anfühlen, zusammen in die gleiche Richtung zu sehen.

Dieses Bild der beiden fasziniert mich. Die traumhafte Hintergrundkulisse der Ostsee ist einfach magisch. Ich hole mein Smartphone aus der Jackentasche, um ein Foto davon zu schießen. Nachdem das Paar mir den Rücken zugewendet hat, habe ich kein schlechtes Gewissen, die mir unbekannten Leute abzulichten.

Als ich abdrücke, stehen sie noch immer Hand in Hand da. Die Ruhe und Verbundenheit, die ich selbst von hier oben spüre, berühren mich. Im Hintergrund küsst die untergehende Sonne die Ostsee und bietet einen fabelhaften Kontrast zu den sich bildenden Schatten.

Nachdem ich ein paar Fotos geschossen habe, zoome ich die Bilder groß. Zufrieden betrachte ich die Aufnahmen.

Da durchzuckt es mich wie bei einem Stromschlag. Ich ziehe die eine Person noch größer und erkenne den blonden Kurzhaarschnitt.

Pauline!

Das gibt es doch nicht. Nichtsahnend habe ich Pauline und ihr geheimes Date fotografiert. Ein Kribbeln wandert durch meine Fingerspitzen. Mit wem steht sie dort im Sonnenuntergang?

Als ich die zweite Person größer zoome, reiße ich den Mund auf. »Nein!«, rufe ich aus, schüttle den Kopf und lache. »Das gibt es ja nicht.«

36

Endlich weiß ich, in wen Pauline heimlich verliebt ist.
Charlotte!
Darauf wäre ich nie im Leben gekommen. Mein Herz klopft vor Aufregung ein paar Takte schneller, aber auch, weil ich mich für die beiden freue. Was für eine zauberhafte Liebesgeschichte, die die zwei da erleben. Und ich habe sie hautnah mitbekommen, ohne es zu ahnen. Ich grinse breit, als mir all die Kleinigkeiten einfallen, denen ich zuvor keine große Bedeutung beigemessen hatte. Die zaghaften Blicke, Paulines Übereifer, den sie bei Charlottes Besuchen an den Tag legte. Nicht zuletzt Charlottes Wunsch, hierherzuziehen. Jetzt ergibt jede noch so unwichtige Belanglosigkeit einen Sinn.

Mittlerweile haben sich die beiden voneinander gelöst und stehen sich gegenüber. Pauline schlingt ihre Arme um Charlotte; diese nimmt Paulines Gesicht zwischen ihre Hände. Was nun folgt, ist ein langer, intensiver Kuss. Als sie sich loslassen, strahlen sie sich an. Das ist Liebe. Diese Art von Liebe, die sich über Grenzen hinwegsetzt, die keine Unterschiede kennt, die einfach passiert, wenn zwei Menschen zueinanderfinden. Charlotte, die bekannte Reisebloggerin und Pauline, die Empfangsdame des Hotels. Ich lächle. Es ist wie in einem Traum. Einem, der für die beiden wahr geworden ist.

Sie sind nicht weniger unterschiedlich als Ben und ich. Ob auch wir eine Chance auf unser Happy End haben, obwohl ich nach Australien gehen werde? Vielleicht ist es naiv, vielleicht verrückt – aber in diesem Moment weiß ich, dass alles möglich ist. Wenn zwei Herzen zueinanderfinden, ist kein Ozean zu weit, keine Konkurrenz zu stark, keine Herausforderung unüberwindbar. Die Liebe beweist, dass es immer einen Weg gibt. Ich recke die Arme in den Himmel, lache und atme die Freiheit ein, die mir meine neu gewonnene Erkenntnis schenkt.

Pauline und Charlotte haben mich nicht entdeckt und ich will sie nicht weiter stören. Mit Zuversicht und einem Herz voller Liebe drehe ich mich um und trete den Heimweg an.

***

Als ich zurück in meinem Zimmer bin, poltert es an meiner Zimmertür.

»Franzi, bist du da drin?«

Ben! Sofort hämmert mein Herz vor Freude. Ich habe ihm so viel zu sagen. Mit einem Lächeln im Gesicht öffne ich ihm.

Er stürmt ins Zimmer und schlägt die Tür hinter sich zu.

Ich zucke zusammen, zunächst überrascht und dann alarmiert von seinem finsteren Blick.

»Wie lange wolltest du es vor mir geheim halten?«

»Wovon redest du?«

»Australien. Du gehst nach Australien«, sagt er und in seinen Augen blitzt die Wut.

»Woher weißt du?« Ich schlucke, doch sofort wird mir klar, dass er diese Neuigkeit nur von Pauline haben kann. Wieso hat sie ihr Versprechen gebrochen? Warum hat sie mein Geheimnis nicht für sich behalten? Zumal ich sie sogar darum gebeten habe. Ich selbst würde niemals auf die Idee kommen, ihr derart in den Rücken zu fallen und das, was ich über Charlotte und sie herausgefunden habe, in die Welt hinauszuposaunen.

Ihr Verrat trifft mich mit voller Wucht und ich stütze mich rücklings an der Wand ab. Wie konnte ich sie derart falsch einschätzen?

Ben ballt die Hand zur Faust. Anstatt mir eine Antwort zu geben, schüttelt er den Kopf. »Und ich habe gedacht, es könnte etwas Ernstes zwischen uns werden. Dabei bist du in Gedanken schon längst nicht mehr hier.« Er lacht spöttisch.

»Hör zu ... Ich wollte es dir sagen ...«

»Wann?«, fällt er mir ins Wort. »An deinem Abreisetag?« Er verschränkt die Arme vor der Brust.

»Nein. Ich habe nur nach einem günstigen Zeitpunkt gesucht. Weißt du, Australien ist schon so lange mein Traum. Ich hatte dir ja bereits davon erzählt, dass ich eigentlich gleich nach dem Studium dorthin wollte.«

»Ja, das hast du. Jedoch nicht, dass es immer noch dein Plan ist.« Der Punkt geht an Ben. In der Tat habe ich das verschwiegen. Doch ich hatte keine böse Absicht dahinter.

»Ich habe erst vor ein paar Tagen erfahren, dass es klappt. Ich hatte beinahe nicht mehr daran geglaubt.«

Meine Hände zittern und ich fahre mir nervös durch die Haare. »Ich habe es Pauline anvertraut und sie hat mir eigentlich versprochen, es niemandem zu erzählen.« Ich senke den Blick und meine Stimme kippt. »Dass sie es nun doch getan hat und mir damit die Chance genommen hat, selbst mit dir zu sprechen, macht mich zugegeben fassungslos. Weißt du, seit ich hier bin und dich kennengelernt habe ...« Ich sehe zu ihm auf.

Ben starrt mich einen Moment lang an, während die Wut aus seinen Augen weicht.

»Seitdem habe ich damit gehadert, ob ich nicht doch bleiben soll.« Ich sehe zur Tür, als ob Ronja davorstehen würde. »Aber seit einiger Zeit frage ich mich, ob ich wirklich meinen großen Traum aufgeben darf.«

»Warum nicht?«, blafft er.

»Kannst du dir die Antwort nicht selbst geben?« Ich presse meine Fingerspitzen gegen die kühle Wand.

»Nein«, erwidert er. Seine Augen wirken in diesem Moment besonders dunkel.

Ich verschränke die Arme vor der Brust. »Ronja! Seit sie hier aufgetaucht ist, ist es zwischen uns nicht mehr so, wie es war.«

»Blödsinn«, tut er meine Sorge mit einer vernichtenden Handbewegung ab. »Nur weil ich mich ein wenig um sie kümmere, bedeutet das doch nicht, dass sich zwischen uns beiden etwas verändert hat. Das haben wir doch neulich schon besprochen.«

»Das heißt es vielleicht nicht, aber es hat etwas verändert. Das spüre ich.« Ich klopfe mit der Faust auf mein Herz. »Hier drinnen. Und ich bin mir deiner mit einem

Mal nicht mehr sicher. Immerhin warst du es, der mir gesagt hat, dass er nichts von festen Beziehungen hält.«

»Das war, bevor ich dich besser kannte.«

»Und warum sollte sich deine Grundeinstellung nun geändert haben?«

»Keine Ahnung.« Er weicht meinem Blick aus und starrt aus dem Fenster.

»Du erinnerst dich sicher an unser Gespräch damals während des Candle-Light-Dinners am Strand.«

Er dreht den Kopf in meine Richtung und hebt eine Augenbraue.

»Damals hast du mich gefragt, was das zwischen uns sei. Ich konnte dir darauf keine Antwort geben. Auch du hattest sie nicht.« Ich hole tief Luft. »Und heute formuliere ich die Frage um: Was bedeutet dir unsere Beziehung? Liebst du mich?« Ich habe Angst vor seiner Antwort und mein Herz schlägt unangenehm gegen die Brust.

Er reibt mit der Hand über sein Kinn.

»Liebst du mich?«, wiederhole ich und gehe einen Schritt auf ihn zu.

»Liebe ... Liebe ... Das ist ein großes Wort«, windet er sich heraus. Er macht eine ausladende Handbewegung und verdreht die Augen.

»Ja, das ist es. Und? Tust du es?«

»Meine Güte, Franzi«, raunt er. »Was erwartest du von mir?«

Meine Augen füllen sich mit Tränen, die ich wegzublinzeln versuche. »Was ich von dir erwarte? Das willst du wirklich wissen?« Ich presse die Lippen aufeinander, die unkontrolliert zittern. Rasch wende ich mich ab und hole ein Papiertaschentuch aus der Nachttisch-schublade. Verstohlen wische ich mir über die Augen und schnäuze hinein. »Lass es gut sein, Ben. Deine fehlende Antwort ist alles, was ich wissen muss. Ich würde jetzt gerne allein sein.« Ich öffne die Tür und deute ihm den Weg nach draußen.

Er sieht mich nicht noch einmal an, sondern verschwindet wortlos.

37

Was soll ich überhaupt noch hier? Diese Frage stelle ich mir, seit ich am Morgen aufgestanden bin. Immerhin gibt es in diesem Haus mindestens drei Leute, denen ich am liebsten nie wieder begegnen würde. Doch Ben, Ronja und Pauline aus dem Weg zu gehen, ist nahezu unmöglich. Schließlich ist das hier nicht das Grand Hotel, indem man sich aufgrund seiner bombastischen Größe nur selten über den Weg läuft.

Den Besuch in der Personalküche spare ich mir. Ich habe weder Lust auf Small Talk noch auf fragende Blicke, wenn die Kollegen meine verquollenen Augen registrieren.

Doch als alle bereits bei ihrer Arbeit sind, hole ich mir dort einen Apfel, den ich in mich hineinschlinge.

Als ich später den Rasen mähe und im Anschluss die Terrasse kehre, sehe ich durch die Fensterscheiben Ben, der zusammen mit Ronja im Frühstücksraum sitzt. Die Vertrautheit, die zwischen ihren Blicken herrscht, schmerzt mich so unfassbar, dass ich den Besen aufstelle und mir die Hand auf den Brustkorb lege. Wie lange soll ich mir dieses Spiel noch ansehen? Ben hat mir klipp und klar gesagt, dass er mich nicht liebt. Gut, so hat er es nicht ausgedrückt, aber er konnte es zumindest nicht bestätigen. Das sagt mir alles.

Doch jetzt nach Hamburg zurückzukehren und kurzfristig nach einem anderen Job zu suchen, macht ebenso wenig Sinn. Bevor ich mich eingearbeitet hätte, müsste ich wieder kündigen. Das wäre meinem neuen Arbeitgeber gegenüber unfair. Also werde ich mich zusammenreißen und meine Arbeit hier tun, für die ich bezahlt werde.

Um meine Gedanken zu bekräftigen, kehre ich energischer als zuvor. Als ich einen weiteren Blick in den Frühstücksraum werfe, ist es nicht mehr Ronja, die Ben gegenübersitzt, sondern Pauline. Die Mundbewegungen der beiden und ihre Gesten bestätigen, dass sie angeregt diskutieren. Was haben sie zu bereden?

Nach einer Weile, in der ich immer wieder zu ihnen hinübersehe, lächelt Ben und umfasst Paulines Hände. Selbst die Verbundenheit, die zwischen diesen beiden herrscht, tut mir weh.

***

»Ich muss dir unbedingt ein paar Neuigkeiten erzählen«, sagt Pauline, als wir uns später in der Lobby über den Weg laufen. Sie grinst verschmitzt. »Eine davon hat mit Charlotte zu tun.« Auf ihren Lippen tanzt ein verliebtes Lächeln. Hätte ich die beiden gestern nicht zusammen gesehen, wüsste ich spätestens jetzt darüber Bescheid.

»Ich habe keinen Nerv für Tratsch.«

Sie weicht zurück. »Okay!« Abwehrend hebt sie die Hände. »Die eine Nachricht kann warten. Die andere jedoch nicht«, startet sie einen weiteren Versuch, mir ihre Neuigkeiten aufzuzwingen. »Hat Ben es dir schon gesagt?«

»Was?«, antworte ich knapp. Warum versteht sie nicht, dass ich keine Lust habe, mit ihr zu sprechen?

»Dass sich hier bald einiges ändern wird.« Ihre Augen blitzen vor Freude auf.

Mir wird übel und ich schnappe nach Luft. Wenn sich hier bald einiges ändern wird, kann das nur mit Ronja zusammenhängen. Obwohl ich unbedingt die Neuigkeiten erfahren will, schreit irgendetwas in mir. Wie viel Wahrheit verkrafte ich noch?

»Hör zu, Pauline«, raune ich. »Wie du weißt, bin ich bald nicht mehr da. Eure gemeinsam ausgeheckten Änderungen interessieren mich nicht mehr.«

»Gut. Wie du meinst.« Sie runzelt die Stirn. »Bist du sauer?«

Ich mache einen Schritt auf sie zu. »Wenn du schon fragst: Ja, bin ich. Und zwar auf dich.«

Ihre Augen weiten sich, als hätte ich in einer anderen Sprache gesprochen. »Aber warum denn?«, stammelt sie.

»Weil du mich verraten hast. Wie konntest du nur?« Ich wende mich von ihr ab und will gehen, aber sie hält mich am Ärmel zurück.

»Ich hab keinen Schimmer, wovon du sprichst.«

Wütend blitze ich sie an. »Du erinnerst dich also nicht daran, dass du mein Geheimnis mit Australien für dich behalten solltest?«

»Doch, klar erinnere ich mich. Hab ich ja auch.«

»Ach ja?«, keife ich lauter als beabsichtigt. »Und warum weiß Ben dann davon?«

»Keine Ahnung. Von mir hat er die Information jedenfalls nicht.«

»Ich habe es niemandem außer dir erzählt«, stelle ich energisch klar.

»Ich kann mich nicht erinnern, auch nur ein Sterbenswörtchen von mir gegeben zu haben.«

»Dann muss es dir wohl in einem unbedachten Moment rausgerutscht sein.«

»Nein, auf keinen Fall.« Sie hebt Zeige- und Mittelfinger in die Höhe. »Ich schwöre. Von mir hat er es nicht erfahren.«

Völlig verwirrt wende ich mich ab. Von wem sollte Ben es denn wissen, wenn ich mit niemandem sonst gesprochen habe? Ich fasse mir mit beiden Händen an den Kopf, in dem meine Gedanken durcheinander wehen, wie Blätter im Sturm. Klares Denken ist unmöglich.

***

In den kommenden Tagen arbeite ich starr vor mich hin. Nicht mal mit dem neuen Kollegen vom Zimmerservice und der Hilfe im Frühstücksraum wechsle ich große Worte. Ich habe mich ihnen kurz höflich vorgestellt und das war es dann auch. Wenn Ben und ich uns begegnen, grüßen wir uns steif und sehen im Anschluss unbeholfen in eine andere Richtung.

Am Spätnachmittag trommelt Ben uns im Frühstücksraum zusammen. Ich erinnere mich noch gut an unsere letzte Zusammenkunft dort, wo wir mit Feuereifer das Sundowner-Event gemeinsam geplant haben. Seitdem ist viel geschehen.

Argwöhnisch halte ich nach Ronja Ausschau. Mein Magen dreht sich dabei um und verknotet sich zugleich. Doch ich habe keine Chance, der Personalversammlung zu entfliehen. Schließlich ist sie verpflichtend für alle Mitarbeiter.

»Schön, dass ihr es möglich gemacht habt, zu kommen.« Ben sieht in die Runde. Dabei verfangen sich unsere Blicke kurz ineinander. »Ich habe eine Neuigkeit zu verkünden.« Er wirkt steif und angespannt. *Bitte nicht*, schreit es in mir. Stellt er Ronja nun als die neue Chefin des Hauses vor? Habe ich die Kraft, das zu hören? Werden alle Kollegen mich hinterher mitleidig anstarren und mir über den Rücken streicheln? Auf keinen Fall werde ich die Geschichte von Anne wiederholen und nur einen einzigen Tag mehr in diesem Hotel bleiben, wenn sich bewahrheitet, was mein Innerstes längst spürt. Was ich nur nicht verstehe, ist, dass Ronja nicht an Bens Seite ist.

»Vielleicht hat der eine oder andere von euch es bereits bemerkt.« Erneut sucht er mit jedem der Mitarbeiter Blickkontakt. »Ein Hotel zu leiten, gehört nicht zu meinen Lieblingsaufgaben.«

Was wird das? Will er das Hotel verlassen? Womöglich hat Ronja ihn dazu genötigt. Ich verschränke die Arme vor der Brust und wage kaum, zu atmen.

Er reibt sich die Hände. »Also Leute, kurz gesagt: Wir haben eine neue Hotelmanagerin.« Mit einem Lächeln sieht er zu Pauline und streckt den Arm aus. »Pauline wird ab sofort dieses Hotel leiten.«

Mit offenen Mündern starren alle auf Ben. Auch ich bin völlig perplex.

»Wirklich?«, platzt es aus Eliza heraus. Nala hält sich am Tisch fest und Oliver schüttelt den Kopf.

»Du verlässt uns, Ben?«

»O nein«, jammert Jakob. »Jetzt, wo wir uns so gut verstehen.«

Ben geht zu ihm und legt ihm die Hand auf die Schulter. »Das finde ich auch – und deshalb werden wir beide zukünftig enger zusammenarbeiten.«

Jakob sieht zu ihm auf.

»Ich habe nämlich viel mehr Spaß, zu kochen und unsere Gäste mit erlesenen Speisen zu verwöhnen.« Er blickt mir in die Augen. »Das habe ich dank Fr...« Er räuspert sich. »Dank des Sundowner-Events und unserer kulinarischen Ostseereise erkannt. Deshalb werde ich zukünftig das Restaurant leiten, Chef des Frühstücksservices sein und jeden Abend für die Gäste kochen.« Bedeutungsschwanger schweift sein Blick durch den Raum. »Was ihr noch nicht wisst, ist, dass ich eine Ausbildung als Koch abgeschlossen habe.«

»Wirklich?« Ein begeistertes Raunen geht durch den Raum.

»Und du möchtest tatsächlich das Restaurant wiedereröffnen?« Nala hüpft auf und ab. »Das klingt ja großartig.«

»Ja. In vier Wochen, wenn wir alle Vorkehrungen getroffen haben, Pauline und das neue Personal einigermaßen eingearbeitet sind, soll es losgehen.«

»Super!«

»Fabelhaft.«

Zustimmende Worte dringen aus allen Ecken, die in ein Klatschen übergehen.

Erleichterung macht sich in mir breit. Ich stimme in das Klatschen mit ein. Zugegeben, sein Mut, etwas Neues zu wagen, ist bewundernswert. Vermutlich hat er diesen Schritt zusammen mit Pauline schon einige Zeit geplant. Darum ist es also in ihren geheimen Besprechungen gegangen.

Auch wenn das mit Ben und mir vorbei ist, muss ich doch anerkennend sagen, dass er sich verändert hat. Anstatt das Hotel aufzugeben, hat er darum gekämpft. Er hat nach Lösungen gesucht, wie er das Hotel und seine Leidenschaft miteinander in Einklang bringen kann. Offensichtlich ist ihm das gelungen. Dass auch ich einen nicht unerheblichen Anteil dazu beigetragen habe, ist mir bewusst. Schließlich habe ich ihn immer darin bestärkt, dass er seinen Traum, Koch zu sein, nicht aufgeben darf. Unfassbar, dass er es nun tatsächlich durchzieht.

Als sich die Versammlung allmählich auflöst, fasse auch ich mir ein Herz und gehe zu den beiden hinüber. »Glückwunsch, Ben«, sage ich. »Ich finde es toll, dass du den Mut aufgebracht hast, dein Ziel zu verfolgen.«

»Danke, Franzi.« Die Sanftheit in seinen Worten fühlt sich wie ein warmer Sommerregen auf meiner Haut an – unangenehm und doch irgendwie schön.

Ich habe Mühe, mich von seinen dunklen Augen abzuwenden und strecke Pauline förmlich die Hand entgegen. »Auch dir wünsche ich das Allerbeste für deine neue Aufgabe.« Kurz drücke ich sie an mich, aber die gewohnte Vertrautheit zwischen uns bleibt aus. Eine dicke Mauer trennt uns.

38

Nach der Versammlung gehe ich an den Schreibtisch hinter der Rezeption und prüfe die Reservierungen für die kommende Yoga-Stunde. Meine Gedanken schweifen zu Bens Verkündung, zu Pauline und …

Die Eingangstür fliegt auf und ein Mann um die dreißig stürmt in einem gepflegten Anzug durch die Lobby. Ein schwarzer Hartschalenkoffer rumpelt ihm an seiner Hand hinterher.

Nachdem Pauline noch nicht wieder an ihrem Platz zurück ist, trete ich an den Tresen. »Guten Tag! Haben Sie ein Zimmer reserviert?«

Sein Blick ist dunkel und die Kiefermuskeln mahlen, als müsse er sich zwingen, nicht laut loszuschreien. »Nein, ich habe kein Zimmer reserviert«, murrt er.

Als ich mich über den Tresen beuge und auf den Koffer blicke, winkt er mit der Hand ab.

»Das ist nicht meiner.« Er sieht mich vorwurfsvoll an, als würde er erwarten, dass ich hellseherische Fähigkeiten besitze.

Einatmen. Ausatmen. »Okay! Wie kann ich Ihnen dann helfen?« Irgendwie ist dieser Kerl seltsam.

Er räuspert sich und scannt die Lobby mit seinem Blick ab. »Ich suche Ronja. Ronja Becker.«

Ich bekomme Schnappatmung. Nistet Ronja sich nun tatsächlich komplett hier ein und dieser Mann liefert ein weiteres Gepäckstück? In mir schreit alles: *Nein!* Doch ich bleibe professionell und beiße die Zähne zusammen. Mit zittrigen Fingern nehme ich den Telefonhörer zur Hand und wähle die Nummer von Ronjas Zimmer.

»Sie hebt nicht ab«, sage ich, nachdem es einige Male geklingelt hat.

Mit der Hand fährt er durch sein blondes Haar, fahrig, rastlos. »Wann kommt sie zurück?«

Woher soll ich das bitte schön wissen? Ich bin nicht ihr Kindermädchen, will ich ihn anblaffen. »Das weiß ich leider nicht.«

Ratlos starrt er auf den Koffer. »Geben Sie ihr den hier«, fordert er.

Entgeistert sehe ich den Mann an, als würde er mich zwingen, meine Hand in eine Schüssel voller Mehlwürmer zu stecken.

»Nein!«, entgegne ich bestimmt und mein Herz klopft auf Anschlag. Ich werde nicht zulassen, dass Ronja sich für immer hier einquartiert. Das sage ich zwar nicht laut, aber wenn er noch eine Minute länger hier stehen bleibt, brülle ich es heraus. Ich lasse die Schultern sinken. *Das alles geht dich nichts an,* flüstert eine leise Stimme in mir. *Wenn Ben es zulässt, ist es seine Sache.* Tränen steigen mir in die Augen und ich blinzle sie weg.

Er fährt sich erneut durch die Haare und seine Finger schließen sich fester um den Griff des Koffers. »Ich kann diesen Krempel auch nicht brauchen.« Sein Blick geht ins Leere.

Moment mal! Ich betrachte den Mann genauer. »Sind Sie etwa der Kerl, wegen dem Ronja Rostock von einer Minute auf die andere verlassen musste?«, platzt es aus mir heraus.

»Wir haben zusammengewohnt, ja.«

Auch wenn ich sie nicht leiden kann, kocht die Wut nun ungehindert in mir hoch, als ich den Vater des Kindes – der sie so mies behandelt hat – vor mir stehen sehe. »Sie haben Nerven. Sie trauen sich wirklich hierher?« Ich stemme die Hände in die Hüften.

»Sehen Sie mich nicht so an, als wäre ich ein Schwerverbrecher. Das bin ich nämlich nicht«, blafft er.

Hastig wische ich mir über die Wangen, atme tief durch und hebe das Kinn. Ich gehe um den Rezeptionstresen herum und stehe nun direkt vor ihm. Drohend fuchtle ich mit meinem Zeigefinger vor seiner Nase herum. »Wenn Sie nicht sofort dieses Hotel verlassen, rufe ich die Polizei.«

»Sind Sie verrückt?« Kopfschüttelnd hebt er die Hände. »Was habe ich denn getan?«

»Sie haben Ronja bedroht. Wäre sie nicht von selbst gegangen, dann ...«

»Ich habe was, bitte?«, unterbricht er mich und kneift die Augen zusammen.

»Ihretwegen ist Sie aus Rostock geflohen und hat hier Zuflucht gesucht. Und Sie wagen es tatsächlich, hierherzukommen?« Ich mache einen weiteren Schritt auf ihn zu.

Der Mann lacht sarkastisch auf. »Das ist der beste Witz aller Zeiten. Das hat sie Ihnen wirklich erzählt?« Er schüttelt den Kopf. »Ich habe sie ganz sicher nicht bedroht.« Sichtlich getroffen presst er die Lippen aufeinander. »Fünf verdammte Monate hat sie mich belogen. Hat behauptet, das Baby wäre von mir.« Seine Stimme bebt vor Zorn. »Dabei hat sie die ganze Zeit gewusst, dass ich nicht der Vater bin.«

Was redet er da?

»Als ich es herausgefunden hatte, habe ich ihr eine Woche gegeben, aus meinem Haus zu verschwinden.« Er streckt seinen Zeige- und Mittelfinger in die Höhe. »Ich schwöre, dass ich sie weder bedroht noch angefasst habe.« In seinen Worten schwingt so viel Aufrichtigkeit, dass jegliche Zweifel mit einem Wimpernschlag weggeblasen sind. Oder ist er ein Blender?

»Bitte glauben Sie mir.« Er starrt in den Boden. »Ich habe mich so sehr auf das Baby gefreut.«

»W-wer ist der Vater?«, stottere ich.

»Ein ehemaliger Arbeitskollege.« Ungläubig schüttelt er den Kopf. »Sie wollte mir glaubhaft machen, dass er nur eine Affäre war. Dabei kenne ich den wahren Grund. Der Typ hat nicht genügend Kohle, um ihr anspruchsvolles Leben und das des Babys zu finanzieren.« Er zuckt mit den Schultern. »Und ich hätte ihr all das geben können.«

Ich schlage die Hand vor den Mund. »Sagen Sie wirklich die Wahrheit?«

**

Die Luft hier unten ist kalt und es riecht nach Beton und Motoröl. Schon eine halbe Stunde gehe ich mit geballten Fäusten in der Tiefgarage auf und ab. Ich habe herausgefunden, dass Ronja mit ihrem Auto unterwegs ist. *Verdammt! Wann kommt sie zurück?*

Ich lehne mich an einen grauen Pfeiler. Das Klopfen meines Herzens ist das einzige, was ich hier unten höre.

Dann – endlich Motorengeräusch.

Vom Scheinwerferlicht geblendet trete ich zur Seite. Tatsächlich sitzt Ronja hinter dem Steuer eines schwarzen Audi.

Als sie aussteigt, schlägt ihr Mantel um ihre schlanken Beine.

»Hallo, Ronja«, sage ich kühl.

Sie zuckt zusammen. »Huch! Musst du mich so erschrecken?« Ihre Augen funkeln.

Mit schnellen, bestimmten Schritten verkürze ich den Abstand zwischen uns.

Ronja öffnet die Kofferraumklappe und zieht eine Babytragetasche hervor. Triumphierend grinst sie mich an. »Ist die nicht süß? Sie wird Ben sicher gefallen ...«

»Ich will, dass du von hier verschwindest«, sage ich mit fester Stimme, ohne Zweifel an meinen Worten.

Sie lacht laut auf. »Guter Witz. Vielleicht solltest du das ja machen.«

»Ich weiß, was du getan hast.«

»Oh, das klingt ja spannend. Beinahe so wie dieser Film. Wie hieß der noch mal?«

Mit der flachen Hand schlage ich auf das Dach des Autos. »Ich mache keine Witze.«

»Dann benimm dich bitte nicht so albern.« Mit einem Blick in den Kofferraum sagt sie: »Du kannst meine Tasche nach oben tragen, damit du hier nicht länger so untätig herumstehst.«

Obwohl ich sie anschreien will, bemühe ich mich, ruhig zu bleiben. »Dein Ex-Freund war hier. Er hat mir alles erzählt. Du hast ihn belogen und betrogen.« Ich schüttle mit dem Kopf. »Er hat dich weder bedroht noch angefasst.«

Kurz zögert sie, bevor sie selbstgefällig lächelt. »Hat er das behauptet?«

»Ja!«

Sie verdreht die Augen, aber ihre Finger krallen sich fester um den Träger ihrer Handtasche. »Und wenn schon.«

Ich trete näher, sodass nur noch ein Spalt zwischen uns bleibt. »Du gibst es also zu?« Mit einem Schulterblick sehe ich auf den Koffer, den ich an der Säule abgestellt habe. »Den soll ich dir von ihm geben.« Ohne ihre Reaktion abzuwarten, hole ich ihn und verfrachte ihn im Kofferraum.

Ronjas Augen weiten sich. »Hey, was machst du da?« Ob sie allmählich realisiert, dass ich nicht spaße?

»Ich helfe dir beim Packen. Du verschwindest nämlich jetzt von hier.«

Sie zerrt an meinem Ärmel. »Und was, wenn nicht?«

»Dann werde ich Ben alles erzählen, was ich heute erfahren habe. Dass du ihn eiskalt belogen hast und seine Gutmütigkeit ausnutzen wolltest. Notfalls ...« Ich ziehe eine Visitenkarte aus meiner Hosentasche. »... kann er deinen Ex-Freund anrufen und die Geschichte nochmals aus seinem Mund hören.«

»Du bist wirklich hinterhältig.«

»Das sagst mir ausgerechnet du?« Ich blicke auf meine Armbanduhr. »Der Countdown läuft ab jetzt. Wenn du in einer Stunde nicht von hier verschwunden bist, erfährt Ben die Wahrheit über dich und deine Lügengeschichten.«

***

Ich gebe vor, als würde ich mich mit der Blumendekoration in der Lobby beschäftigen. Meine Finger sind eiskalt vor Anspannung. Mein Blick wandert immer wieder zur Aufzugtür. Mein Herz schlägt jedes Mal schneller, wenn er sich in Bewegung setzt. Einmal ist er bereits am Erdgeschoss vorbeigerauscht und in den Keller gefahren. Sofort bin ich in die Tiefgarage gelaufen, um zu prüfen, ob es Ronja war. Doch ihr Auto stand nach wie vor an seinem Platz.

Wird sie gehen? Oder hat sie sich von meinen Worten nicht beeindrucken lassen?

Der Countdown läuft. In zehn Minuten werde ich Ben über ihre Lügengeschichten aufklären.

Ein sanfter Klang ertönt. Die Aufzugtür öffnet sich und Ronja tritt heraus.

Mein Herz stolpert unangenehm bei ihrem Anblick.

Über der Schulter trägt sie ihre Handtasche, ein Koffer rollt hinter ihr her. Ihre Haltung ist aufrecht, ihr Gesicht ausdruckslos. Als ihr Blick auf meinen trifft, sehe ich für den Bruchteil einer Sekunde den unausgesprochenen Zorn.

Sie geht direkt zur Rezeption. »Ich möchte Ben sprechen«, sagt sie zu Pauline.

Pauline nickt und klopft an seinem Büro.

Als Ben heraustritt und Ronja entdeckt, legt sich seine Stirn in Falten.

»Ben«, haucht Ronja. Allein dieses eine Wort klingt so falsch, dass sich die feinen Härchen an meinen Armen aufstellen. »Ich wollte mich nur verabschieden. Danke für alles, was du für mich getan hast.«

»Du gehst?« Er kneift die Brauen zusammen.

Ein trauriges Lächeln umspielt ihre Lippen. »Ja ... ich habe mit ihm geredet. Wir haben uns versöhnt. Es war ein Missverständnis. Ich werde zu ihm zurückgehen. Das Baby braucht Mutter ... und Vater.«

Ich reiße mich zusammen, um nicht laut loszulachen. Die Lüge kommt so glatt über ihre Lippen.

»Okay! Das freut mich für euch. Ich hoffe, du hast dich nicht erneut in ihm getäuscht.«

»Ganz sicher nicht.« Ronja drückt ihn noch einmal, dann dreht sie sich um und spaziert wieder in Richtung Aufzug. Als sie an mir vorbeigeht, hält sie kurz inne. Unsere Blicke treffen sich. Ihre Augen sind kühl – als würde sie darauf warten, dass ich etwas sage.

Doch ich schweige. Ich hebe nur leicht das Kinn und sehe ihr direkt in die Augen.

Als sich die Aufzugtür hinter ihr schließt, erfasst mich ein seltsames Gefühl. Keine Euphorie, kein Triumph. Ich kann es nicht beschreiben, was es ist. Doch ich atme auf.

39

Seit über einer Woche gehe ich allen aus dem Weg. Wie viel mir meine Kollegen bedeuten – nicht zuletzt Ben und Pauline – wird mir mit jedem Tag klarer. Das unsichtbare Seil, das uns miteinander verband, gibt mir nicht mehr den Halt, über den ich mir zuvor gar nicht bewusst gewesen bin. Meine Kollegen sind nach wie vor nett zu mir – besonders Nala und Jakob suchen den Kontakt zu mir –, aber ich gehöre nicht mehr dazu, fühle mich nicht mehr dazugehörig.

Am Abend eines arbeitsreichen Tages, an dem ich mit Ben wieder nur das Nötigste gesprochen habe, zähle ich im Geiste die Fakten auf: *Wir sind kein Paar – okay. Ich werde nicht mehr lange hier sein – check. Er liebt mich nicht und ich muss mit der Situation klarkommen – na gut.* Doch dass wir uns jetzt wie Fremde anschweigen und damit die Stimmung in der Belegschaft belasten, ist nicht in Ordnung. So kann es nicht zwischen uns weitergehen.

Also fasse ich mir ein Herz und warte unruhig vor dem Aufzug, der mich in den dritten Stock bringen soll. Ob Ben überhaupt in seinem Loft ist? Seit dem Nachmittag habe ich ihn nicht gesehen.

Als die Aufzugtür sich öffnet und ich gerade einsteigen will, stoße ich auf Eliza, die einen Wäschewagen aus dem Aufzug schiebt. »Hallo, Franzi. Wohin denn zu so später Stunde?«

Ich räuspere mich. »Ich muss kurz zu Ben.«

Sie zwinkert. »Viel Spaß!«

Als der Aufzug Stockwerk für Stockwerk nach oben fährt, hämmert mein Herz gegen die Brust. *Meine Güte bin ich nervös.* Ich knete die Hände und lege mir ein paar Worte zurecht. *Nur nicht ausflippen.* Wir sollten wie zwei erwachsene Menschen miteinander reden. Hoffentlich gibt er mir die Chance dazu. Vor seinem Loft atme ich noch einmal tief durch, bevor ich dreimal klopfe. Von drinnen dringt leise Musik an mein Ohr. Nach einer Weile höre ich Schritte.

Ben öffnet die Tür und starrt mich an, als hätte ich ihn beim Fremdgehen ertappt. Seine Wangen werden rot.

»Hallo, Ben«, sage ich und erinnere mich an mein Anliegen. »Darf ich reinkommen?« Ich mache einen Schritt auf ihn zu, aber er schiebt die Tür weiter zu, dass nur noch sein Kopf zu sehen ist. Seine Haare sind verwuschelt.

Mein Blick erstarrt und es läuft mir eiskalt über den Rücken.

Ich öffne den Mund, um ihn danach gleich wieder zu schließen.

»Es ist gerade schlecht.« Kurz sieht er über seine Schulter in den Raum hinein.

»Du hast Besuch?«, frage ich und meine Stimme kippt.

Er nickt und starrt in den Boden. Die Situation ist ihm sichtlich unangenehm.

Ich schnappe nach Luft. »Entschuldige bitte, dass ich gestört habe«, stammle ich und mache auf dem Absatz kehrt. Ohne noch einmal zurückzusehen, laufe ich den

Gang entlang. Tränen schießen mir in die Augen. Mein Atem geht flach, die Beine sind zittrig.

»Franzi, bitte! Warte!« Ben hechtet mir hinterher. Als er mich eingeholt hat, rutscht ihm das Handtuch von den Hüften.

Ich starre auf seinen nackten Körper. Rasch wende ich den Blick ab und drücke auf den Aufzugknopf.

Hastig bückt er sich nach dem Handtuch und schlingt es sich erneut um.

»Warum hast du das getan?« Der Schmerz droht mich zu erdrücken.

»Es ist nicht das, was du denkst«, stammelt er.

Die Aufzugtür öffnet sich und ich trete rückwärts hinein, den Blick noch immer auf ihn gerichtet. »Dann sag mir, was es ist.«

Er öffnet den Mund – aber nichts kommt. Die Türen gleiten zu, und mit ihnen alles, was wir einmal waren. Spätestens jetzt habe ich erkannt, dass es niemals ein *Wir* gab und es niemals eines geben wird.

Hatte ich vorhin noch die leiseste Hoffnung, dass wir uns aussprechen würden und er letzten Endes doch erkennen würde, dass wir zusammengehören, ist jeglicher Funken nun erloschen. Ich hätte es wissen müssen. Ben ist nach wie vor ein Fuckboy – und er wird es immer bleiben. Wie gut, dass ich es noch rechtzeitig bemerkt habe.

In meinem Zimmer knalle ich die Tür zu und falle bäuchlings auf mein Bett. Das Licht des Müllsammelplatzes wirft Schatten in den Raum.

Ich vergrabe das Gesicht in meinen Armen. Mit bebenden Schultern schluchze ich hemmungslos. Meine

Finger krallen sich in die Laken, auf der Suche nach etwas Halt in diesem Moment völliger Hilflosigkeit. Gleichzeitig komme ich mir so naiv vor. Ben hat mir doch klar gesagt, dass er mich nicht liebt. Ich hätte wissen müssen, dass ich ihm nicht mehr bedeute als eine Affäre. Trotzdem lag die Hoffnung in mir, dass es anders ist. Ich streiche einige Haarsträhnen zurück, die an meinen feuchten Wangen kleben und greife in der Nachttischschublade nach einer Packung Papiertaschentücher. Ich schnäuze, als ein neuer Schwall heißer Tränen über mich hereinbricht.

***

Ich schlage die verklebten Wimpern auf und drehe mich mit schmerzendem Rücken im Bett um. Samt Jeans und Pullover bin ich gestern eingeschlafen. Ich bin wie gerädert. Zum ersten Mal, seit ich hier bin, spiele ich mit dem Gedanken, mich krankzumelden. Ich setze mich im Bett auf und halte gähnend die Hand vor den Mund. Im Badezimmer werfe ich einen Blick in den Spiegel, was ich besser nicht hätte tun sollen. Dunkle Augenringe feiern einen Tanz mit meinen strähnigen Haaren. Ich sehe beschissen aus.

Nachdem ich mich nach einer heißen Dusche immer noch elend fühle, rufe ich an der Rezeption an. Mittlerweile haben wir eine neue Kollegin dort, nachdem Pauline die meiste Zeit im Büro verbringt und sich von Ben einarbeiten lässt.

»Hallo, hier spricht Franzi«, melde ich mich. »Tut mir leid, ich muss mich heute krankmelden.«

Bevor die Rezeptionistin etwas entgegnen kann, lege ich auf und krieche in mein Bett zurück. Ich ziehe die Decke bis an mein Kinn und möchte nur noch schlafen. Stattdessen schießen mir erneut Tränen in die Augen.

***

Ich weiß nicht, wie lange ich schon in meinem Bett liege und die Zimmerdecke anstarre. Die Tränen sind versiegt und in mir herrscht unfassbare Leere. Um mich abzulenken, scrolle ich in meinem Smartphone durch die Fotos. Ich sehe die Bilder von Pauline und Charlotte, einige vom Sundowner-Event und schließlich die, die ich zusammen mit Ben bei unserem Strandausflug geschossen habe. Damals hatte ich schon geahnt, dass mir eines Tages nicht mehr von Ben bleiben würde als die Erinnerung. Doch als mir dies nun erneut bewusst wird, überkommt mich eine neue Welle des Schmerzes und die Tränen schießen mir in die Augen. Es dauert eine gefühlte Ewigkeit, bis ich mich halbwegs von meinem erneuten Weinkrampf erholt habe.

Bestimmt ist es bereits Mittag. Mein Magen knurrt. Auf Zehenspitzen schleiche ich mich aus dem Zimmer und husche über den Gang zur Personalküche. Das Glück ist auf meiner Seite, und ich begegne niemandem. In Windeseile schmiere ich mir zwei Käsebrote und nehme sie auf einem Teller mit in mein Zimmer.

Kaum habe ich fertig gegessen, klingelt das Telefon auf dem Nachttisch. Ich wische mir über den Mund und hebe ab. »Hallo?«

»Ich bins, Ben«, meldet sich die mir so vertraute Stimme am anderen Ende der Leitung.

Kurz wäge ich ab, wieder aufzulegen, aber schließlich ist er mein Chef. Also entscheide ich mich dagegen.

»Du bist krank, hat man mir ausrichten lassen.«

»Ja«, entgegne ich matt und warte schon auf eine Standpauke.

»Ich will dich auch gar nicht lange stören, wenn es dir nicht gutgeht.«

Es geht mir deinetwegen nicht gut, möchte ich am liebsten schreien, bleibe jedoch stumm. »Warum rufst du an?«, krächze ich stattdessen.

Er räuspert sich. Obwohl ich ihn nicht sehen kann, bin ich mir sicher, er fährt sich gerade mit der Hand über das Kinn. »Können wir gegen Abend, wenn ich hier mit meiner Arbeit fertig bin, vielleicht miteinander reden?«

»Wozu?«

»Weil es einiges zu klären gibt.«

»Aber ich bin krank.«

»Meinetwegen.« Er hat mich durchschaut.

Was habe ich noch zu verlieren? Ich atme durch. »Gut! Wann und wo?«

»Komm um neunzehn Uhr in mein Loft, okay?«

»Können wir uns nicht auf neutralem Boden treffen? Zum Beispiel an der Bar?«

»Nein. Neunzehn Uhr in meinem Loft.« Er legt auf.

Sprachlos starre ich den Hörer an. Was will er denn noch von mir? Eines steht fest: Die Stunden bis zum Abend werden quälend langsam vergehen.

40

Ben öffnet mir die Tür. Gekleidet mit einem weißen Hemd und einer Jeans steht er vor mir. Das Lächeln auf seinen Lippen schafft es nicht, seine Augen zu erreichen. »Komm rein«, sagt er und macht die Tür weiter auf.

Wie ferngesteuert folge ich ihm und nehme auf einer neuen, modernen Eckcouch Platz, die ich noch nicht kenne.

»Wie du siehst, richte ich mich gerade neu ein«, erklärt er, als er meinen fragenden Blick bemerkt. »Du hattest völlig recht, dass ich mein eigenes Leben führen muss, und nicht das meiner Eltern. Und dazu gehört auch, diese spießige Einrichtung auszutauschen.« Er deutet auf die anderen altmodischen Möbelstücke, die weiterhin das Loft dominieren. Sein Blick ist stolz, fast herausfordernd, als wolle er eine Reaktion aus mir herauskitzeln.

»Respekt!«, sage ich, bemüht, meine Stimme neutral zu halten. Innerlich kämpfe ich mit widersprüchlichen Gefühlen. Es ist großartig, dass er dazugelernt hat – zumindest ein klein wenig. Doch meine Anspannung bleibt, jede Faser meines Körpers ist auf Alarmbereitschaft. Warum bin ich hier? Was will er wirklich von mir? Ein unangenehmes Kribbeln breitet sich in meiner Brust aus, meine Gedanken überschlagen sich.

Ich verschränke die Arme, mehr zum Schutz als aus Trotz. »Aber deswegen wolltest du mich sicher nicht sprechen, oder?« Meine Stimme klingt kühler, als ich es beabsichtigt hatte, doch ich kann den leisen Zweifel nicht verbergen.

Er reibt sich das unrasierte Kinn und geht nicht auf meine Frage ein. »Willst du was trinken?«

»Gerne. Ein Wasser.«

Ben stellt es auf den Couchtisch und ich nippe daran. Nicht weil ich Durst habe, sondern weil ich irgendetwas tun muss. Immerhin werde ich von Minute zu Minute nervöser.

»Ich weiß nicht, wo ich anfangen soll«, sagt er nun und setzt sich an das andere Ende der Couch.

»Am besten von vorn.« Ich presse die Lippen aufeinander und starre auf meine Hände.

»Um von vorn anzufangen, sollte ich dir vielleicht ein Geschenk geben.«

Ich blinzle irritiert, während er aufsteht.

Ohne zu zögern, geht er zum Sideboard und öffnet eine Schublade. Er zieht ein quadratisches Paket heraus und reicht es mir. »Machs auf.«

Wortlos ziehe ich an der Schleife und entferne das Klebeband. Zum Vorschein kommt ein buntes Notizbuch. Ich wende es zwischen meinen Händen. »Was ...«

»Schau rein.«

Ich blättere zur ersten Seite und lese das mit geschwungener Handschrift geschriebene Wort *Tagebuch*. »Du schenkst mir ein Tagebuch?«

»Als du an deinem ersten Tag hier in deinem roten Mantel ins Hotel spaziert bist, kam es mir vor, als würdest du die Sonne mitbringen«, sagt er und geht damit gar nicht auf meine Frage ein.

Ich öffne den Mund und bin sprachlos.

»Doch damals kam ich mit meinen Gefühlen nicht klar. Ich habe es nicht gelernt, sie zu zeigen. Ja, ich hatte sogar Angst davor. Wie du bereits weißt, habe ich mich deshalb lieber in flüchtige Affären gestürzt. Einfach, weil ich nicht fähig war, eine Beziehung zu führen.«

»Warum erzählst du mir das, Ben?« Mein Mund wird staubtrocken. »Und vor allem ... was hat das mit dem Tagebuch zu tun?«

»Ich habe angefangen, alles aufzuschreiben. Weil du mich vom ersten Augenblick an fasziniert hast, ich aber selbst nicht damit klargekommen bin.«

Ich schlage die nächste Seite auf und lese.

Liebe Franzi,
ich erinnere mich noch gut an unsere erste Begegnung. Du standest in der Lobby – neugierig, voller Energie. So, als würdest du jeden Winkel in dich aufsaugen. Deine Präsenz verunsicherte mich von Anfang an, also fragte ich dich herablassend, ob du ein Zimmer suchen würdest. Doch dein Blick – ruhig und durchdringend – traf mich. Deine ersten Worte: Hat dir eigentlich schon mal jemand Anstand beigebracht?, faszinierten mich. Ich wusste sofort, dass du anders bist als andere Frauen. Nicht nur schön, sondern auch stark. Ich habe viele Frauen kennengelernt. Aber du? Du brachtest mich in Sekunden aus dem Konzept. Und unsere erste Unterhaltung? Die habe ich gründlich vermasselt.

»Das hast du damals aufgeschrieben?«

Ben schüttelt den Kopf. »Nein, ich habe mir das Notizbuch gekauft, als wir beide uns schon nähergekommen waren. Ich musste irgendwie meine Gedanken und Gefühle sortieren und habe deswegen unsere Geschichte von Anfang an aufgeschrieben. Mit dem, was zwischen uns passiert ist, kam ich nicht zurecht und war mit meinen Gefühlen allein. Hatte niemanden zum Reden. Während des Schreibens habe ich mich mehr und mehr kennengelernt.«

Ich senke den Kopf und lese den zweiten Eintrag:

Dein Lachen erfüllte den Raum, und doch war es, als würde es nur mir gehören. Du hast mich gereizt. Ungemein. Ich habe ernsthaft über eine Affäre mit dir nachgedacht. Etwas Unverbindliches. Um dich zu spüren, um das zu bekommen, was ich haben wollte. Schließlich bin ich für Beziehungen nicht geschaffen. Doch mein Bauchgefühl hat geschrien, dass das nicht genug sein würde. Es ist, als wüsste ich, dass ich nicht mehr von dir loskomme, wenn ich mich erst auf dich eingelassen habe.

Mittlerweile pocht mein Herz auf Anschlag und meine Hände werden feucht. Wie wird sein Tagebuch enden?

»Du fragst dich sicher, wie es weitergeht«, spricht Ben meinen Gedanken aus. Er beißt sich auf die Unterlippe. »Das alles kannst du nachlesen, denn ich habe jedes unserer Erlebnisse hier drin festgehalten.« Er legt seine Hand auf das Buch und unsere Fingerspitzen berühren sich leicht.

Am liebsten würde ich jetzt zu dem Teil mit Ronja weiterblättern. Ob er dazu auch etwas aufgeschrieben hat? Stattdessen sehe ich ihn mit festem Blick an. »Was steht da über Ronja drinnen?«

»Ronja ist ein falsches Luder, wenn du es genau wissen willst.«

Ich hebe eine Augenbraue.

»Sie hat ziemlichen Bullshit über dich behauptet, von dem ich von Anfang an instinktiv wusste, dass sie lügt.«

»Welchen?«

»Das spielt jetzt keine Rolle mehr.« Er macht eine abwehrende Handbewegung. »Sie war es übrigens, die mir von Australien erzählt hat. Offensichtlich hat sie rein zufällig eine Unterhaltung zwischen dir und Pauline mitbekommen. Zudem hat sie behauptet, dass sie ein weiteres eurer Gespräche aufgeschnappt hätte. Eines, in dem du Pauline lachend gesagt hättest, dass du das mit uns als unbedeutende Affäre siehst und wie lächerlich du mich fändest. Und dass ich es nicht checken würde, dass du mich nur benutzt.«

»Das hat sie behauptet?« Ich springe auf.

»Setz dich.« Er greift nach meiner Hand.

Ich lasse mich wieder zurück auf das Sofa plumpsen.

»Ich wusste, dass sie nicht die Wahrheit sagen kann. Glaub mir, ich hätte sie rausgeworfen, wäre sie nicht auf wundersame Weise von einer Minute auf die andere selbst verschwunden.«

Eine Frage, die noch viel drängender auf meiner Seele liegt, ist die, die ich nun wage, auszusprechen. »Warum hast du dich nach unserem Streit sofort in die nächste Affäre gestürzt?« Ein dumpfer Schmerz schnellt durch meine Brust. Ich löse meine Hand aus seiner, während die Trauer sich zurück in mein Innerstes schleicht.

Er öffnet den Mund, schließt ihn wieder und presst die Lippen aufeinander. Dann seufzt er und seine Finger spielen nervös mit dem Saum seines Ärmels. »Du hast recht«, sagt er schließlich monoton. »Ich ... ich wollte das tun. Und das war nicht in Ordnung.«

Das Fünkchen Hoffnung, dass er doch keinen Damenbesuch hatte, ist verpufft. Nun habe ich aus seinem Mund die Bestätigung, obwohl die Situation ohnehin eindeutig war.

»Ich war ein Arschloch und habe geglaubt, ich könnte meinen Schmerz betäuben und so weitermachen, wie früher. Bloß keine Gefühle an mich heranlassen. Doch schon bevor du vor meiner Tür standest, war mir klar, dass dies nicht der Weg ist, den ich weitergehen will.« Eine einzelne Träne kullert über seine Wange, als er mir tief in die Augen blickt. »Hör zu, Franzi. Ich wollte mich in die nächste Affäre stürzen. Aber ich habe es nicht getan. Ich musste dauernd an dich denken. In der Nacht habe ich begriffen, dass du weitaus mehr für mich bist, als ich mir je eingestehen wollte.« Erneut greift er nach meinen Händen. »Ich war so ein Esel. Ich dachte, ich könnte keine Gefühle zulassen. Dürfte es nicht, um nicht verletzt zu werden. Dabei habe ich außer Acht gelassen, dass ich damit uns beide verletze. Als du vor meiner Tür standest und ich den Schmerz in deinen Augen gesehen hab, wurde mir bewusst, dass auch ich mich verletzlich zeigen will. Auch auf das Risiko hin, selbst verletzt zu werden. Ich möchte mich nicht mehr in unverbindlichen Affären verlieren und bin so froh, dass ich das noch rechtzeitig erkannt habe. Ich will Liebe spüren. Ich will lieben. Ich liebe dich, Franzi.«

In diesem Augenblick ist es, als würde die Welt stehen bleiben. Ich blinzle eine Träne weg. »Hast du das gerade wirklich gesagt?«, frage ich, überwältigt von seinen Worten. Ein Lächeln breitet sich über mein Gesicht, und ich kann es kaum fassen. Ohne nachzudenken, stehe ich auf und setze mich auf seinen Schoß. Meine Arme finden sofort Halt um seinen Hals, und ich drücke mich fest an ihn. Ich presse meine Wangen an seine Stirn. »Dass ich diese Worte jemals aus deinem Mund hören würde, damit habe ich nicht mehr gerechnet.« Tränen der Freude schießen in meine Augen und verschleiern mir den Blick. »Ich liebe dich auch, Ben.«

Eng umschlungen halten wir uns eine Weile fest, so als hätten wir Angst, uns erneut zu verlieren. Wir sehen uns lange in die Augen und besiegeln unsere Liebe mit einem innigen Kuss.

Zärtlich streichelt er mir über die Wangen; immer wieder treffen sich unsere Lippen. »Ich bin so glücklich, dass du mir verziehen hast.«

»Und ich bin glücklich, dass du erkannt hast, dass du mich liebst.«

»Ich lasse dich niemals mehr los.« Wie zum Beweis schlingt er seine Arme noch enger um mich.

Als ich mich wieder von ihm löse, sehe ich ihn mit festem Blick an. »Das mit Sydney, Ben ...«

»Das lässt du fallen?« In seinen Augen blitzt ein Funke Hoffnung auf.

»Nein, Ben«, antworte ich, obwohl sich in mir alles zusammenzieht. »Sydney ist seit Langem mein größter Traum. Und ich finde es wichtig, dass man seinen Träumen folgt. Dass ich meinen Träumen folge. Wenn ich es nicht tue, bereue ich es vielleicht irgendwann.«

»So, wie ich nun meine verfolge und wieder als Koch arbeite?«

Ich nicke.

»Heißt das, du verlässt mich?« Seine Augen weiten sich.

»Nein, Ben. Ich verlasse dich nicht, aber ich gehe nach Sydney. Doch ich verspreche dir, dass ich nach dem Praktikumsjahr zurückkommen werde. Und dass ich mit noch größeren Träumen und Gefühlen zu dir zurückkehren werde. Denn das hier ist erst der Anfang unserer Geschichte.«

»Ich habe befürchtet, dass du gehst«, entgegnet er. Doch dann erhellt sich sein Gesicht. »Und deshalb habe ich mich erkundigt, welche Kochkurse die Sydney Cooking School anbietet.«

Ich mache große Augen. »Was willst du mir damit sagen?«

»Dass ich dich gerne ein bis zwei Monate auf deiner Reise begleiten und meine Fähigkeiten als Koch ausbauen möchte.« Er zwinkert. »Natürlich nur, wenn du mich in deiner Nähe haben willst.«

Völlig überwältigt von seiner grandiosen Idee, schlinge ich meine Arme erneut um ihn. »Ja! Ja, ich will!«, antworte ich und besiegle meine Worte mit einem langen Kuss.

Danke ...

Ich glaube es selbst kaum – aber hier bin ich und schreibe die Danksagung für meinen vierten (wow!) turbulent-romantischen Liebesroman!

Ein riesiges Dankeschön geht an die Agentur Rumler und meine Agentin, Sophie Wittmann – eure Unterstützung ist einmalig.

Ich danke dem gesamten dp Verlagsteam, mit dem ich immer wieder unglaublich gerne zusammenarbeite: Francesca Hintz, es war mir eine Freude, dass du nun schon mein viertes Projekt begleitet hast! Besonders unser gemeinsames Brainstorming zu dieser Geschichte bleibt unvergessen.

Eine große Umarmung geht an meine wunderbare Lektorin Sandra Effert! Du hast mich nicht nur mit deinem Engagement beeindruckt, sondern mich auch als Autorin wachsen lassen. Danke für dein offenes Ohr und dein unermüdliches Feilen an meinen Worten.

Danke an meine großartigen Autorinnen-Kolleginnen – oder besser gesagt: Freundinnen! Scarlett Buschle, Stephanie Vifian, Mirjam Kul, Lia Haycraft und Inga Schneider: Ob Freudentaumel oder kreative Krisen, ihr seid immer für mich da, und ich liebe euch dafür! Danke, liebe Ela Trabold, dass du dich wieder als

Testleserin ins Abenteuer gestürzt hast – deine Anmerkungen waren einfach fantastisch! Und ein weiteres großes Dankeschön an Scarlett Buschle, die ich oben schon erwähnt habe – deine Sprachnachrichten zu jedem Kapitel waren pures Gold und haben mir enorm weitergeholfen!

Ein ebenso riesiges Dankeschön geht an meine unglaublichen Fans! Dass ihr meine Bücher liebt, weite Wege zu meinen Lesungen auf euch nehmt, mir Fotos und Videos schickt und immer mehr werdet – das macht mich einfach sprachlos (und das passiert selten!). Ich freue mich jedes Mal riesig, wenn sich die Gelegenheit bietet, euch persönlich zu treffen!

Und schließlich: Danke an dich, liebe Leserin, lieber Leser! Egal, ob du zufällig über dieses Buch gestolpert bist, es geschenkt bekommen hast oder meine witzige Social-Media-Werbung dich hierhergelockt hat – ich hoffe, du hast jede Seite genossen.

Und falls du mir jetzt noch eine positive Bewertung auf einem der Buchportale hinterlässt – dann tanze ich vor Glück durch mein Schreibzimmer.

Danke, danke, danke!